영한대역

19세기 미국 단편 걸작선

역주자 황재광

Rip Van Winkle

Bartleby, The Scrivener

Young Goodman Brown

계명대학교 출판부

역주자 서문

이 책에 포함된 19세기 미국의 대표적 단편소설, 「립 밴 윙클」, 「영 굿맨 브라운」, 「필경사 바틀비」는 직접 읽지 보지 않았더라도 문학에 관심을 가진 사람이라면 누구나 한 두 번 들어 본 적이 있는 우리 귀에 친숙한 작품들이다. 그것은 이 단편소설들이 널리 알려진 작가들의 작품들 이어서라기보다 이 소설들 각자가 지닌 고유한 매력들 때문이다. 어떤 작품이 세상에 나온지 긴 세월이 지난 후에도 여전히 생명력을 가지고 살아 남아 후세 사람들의 애독서로 남는 데는 여러 가지가 이유가 있다. 그 중 하나는 그 작품의 메시지, 주요 인물들의 성격, 그리고 사건의 의미가 쉽사리 파악되지 않고 아리송하거나 책을 읽고 난 뒤에도 묘한 여운과 울림을 남기기 때문이다. 이러한 문학 작품의 미덕과 효용성은 그것이 독자들에게 보다 도전적이고 창조적인 독서행위를 유도하다는 점이다. 이러한 독서과정은 또한 하나의 지적 훈련으로서도 의미를 가진다.

본서를 영한 대역본으로 구성한 것은 이 작품들을 통하여 지적 훈련이라는 한 마리 토끼 뿐 만 아니라 영어가 지배하는 국제화 시대에 살아가는 독자들에게 영어 독해력 향상이라는 또 다른 토끼를 동시에 선사하려는 필자의 바람 때문이었다. 오래 전부터 우리는 "영어와의 전쟁"이라는 말을 귀가 따갑게 들어왔다. 이 말에는 영어 학습이 혼신의 노력을 기울여야 하는 치열한 과정이라는 뜻과, 유창한 영어 구사력을 갖추는 것은 국제화 시대에서 생존하기 위한 수단과 같다는 의미가 함축되어 있다. 단언컨대 영어를 공부하는 과정이 이와 같이 처절한 투쟁이라면 이 전쟁에서의 승리자는 영어가 아니라 영어 학습자이다. 우리가 영어와의 전쟁에서 이길 가능성이 더 큰 이유는 영어가 우리의 공격에 대항하거나 도망갈 능력이 없는, 마치 권투선수들의 연습용 샌드백과 같기 때문이다. 영어문법, 영어 단어들은 하루아침에 변신하지 않는다. 거의 언제나 같은 모습으로 같은 자리에서 우리의 공략을 기다린다. 문제는 우리들의 끈기 있는 노력이다.

번역과 주석을 달면서 가능한 한 의역 보다는 직역을 하려고 노력했다. 원전이 모두 19세기 작품들이라 다소 생소한 영어 표현이나 낯선, 또는 어려운 어휘가 발견 될 경우 주석을 달아 설명을 했다. 다만 호손의 「영 굿맨 브라운」의 경우 작가가 17세기 청교도인들이 사용하던 어법을 그대로 사용하고 있어 우리 말 번역에서도 가능한 한 작가가 의도한 어감을 살리려고 했다.

작가와 작품에 대한 이해를 돕기 위해 이 책 말미에는 각 작가에 대한 간략한 소개와 해당 작품에 대한 소개를 포함했다. 그러나 작품 소개의 경우 지면상의 제한과 필자의 일천한 지식으로 인하여 각 작품에 대하여 오랜 세월 동안 축적된 다양한 비평적 견해들을 일목요연하게 정리하여 반영할 수 없었던 아쉬움이 남는다. 이러한 사실이 이 책을 읽는 이들의 독서과정이 보다 창조적이며 치열한 지적 연습이 되는데 도움을 줄 수도 있기를 바란다.

2012년 6월

역주자　황재광

Contents

RIP VAN WINKLE
립 밴 윙클

RIP VAN WINKLE | 립 밴 윙클

WHOEVER has made a voyage[1] up the Hudson[2] must remember the Kaatskill mountains[3]. They are a dismembered branch of the great Appalachian family[4], and are seen away to the west of the river, swelling up to a noble height, and lording it over[5] the surrounding country. Every change of season, every change of weather, indeed, every hour of the day produces some change in the magical hues and shapes of these mountains; and they are regarded by all the good wives, far and near, as perfect barometers[6].

When the weather is fair and settled, they are clothed in blue and purple, and print their bold outlines on the clear evening sky; but sometimes, when the rest of the landscape is cloudless, they will gather a hood of gray vapors about their summits, which, in the last rays of the setting sun, will glow and light up like a crown of glory.

At the foot of these fairy mountains, the voyager may have descried the light smoke curling up from a Village, whose shingle roofs gleam among the trees, just where the blue tints of the upland melt away into the fresh green of the nearer landscape.

---

1) Make a voyage: 항해하다. 유람하다.
2) The Hudson: 뉴욕주를 가로질러 흐르는 강
3) The Kaatskill Mountains: 허드슨 강 상류에 있는 산맥으로 지금은 Catskill Mountains 이라고 불림
4) The great Alphachina family: 아파라치아산맥
5) Loading it over: 남 보다 잘난 척 거만하게 내려다보고 있는 모습을 표현한 숙어
6) Barometer: 기압계

허드슨 강 상류를 따라 유람해 본 사람이라면 누구나 캐츠킬 산맥을 기억할 것이다. 아파라치아 산맥의 한 지맥인 이 산맥은 강 서쪽에 장엄하게 높이 치솟아 주변 동네를 고고하게 굽어보고 있다. 계절이 바뀌거나 날씨에 변화가 있을 때, 심지어 하루 중 시간이 바뀔 때마저도 이 산맥의 오묘한 색조와 형상에 변화가 오기 때문에, 멀고 가까이 사는 아낙네들은 죄다 이 산맥을 더없이 훌륭한 기압계로 삼고 있다.

맑게 개인 날이면 이 산맥은 푸르스름한 보랏빛을 띤 채, 맑은 저녁하늘을 배경으로 대담한 획을 그려낸다. 그러나 때로는 주변의 모든 지역이 구름 한 점 없이 맑을지라도 이 산맥만은 정상에 회색빛 수증기를 잔뜩 머금고 있다가, 석양의 마지막 햇살이 비치면 마치 영광의 왕관을 쓴 것처럼 찬연한 빛을 발한다.

이 환상적인 산맥 기슭부분에 다다르면 먼 발치, 고지대의 푸르스름한 색조가 서서히 주변의 푸릇푸릇한 초록빛 속으로 녹아 스며드는 지점에 마을이 있고, 수풀 사이에서 희끗희끗 반짝이는 지붕에서 연기가 모락모락 피어오르는 모습을 본 유람자도 있을 것이다.

It is a little village of great antiquity[7], having been founded by some of the Dutch colonists, in the early times of the province, just about the beginning of the government of the good Peter Stuyvesant[8](may he rest in peace!), and there were some of the houses of the original settlers standing within a few years, built of small yellow bricks, brought from Holland, having latticed windows and gable fronts, surmounted with weathercocks[9]. In that same village, and in one of these very houses (which, to tell the precise truth, was sadly time-worn[10] and weather-beaten[11]), there lived, many years since, while the country was yet a province of Great Britain, a simple, good-natured fellow, of the name of Rip Van Winkle. He was a descendant of the Van Winkles who figured so gallantly in the chivalrous days of Peter Stuyvesant, and accompanied him to the siege of Fort Christina[12]. He inherited, however, but little of[13] the martial character of his ancestors. I have observed that he was a simple, good-natured man; he was, moreover, a kind neighbor, and an obedient henpecked husband[14]. Indeed, to the latter circumstance might be owing that meekness of spirit which gained him such universal popularity; for those men are apt to be obsequious[15] and conciliating[16] abroad, who are under the discipline of shrews[17] at home.

---

7) Antiquity: 옛날, 태고
8) Peter Stuyvesant: 뉴욕지방을 다스린 마지막 네덜란드인 총독
9) Weathercock: 닭모양을 한 바람개비
10) Time-worm: 세월과 더불어 낡은
11) Weather-beaten: 비바람에 시달린
12) Fort Christina: 스웨덴 정착민들이 북미지역에 세운 최초이자 최중심의 보루
13) But little of: 거의 없다는 의미, little은 부정적인 의미로 없다는 뜻에 가깝고, a little은 긍정적인 의미로 약간 있다는 의미에 가까움
14) Henpecked husband: 공처가
15) Obsequious: 아양떠는, 비굴한, 아첨하는
16) Conciliating: 화해시키다, 조정하다
17) Shrews: 심하게 바가지 긁는 잔소리 많은 여자

이 작은 마을은 이 지방의 초기, 즉 피터 스타이브샌트(부디 영면하소서!)의 통치가 막 시작되었을 즈음 홀랜드 식민 이주자들이 세운 아주 유서 깊은 마을로, 초기 이주 정착민들이 홀랜드에서 가져 온 조그만 노란 벽돌로 지은 집들이 격자형 창문, 박공식 정면, 닭모양을 한 바람개비 등등 모양새를 갖춘 채 아직 몇 채 남아 있었다. 이 마을에 있는 아주 오래된 이러한 집들 가운데 한 곳에 (정확히 있는대로 말하자면 애석하게도 세월에 닳고 풍파에 시달린) 립 밴 윙클이란 이름의 사나이가 살았으니, 이 순박하고 성질 좋은 양반은 그곳에서 아주 오래 전부터, 그러니까 말하자면 이 고장이 아직 영국 식민지이던 시절부터 살고 있었다. 그는 밴 윙클가의 후손이었는데, 이 가문으로 말하자면 피터 스타이브샌트 총독 시절 용감무쌍한 가문으로 이름을 떨쳤으며, 크리스티나 요새 공격 시에는 총독을 따라 출정하기도 했던 집안이었다. 그러나 이 사나이는 선조들의 그러한 무관 정신을 거의 물려받지 못했다. 내가 본 그는 순박하고 성질 좋은 사람이었다. 더구나 이웃들에게는 친절하고, 아내에게는 무조건 복종하는 공처가였다. 사실 이 양반이 그처럼 두루두루 사람들 사이에 인기가 높았던 것은 성질이 워낙 온순했기 때문인데, 이 온순한 성질은 바로 그 사람이 공처가였던 탓인지 모른다. 집안에서 바가지 긁는 여편네에게서 시달리던 남자들이 밖에 나가면 온순하고 고분고분하게 처신하는 경우가 대부분이니까.

Their tempers, doubtless, are rendered pliant[18] and malleable[19] in the fiery furnace of domestic tribulation, and a curtain-lecture is worth all the sermons in the world for teaching the virtues of patience and long-suffering. A termagant[20] wife may, therefore, in some respects, be considered a tolerable blessing, and if so, Rip Van Winkle was thrice[21] blessed.

Certain it is, that he was a great favorite among all the good wives of the village, who, as usual with the amiable[22] sex, took his part in all family squabbles[23], and never failed, whenever they talked those matters over in their evening gossipings, to lay all the blame on Dame Van Winkle.

The children of the village, too, would shout with joy whenever he approached. He assisted at their sports, made their playthings, taught them to fly kites and shoot marbles, and told them long stories of ghosts, witches, and Indians.

Whenever he went dodging about the village, he was surrounded by a troop of them hanging on his skirts, clambering on his back, and playing a thousand tricks on him with impunity[24]; and not a dog would bark at him throughout the neighborhood.

---

18) Pliant: 유연한, 쉽게 꺾이는
19) Malleable: 휘어지는, 잘 굽어지는
20) Termagant: 잔소리 심하고 기가 센 여자
21) Thrice: 3배로
22) Amiable: 상냥하고 친절한
23) Squabbles: 말다툼 같은 사소한 싸움
24) Impunity: 벌을 받지 않음

이런 남자들의 성질은 의심의 여지없이 집안에서 화롯불로 워낙 달금질 당하다 보니 만만하게 다루기 쉽도록 말랑말랑하게 길들여지게 된 것이며, 아내가 남편에게 긁어대는 바가지는 인내심과 고진감래의 덕목을 가르치는데는 세상의 모든 설교를 다 모아놓은 것 만큼이나 효과가 있는 법이니까. 따라서 어떤 면에서 보면 기가 세고 입이 험한 마누라를 둔 것은 참아줄만한 복이라고 할 수 있으니, 이렇게 두고 볼 때 립 밴 윙클은 다른 사람보다 복을 3배나 더 많이 받은 사람이었다.

분명한 것은 그가 마을 아낙네들 사이에서 아주 인기가 높았다는 사실로, 흔히 성질이 온순한 여성들 사이에서 볼 수 있듯이 아낙네들은 부부싸움이 벌어질 때마다 그의 편을 들었으며, 저녁 마실 때 이런 화젯거리를 두고 이야기를 나눌 때면 어김없이 모든 잘못을 밴 윙클의 부인에게 뒤집어 씌웠다.

동네 아이들조차 이 양반이 나타나면 즐거워 비명을 질러대곤 했다. 밴 윙클은 아이들과 놀아주거나, 장난감을 만들어주기도 하고, 연 날리는 법, 구슬 치는 법 등을 가르쳐 주기도 했으며, 귀신, 마녀, 인디언 등등이 등장하는 기나긴 이야기도 들려주곤 했다.

그가 마을에 떴다 하면 조무래기들이 우루루 몰려 와 이 양반을 둘러 싼 채 치마에 매달리거나 등에 기어오르는 등, 야단 맞을 염려 없이 온갖 장난을 해댔으며, 온 동네 어디를 가도 개 조차 그에게 짖어대는 법이 없었다.

The great error in Rip's composition was an insuperable aversion to all kinds of profitable labor. It could not be for want[25] of assiduity or perseverance; for he would sit on a wet rock, with a rod as long and heavy as a Tartar's[26] lance[27], and fish all day without a murmur, even though he should not be encouraged by a single nibble.

He would carry a fowling-piece[28] on his shoulder, for hours together, trudging[29] through woods and swamps, and up hill and down dale, to shoot a few squirrels or wild pigeons. He would never refuse to assist a neighbor even in the roughest toil, and was a foremost man in all country frolics[30] for husking Indian corn, or building stone fences; the women of the village, too, used to employ him to run their errands, and to do such little odd jobs as their less obliging husbands would not do for them.

In a word, Rip was ready to attend to anybody's business but his own; but as to doing family duty, and keeping his farm in order, he found it impossible. In fact, he declared it was of no use to work on his farm; it was the most pestilent[31] little piece of ground in the whole country; everything about it went wrong, in spite of him.

---

25) Want: 이 경우 결손, 결핍의 의미
26) Tartar: 이슬람교를 믿는 터키계 민족
27) Lance: 창, 혹은 창처럼 날카로운 도구
28) Fowling piece: 들새 따위를 사냥하기 위한 엽총류
29) Trudging: 터벅터벅, 혹은 터덜터덜 걷다
30) Frolics: 짓궂은 장난
31) Pestilent: 유해한

럽의 한 가지 큰 결점은 도대체 돈이 될 만한 일을 싫어한다는 것이다. 그렇다고 근면 성실한 자세가 부족해서 그런건 아니었다. 타타르인들의 창 같이 길고 무거운 낚싯대를 쥐고 축축한 바위 위에 앉아, 물고기가 단 한번도 입질을 하지 않아도 군소리 한 마디 없이 하루종일 낚시질을 하곤 하는 것으로 봐서 그렇다.

또한 그는 겨우 다람쥐나 들비둘기를 몇 마리 잡을 작정으로 엽총을 둘러메고 몇 시간이건 숲과 늪 사이를 터덜터덜 돌아다니며 산과 골짜기를 오르내리는 그런 사나이였다. 아무리 힘든 일이라도 이웃 사람의 부탁이라면 거절하는 법이 없고, 옥수수 껍질 벗기기, 돌담 쌓기, 마을 사람들이 함께 하는 들일 등에는 누구보다 먼저 발벗고 나서는 그였다. 또 마을의 아낙네들은 곧잘 그에게 심부름을 시키거나, 자상하지 못한 제 남편들이 잘 해주지 않는 자질구레한 일들을 부탁하곤 했다.

말하자면 립은 자기 일이 아닌 남의 일이라면 기꺼이 나서지만, 자기 집 일이거나 자기 밭을 정돈하는 일 만은 도저히 불가능한 듯 했다. 실제로 그는 자기네 밭은 가꾸어본들 아무 소용없다고 떠벌리기도 했다. 자기네 밭은 온나라를 뒤져봐도 찾기 힘든 척박한 땅이며, 무슨 짓을 해 본들 뭐 하나 제대로 되는게 없다는 것이었다.

His fences were continually falling to pieces; his cow would either go astray, or get among the cabbages; weeds were sure to grow quicker in his fields than anywhere else; the rain always made a point of setting in just as he had some out-door work to do; so that though his patrimonial estate[32] had dwindled away under his management, acre by acre, until there was little more left than a mere patch of Indian corn and potatoes, yet it was the worst-conditioned farm in the neighborhood. His children, too, were as ragged and wild as if they belonged to nobody. His son Rip, an urchin begotten[33] in his own likeness, promised to inherit the habits, with the old clothes, of his father. He was generally seen trooping like a colt[34] at his mother's heels, equipped in a pair of his father's cast-off [35]galligaskins[36], which he had much ado to hold up with one hand, as a fine lady does her train[37] in bad weather.

Rip Van Winkle, however, was one of those happy mortals, of foolish, well-oiled dispositions, who take the world easy, eat white bread or brown, whichever can be got with least thought or trouble, and would rather starve on a penny than work for a pound.If left to himself, he would have whistled life away, in perfect contentment; but his wife kept continually dinning[38] in his ears about his idleness, his carelessness, and the ruin he was bringing on his family. Morning, noon, and night, her tongue was incessantly going, and every thing he said or did was sure to produce a torrent of household eloquence.

---

32) Patrimonial estate: 조상으로부터 물려받은 집과 땅
33) Begotten: 아버지가 자식을 보다, 후손을 가지다
34) Colt: 망아지, 초심자
35) Cast-off: 버림받은 물건
36) Galligaskin: 아주 헐렁한 핫바지
37) Train: 이 경우 뒤로 늘어지는 옷자락
38) Din: 크고 시끄러운 소음을 내다

울타리는 계속 떨어져 나가고, 소는 달아나 버리든지 아니면 배추밭을 망쳐놓든지 하고, 잡초는 다른 어느 곳보다 자기 밭에서 더 빨리 자라고, 밭일을 좀 하겠다고 작정하고 나서면 꼭 때 맞춰 비가 내리고 하니, 조상에게서 물려받은 땅마지기는 립 밴 윙클이 맡아 관리하기 시작하면서 한 마지기 두 마지기 줄어들기 시작하다가, 마침내는 옥수수나 감자밭 몇 마지기 밖에 남지 않는 지경에 이르렀건만, 그럼에도 여전히 동네에서 제일 척박한 밭이었다. 그 자식들 조차도 마치 부모없이 버려진 아이들처럼 누더기 차림에 제 멋대로였다. 애비를 꼭 빼 닮은 아들 립은 애비의 헌옷과 더불어 버릇까지 물려받은 듯 했다. 이 아들은 주로 제 어머니 꽁무니를 망아지처럼 쫄쫄 따라 다녔는데, 제 아버지의 바지 자른 것을 입고는 마치 귀부인들이 궂은 날씨에 치마 뒷자락을 들어올리듯이 한 손으로 낑낑대며 바지가 내려가지 않도록 붙들어 올리곤 했다.

그러나 립 밴 윙클은 천성이 어수룩하고 만사 천하태평인 사람으로, 뭐든 머리를 덜 써도 되거나 골치를 덜 앓아도 되는 것이라면 죽이든 밥이든 상관하지 않고 매사 편한대로 살고, 큰 돈을 벌려고 노력하기 보다는 배를 곪더라도 적은 돈에 만족하는 그런 사람이었다. 제대로 살게 내 버려두었더라면 한평생 아무런 불평없이 휘리릭 살다 갔을 사람이었다. 그러나 그의 마누라는 끊임없이 그의 귀에다 대고 게으르다느니, 조심성이 없다느니, 집안 말아먹을 짓만 골라 한다느니 하며 소리를 질러댔다. 아침이나, 낮이나, 밤이나, 마누라의 혀는 쉴새 없이 돌아갔고, 그가 입을 뻥끗 하거나 무슨 짓을 하기만 했다하면 어김없이 집안에 불호령이 폭우 쏟아지듯 쏟아졌다.

Rip had but one way of replying to all lectures of the kind, and that, by frequent use, had grown into a habit. He shrugged his shoulders, shook his head, cast up his eyes, but said nothing. This, however, always provoked a fresh volley from his wife, so that he was fain to draw off his forces, and take to the outside of the house--the only side which, in truth, belongs to a henpecked husband.

Rip's sole domestic adherent[39] was his dog Wolf, who was as much henpecked as his master; for Dame Van Winkle regarded them as companions in idleness, and even looked upon Wolf with an evil eye, as the cause of his master's going so often astray. True it is, in all points of spirit befitting in honorable dog, he was as courageous an animal as ever scoured the woods--but what courage can withstand the evil-doing and all-besetting [40]terrors of a woman's tongue?

The moment Wolf entered the house, his crest fell, his tail drooped to the ground, or curled between his legs, he sneaked about with a gallows air, casting many a sidelong glance at Dame Van Winkle, and at the least flourish[41] of a broomstick or ladle, he would fly to the door with yelping[42] precipitation[43].

---

39) Adherent: 이 경우, 추종자, 지지자
40) All-besetting: 늘 뒤따르다, 끊임없이 괴롭히다
41) Flourish: 흔들기, 휘두르기
42) Yelp: 개가 짖다
43) Precipitation: 서두름, 재촉

립이 이런류의 모든 잔소리에 응수하는 방법은 딱 한가지가 있었으니, 이는 워낙 자주 사용하다 보니 버릇으로 굳어지고 말았다. 그건 바로 어깨를 추스리며 고개를 절레절레 흔들고는 눈만 말똥히 치켜들고 입을 꾹 다무는 것이었다. 그런데 이렇게 행동하면 늘 마누라의 부아에 불을 더 지르는 셈이 되어버려서 반드시 또 한바탕 새로운 잔소리 일제 사격을 자초하게 되고 마니, 별 수 없이 그는 꽁지를 완전히 내리고는 마누라에 시달리는 공처가가 갈 수 있는 유일한 곳, 즉 집 밖으로 나갈 수 밖에 없었다.

집 안에서 자기를 따르는 것이라고는 단 하나, 자신이 기르던 개 울프가 있었으나, 이 울프마저도 주인 못지않게 시달리는 신세이기는 마찬가지였다. 밴 윙클의 안방마님은 둘 다 똑같이 게으름뱅이라고 여겼으며, 남편이 그처럼 밖으로만 나 돌아다니는 것이 바로 그 개 때문이라고 사나운 눈총을 주었던 것이다. 나무랄 곳이라고는 없이 완벽한 충견의 정신을 가진 울프는 수풀을 헤집고 다니는 그 어떤 짐승보다 용감하였으나, 아녀자의 혀끝에서 나오는 그 몸서리치는 공포와 포악함을 어떻게 용기로 맞서 견뎌낼 수 있겠는가?

울프는 집에 들어서는 순간 벌써 기가 죽어, 꼬리는 땅바닥으로 떨어지거나, 다리 사이로 돌돌 말려들어가며, 마치 목에 올가미가 씌어진 듯, 밴 윙클 부인을 슬금슬금 눈치를 보며 기어다니다가, 빗자루나 주걱을 집어들고 휘두를 기미가 조금이라도 보였다 하면 깨갱깨갱 거리며 문쪽으로 총알같이 달아나버리곤 했다.

Times grew worse and worse with Rip Van Winkle as years of matrimony[44] rolled on; a tart temper never mellows with age, and a sharp tongue is the only edged tool that grows keener with constant use. For a long while he used to console himself, when driven from home, by frequenting a kind of perpetual club of the sages, philosophers, and other idle personages of the village, which held its sessions on a bench before a small inn, designated by a rubicund[45] portrait of his Majesty George the Third.

Here they used to sit in the shade through a long, lazy summer's day, talking listlessly over village gossip, or telling endless, sleepy stories about nothing. But it would have been worth any statesman's money to have heard the profound discussions which sometimes took place, when by chance an old newspaper fell into their hands from some passing traveller.

How solemnly they would listen to the contents, as drawled out by Derrick Van Bummel, the school-master[46], a dapper learned little man, who was not to be daunted by the most gigantic word in the dictionary; and how sagely they would deliberate upon public events some months after they had taken place.

---

44) Matrimony: 결혼상태, 혼인
45) Rubicund: 붉은색이 도는
46) School-master: 남자교장

결혼 횟수가 쌓여갈 수록 립 밴 윙클의 신세는 점점 더 나빠져 갔다. 고약한 성격은 나이가 든다고 해서 순해지는 것이 아니며, 험한 혓바닥은 쉼없이 쓸수록 더더욱 날카롭게 매서워지는 칼날 같은 것이었기 때문이다. 그래서 오랫동안 립은 집에서 쫓겨나면 마을의 현자, 철학자, 혹은 백수들로 구성된 영구친목회 같은데 뻔질나게 들락거림으로써 스스로를 위로하곤 했는데, 이 모임은 조지3세의 불그스름한 초상화가 걸려있는 작은 여인숙 앞에 놓인 벤치에서 열리곤 했다.

그들은 이곳에 있는 나무 그늘에 죽치고 앉아 동네 온갖 소문이나 혹은 시시껄렁한 잡담들을 끝없이 해대며 나른한 긴 여름 한나절을 보내곤 했다. 그러나 지나던 나그네 손에서 낡은 신문이라도 어쩌다 떨어지는 날에는 정치가가 돈을 내고 들어도 한푼도 아깝지 않을 심오한 토론이 벌어지기도 했다.

데릭 밴 범멜이라고, 학교 교장이 있었는데, 사전에 나오는 가장 어려운 단어조차도 문제없이 읽어내는 이 고상하고 학식있는 키 작은 남자가 신문에 난 내용을 읽어주면 모두들 귀를 기울이는데, 그 모양이 진지하기가 이루 말할 수 없었다. 그러고는 몇 달 전에 일어났던 사건 사고 소식들을 두고 똑똑하기 짝이 없는 말들을 하며 토론을 벌이곤 했다.

The opinions of this junto[47] were completely controlled by Nicholas Vedder, a patriarch[48] of the village, and landlord of the inn, at the door of which he took his seat from morning till night, just moving sufficiently to avoid the sun, and keep in the shade of a large tree; so that the neighbors could tell the hour by his movements as accurately as by a sun-dial. It is true, he was rarely heard to speak, but smoked his pipe incessantly. His adherents, however (for every great man has his adherents), perfectly understood him, and knew how to gather his opinions. When any thing that was read or related displeased him, he was observed to smoke his pipe vehemently[49], and to send forth, frequent, and angry puffs; but when pleased, he would inhale the smoke slowly and tranquilly, and emit it in light and placid clouds, and sometimes, taking the pipe from his mouth, and letting the fragrant vapor curl about his nose, would gravely nod his head in token of perfect approbation[50].

From even this stronghold[51] the unlucky Rip was at length routed by his termagant wife[52], who would suddenly break in upon the tranquillity of the assemblage, and call the members all to nought; nor was that august personage[53], Nicholas Vedder himself, sacred from the daring tongue of this terrible virago[54], who charged him outright with encouraging her husband in habits of idleness.

---

47) Junto: 비밀결사
48) Patriarch: 가장, 족장
49) Vehemently: 열렬히, 열광적으로
50) Approbation: 허가, 인가; 동의, 찬성; 추천
51) Stronghold: 요새, 안전한 피난처, 최후의 거점
52) Termagant Wife: 잔소리가 심하고, 입이 험하고, 잘 다투는 아내
53) August personage: 매우 중요한 지위의 인물
54) Virago: 바가지 긁는 여자

이 친목회 사람들의 의견은 니콜라스 베다가 완전히 좌지우지 했는데, 마을의 최고 어른이자 그 여인숙의 주인인 그는 큰 나무 그늘 아래서 햇살을 요령있게 피해 다니며 여인숙 문 앞에 아침부터 저녁까지 얼마나 죽치고 앉아 자리 잡고 있었던지, 이웃사람들은 그 사람의 움직임을 태양시계만큼이나 정확하게 알아 맞힐 수 있을 정도였다. 이 양반이 말하는 경우는 거의 없었던 게 사실이지만, 파이프만은 줄기차게 피워댔다. 그러나 그의 추종자들은 (위대한 인물에게는 항상 추종자가 따르기 마련) 그 사람을 완벽하게 이해하고 있었고, 그 사람의 의견을 어떻게 받아들여야 하는지 알고 있었다. 누가 읽어준 것이나 전해 준 말이 기분에 상할 때면 파이프를 열나게 피워대며 화난 듯 연기를 뻐끔뻐끔 뱉어내는 모습을 볼 수 있었지만, 기분이 좋을 때는 차분하고도 천천히 파이프를 피워 마시며 가볍고 평화로운 구름처럼 내 뱉거나, 때로는 파이프를 입에서 떼서 향기나는 연기를 코 언저리에 동그랗게 말아 올리며 완벽하게 만족하다는 표시로 머리를 젊잖게 끄덕이곤 했다.

그러나 성미 고약한 립의 아내는 이 최후의 보루에 까지도 불쌍한 립을 좇아 와서는, 사람들이 평온하게 모여있는 곳에 갑자기 들이닥쳐 전부 도매금으로 몰아붙였으니, 그 인품이 고고한 니콜라스 베다 자신도 이 겁나게 입이 험한 여편네의 혓바닥에서 신성 면제 혜택를 받지 못했고, 립의 아내는 제 남편이 게으름병에 걸리게 된 것이 다 그사람 때문이라고 마구 몰아 붙였다.

Poor Rip was at last reduced almost to despair; and his only alternative, to escape from the labor of the farm and the clamor of his wife, was to take gun in hand, and stroll away into the woods. Here he would sometimes seat himself at the foot of a tree, and share the contents of his wallet with Wolf, with whom he sympathized as a fellow-sufferer in persecution[55]. "Poor Wolf," he would say, "thy mistress leads thee a dog's life of it; but never mind, my lad, whilst I live thou shalt never[56] want a friend to stand by thee!" Wolf would wag his tail, look wistfully in his master's face, and if dogs can feel pity, I verily[57] believe he reciprocated the sentiment with all his heart.

In a long ramble of the kind, on a fine autumnal day, Rip had unconsciously scrambled to one of the highest parts of the Kaatskill mountains. He was after his favorite sport of squirrel-shooting, and the still solitudes had echoed and re-echoed with the reports of his gun. Panting and fatigued, he threw himself, late in the afternoon, on a green knoll[58], covered with mountain herbage[59], that crowned the brow of a precipice. From an opening between the trees, he could overlook all the lower country for many a mile of rich woodland. He saw at a distance the lordly Hudson, far, far below him, moving on its silent but majestic course, with the reflection of a purple cloud, or the sail of a lagging bark, here and there sleeping on its glassy bosom and at last losing itself in the blue highlands.

---

55) Persecution: 박해, 학대
56) whilst I live thou shalt never: while I live you shall never
57) Verily: (옛말) 진실로
58) Knoll: 작은 동산, 언덕
59) Herbage: 풀, 초본, 약초류

마침내 불쌍한 립에게 남은 것이라고는 절망뿐이었으며, 밭일을 하는 수고와 마누라의 등쌀에서 벗어날 수 있는 유일한 대안은 그저 손에 엽총을 쥐고 수풀 속으로 사라져 주는 것 밖에 없었다. 숲속에서는 나무 둥지 아래 자리를 잡고 앉아, 주머니 속에 든 것을 울프와 함께 나눠 먹었는데, 같이 고통을 나누는 동료로 생각하며 불쌍히 여겼다. "가엾은 울프. 너의 여주인이 너의 삶을 개 취급하고 있구나. 그러나 걱정마라. 내 살아 생전에 너를 지켜 줄 친구가 없는 일은 없을 것이다" 하고 립은 말하곤 했다. 그러면 울프는 꼬리를 흔들며 주인의 얼굴을 애처러운듯 바라보았으나, 만약 개들도 동정심을 느낄 수 있었다면 틀림없이 이 개도 온 마음으로 똑같은 감정을 갖고 있었으리라고 나는 믿는다.

어느 상쾌한 가을 날, 여느 때처럼 오랜 산책길에 나섰다가 립은 자신도 모르는 사이 캣스킬 산맥의 최고 높은 지점까지 발길이 닫았다. 평소 즐기던 다람쥐사냥을 실컷 한 후 였는데, 산 주변이 워낙 고요하다 보니 총을 쏘면 그 소리가 이 산 저 산에서 메아리치고 또 메아리쳤다. 늦은 오후, 숨도 차고 지친 립은 산풀들이 꼭대기 부분을 장식하고 있는 절벽 위, 푸른 언덕배기에 벌렁 몸을 뉘었다. 나무 사이로 몇 마일이나 수풀이 울창하게 우거진 아랫쪽 마을이 보였다. 발 아래로는 멀리, 아주 멀리에서 장엄한 허드슨 강이 거울 같은 수면 위에 보랏빛 구름이나 조각배 돛의 그림자를 품고 고요히, 도도하게 흐르다가, 푸르고 높은 산 저편으로 사라지고 있는 모습이 보였다.

On the other side he looked down into a deep mountain glen, wild, lonely, and shagged, the bottom filled with fragments from the impending cliffs, and scarcely lighted by the reflected rays of the setting sun. For some time Rip lay musing on this scene; evening was gradually advancing; the mountains began to throw their long blue shadows over the valleys; he saw that it would be dark long before he could reach the village; and he heaved a heavy sigh when he thought of encountering the terrors of Dame Van Winkle.

As he was about to descend, he heard a voice from a distance hallooing[60]: "Rip Van Winkle! Rip Van Winkle!" He looked around, but could see nothing but a crow winging its solitary flight across the mountain. He thought his fancy must have deceived him, and turned again to descend, when he heard the same cry ring through the still evening air, "Rip Van Winkle! Rip Van Winkle!"--at the same time Wolf bristled up his back, and giving a low growl, skulked to his master's side, looking fearfully down into the glen. Rip now felt a vague apprehension[61] stealing over him; he looked anxiously in the same direction, and perceived a strange figure slowly toiling up the rocks, and bending under the weight of something he carried on his back. He was surprised to see any human being in this lonely and unfrequented place, but supposing it to be some one of the neighborhood in need of his assistance, he hastened down to yield it.

---

60) Halloo: 여보세요, 이봐요 (주의를 끌기 위해 부르다)하고 주의를 끌기 위해 부르다, 소리치다

61) Apprehension: 이해, 파악, 우려, 걱정, 두려움

다른 한쪽에는 자연의 모습을 그대로 간직한 채 홀로이 초목에 뒤덮혀있는 깊은 산골짝, 그리고 바로 옆 절벽에서 떨어져 나온 바위조각들이 석양의 빛조차 거의 닿지 않는 산기슭에 쌓여있는 모습이 저만치 아래 보였다. 립은 누운 채 이 정경을 한참동안 바라보았다. 해는 점점 더 저물고, 산의 푸른 그림자는 골짜기 위에서 점점 길어지고 있었다. 마을에 도착하기 훨씬 전에 이미 어두워 질 것이 분명했다. 마누라에게 호되게 당할 생각을 하니, 립의 입에서는 저절로 깊은 한숨이 나왔다.

립이 막 산을 내려가려 할 때, 어디선가 "립 밴 윙클! 립 밴 윙클!" 하며 자기를 부르는 목소리가 들렸다. 주변을 둘러 보아도 보이는 것이라고는 산 너머로 홀로 날개를 퍼덕이며 날아가는 까마귀 밖에 없었다. 그냥 잘못 들은 것이려니 하며 몸을 돌려 하산하려 하자니, 또 다시 같은 목소리가 고요한 저녁 공기를 가르며 '립 밴 윙클! 립 밴 윙클!"하고 들려왔다. 그러자 울프는 즉각 등을 꼿꼿히 세우고는 낮은 소리로 으르렁거리며 주인 옆에 바짝 붙은 채, 골짝 아래를 경계하는 눈초리로 내려다 보았다. 그제서야 립은 알지 못할 두려움이 엄습해 옴을 느꼈다. 떨리는 마음으로 소리가 들려오는 방향을 쳐다보니, 알지 못할 이상한 형체가 등이 굽도록 뭔가 무거운 것을 짊어진 채, 천천히 바위를 넘어가고 있는 것이 보였다. 립은 이 외진 곳에 자기 외 다른 사람이 있었다는 사실에 깜짝 놀랐지만, 자기의 도움이 필요한 이웃 사람 중 누군가일 것이라 생각하고 급히 도와줄 양으로 내려갔다.

On nearer approach, he was still more surprised at the singularity[62] of the stranger's appearance. He was a short, square-built old fellow, with thick bushy hair, and a grizzled beard. His dress was of the antique Dutch fashion--a cloth jerkin[63] strapped round the waist--several pairs of breeches[64], the outer one of ample volume, decorated with rows of buttons down the sides, and bunches at the knees.

He bore on his shoulders a stout keg, that seemed full of liquor, and made signs for Rip to approach and assist him with the load. Though rather shy and distrustful of this new acquaintance, Rip complied with his usual alacrity[65]; and mutually relieving each other, they clambered up a narrow gully, apparently the dry bed of a mountain torrent.

As they ascended, Rip every now and then heard long rolling peals[66], like distant thunder, that seemed to issue out of a deep ravine, or rather cleft between lofty rocks, toward which their rugged path conducted. He paused for an instant, but supposing it to be the muttering of one of those transient thunder-showers which often take place in the mountain heights, he proceeded. Passing through the ravine, they came to a hollow, like a small amphitheatre, surrounded by perpendicular precipices[67], over the brinks of which impending trees shot their branches, so that you only caught glimpses of the azure sky, and the bright evening cloud.

---

62) Singularity: 유일함, 특이함, 독특함
63) Cloth Jerkin: 16-17 세기에 천으로 만들어 입었던 몸에 붙고 소매없는 남자용 상의
64) Breech: 짧은 바지
65) Alacrity: 민첩, 신속
66) Peal: 울려 퍼지다, 천둥이나 대포 소리 등의 울림
67) Perpendicular Precipice: 수직으로 솟은 절벽, 낭떠러지

보다 가까이 다가갔을 때, 그 낯선 이의 기이한 행색에 립은 또 다시 깜짝 놀랐다. 그 사람은 체구가 단단한 단신의 노인이었는데, 숱이 많은 머리채는 헝클어져 있고, 수염은 희끗희끗 했다. 입은 옷은 허리 둘레를 동여 맨 민소매 조끼의 구식 네덜란드 복장이었으며, 겹겹이 걸쳐 입은 반바지 가운데 제일 겉의 것은 넉넉한 품에 양쪽으로 나란히 단추가 장식으로 달려 있었고, 무릎 부분에서 묶음처리 되어 있었다.

이 노인은 술이 가득 든 것 같은 통통한 술통을 어깨에 짊어 진 채, 립을 보고 와서 짐을 좀 도와달라는 시늉을 했다. 처음 만난 사람이라 낯 설고 경계하는 마음이 있긴 했으나, 립은 늘 하던대로 친절을 베풀었다. 이리하여 두 사람은 서로 짐을 덜어주며, 산에 쏟아진 폭우가 마르면서 남은 듯한 좁은 계곡을 따라 함께 올라갔다.

함께 오르는 중에 립은 마치 먼 곳에 떨어진 천둥 같은 소리가 길게 우르릉쾅쾅 하며 이어지는 소리를 간간히 들었다. 그 소리는 그들이 걸어가고 있는 험준한 길 방향에 있는 어느 깊은 계곡, 아니면 높은 바위 틈에서 들려오는 듯 했다. 립은 순간 멈칫 했다가, 높은 산에서 흔히 발생해 잠시 지나가는 천둥을 동반한 소나기려니 여기고 계속 가던 길을 재촉했다. 골짜기를 벗어나자 두사람은 마치 작은 원형경기장처럼 생긴 오목한 지대에 다다랐다. 깍아 지른듯한 절벽을 두르고 있는 그곳은 울창하게 우거진 주변의 나무들이 가지를 늘어뜨리고 있어 화사한 저녁 구름과 코발트빛 하늘도 잠시 언뜻언뜻 보일 뿐이었다.

During the whole time Rip and his companion had labored on in silence; for though the former marvelled greatly what could be the object of carrying a keg of liquor up this wild mountain, yet there was something strange and incomprehensible about the unknown, that inspired awe, and checked familiarity.

On entering the amphitheatre, new objects of wonder presented themselves. On a level spot in the centre was a company of odd-looking personages playing at ninepins[68]. They were dressed in quaint outlandish fashion; some wore short doublets[69], others jerkins, with long knives in their belts, and most of them had enormous breeches, of similar style with that of the guide's. Their visages, too, were peculiar; one had a large head, broad face, and small piggish eyes; the face of another seemed to consist entirely of nose, and was surmounted by a white sugar-loaf[70] hat, set off with a little red cock's tail. They all had beards, of various shapes and colors.

There was one who seemed to be the commander. He was a stout old gentleman, with a weather-beaten countenance[71]; he wore a laced doublet, broad belt and hanger, high-crowned hat and feather, red stockings, and high-heeled shoes, with roses in them. The whole group reminded Rip of the figures in an old Flemish painting[72], in the parlor of Dominie Van Schaick, the village parson, and which had been brought over from Holland at the time of the settlement.

---

68) Ninepins: 병 모양 기둥 아홉 개를 세우고 공을 던져 쓰러뜨리는 볼링과 비슷한 놀이
69) Doublet: 14세기 유럽에서 남자들이 입던 몸에 붙는 웃옷
70) Sugar-Loaf: 막대 사탕 모양의
71) Weather-beaten Countenance: 비바람에 시달리거나 단련된 용모, 안색
72) Flemish painting: 15세기 초에서 17세기까지 유행했던 플란더스 화풍의 그림

립과 노인은 끙끙 오르는 동안 줄 곳 단 한마디도 입을 열지 않았다. 그도 그럴 것이 립은 이 험한 산중으로 술통을 짊어져 나르는 목적이 무엇인지 의아스럽기 짝이 없으면서도, 한편으로는 미지의 것에는 뭔가 경외심과 아슬아슬한 경계심을 불러일으키는 어떤 알 수 없는 묘한 것이 있기 때문이었다.

원형극장같은 곳에 들어가니, 또 다른 이상한 일들이 벌어지고 있었다. 한 가운데 평평한 부분에서는 한무리의 기이한 사람들이 모여 나이핀즈 놀이를 하고 있었다. 이들은 꽤 옛날식 복장을 하고 있었는데, 어떤 이는 다블렛을, 어떤 이는 자킨을 걸치고 허리춤에 긴 칼을 차고 있었으며, 대부분은 같이 온 노인과 비슷한 스타일로 아주 헐렁한 반바지를 입고 있었다. 그들의 생김새 또한 특이했다. 한 사람은 머리가 크고 얼굴이 넓적했으며, 눈이 돼지눈처럼 조그만했다. 다른 한 사람은 마치 얼굴 전체에 코만 있는 것처럼 보였는데, 머리에는 빨간 장닭 꽁지로 멋을 낸 흰색 뾰족모자를 쓰고 있었다. 다들 수염을 기르고 있었으나, 그 모양과 색깔은 모두 제각각이었다.

그 중에는 우두머리로 보이는 사람이 있었다. 그는 듬직한 풍채의 노신사로, 풍파에 단련된 듯한 모습을 하고 있었다. 그는 레이스가 달린 더블렛, 폭 넓은 허리띠, 멜빵, 깃을 단 산고 모자를 착용하고 있었으며, 빨간 스타킹에 굽 높은 구두를 신고 장미로 장식 했다. 이 사람들을 보며 립은 마을 목사인 도미니크 반 샤이크 목사의 집에 걸려있던 오래된 플란더스 그림이 머리속에 떠 올렸다. 이 그림은 이주 정착 시절에 홀랜드에서 가져 온 것이었다.

What seemed particularly odd to Rip was, that though these folks were evidently amusing themselves, yet they maintained the gravest faces, the most mysterious silence, and were, withal, the most melancholy party of pleasure he had ever witnessed. Nothing interrupted the stillness of the scene but the noise of the balls, which, whenever they were rolled, echoed along the mountains like rumbling peals of thunder.

As Rip and his companion approached them, they suddenly desisted from their play, and stared at him with such a fixed statue-like gaze, and such strange uncouth, lack-lustre[73] countenances, that his heart turned within him, and his knees smote together. His companion now emptied the contents of the keg into large flagons[74], and made signs to him to wait upon the company. He obeyed with fear and trembling; they quaffed[75] the liquor in profound silence, and then returned to their game.

By degrees, Rip's awe and apprehension subsided. He even ventured, when no eye was fixed upon him, to taste the beverage which he found had much of the flavor of excellent Hollands. He was naturally a thirsty soul, and was soon tempted to repeat the draught. One taste provoked another; and he reiterated his visits to the flagon so often, that at length his senses were overpowered, his eyes swam in his head, his head gradually declined, and he fell into a deep sleep.

---

73) Luster: 광택, 윤기
74) Flagon: 목이 좁은 병이나 용기
75) Quaff: 꿀꺽꿀꺽 들이켜 마시다

립이 특히 기이하다고 여긴 것은 이 사람들이 분명 놀이를 하고 있긴 하지만 하나같이 엄숙하기 짝이 없는 표정을 하고 있었으며, 신비감이 도는 침묵을 지키고 있었으며, 지금까지 본 중 가장 고독스러운 얼굴을 하고 있었다는 것이다. 그 현장의 적막함을 방해하는 것은 공이 내는 소리 외에는 아무 것도 없었다. 사람들이 공을 굴릴 때 마다 그 공은 마치 천둥이 내려치는 듯한 소리를 내며 첩첩 산중에서 우르릉쾅쾅하며 메아리쳐 울렸다.

립과 노인이 다가가자, 그들은 갑자기 하던 놀이를 멈추고 마치 동상처럼 빤히 쳐다보았는데, 그 기이하게 거칠고 윤기라고는 메말라버린 모습을 보자 립은 심장이 울렁거리고 무릎이 후덜거렸다. 같이 간 사람은 술통에 든 내용물을 크다란 술병에 몽땅 따뤄내고는 립에게 술시중을 들라는 신호를 보냈다. 무서워 벌벌 떨며 립은 잠자코 시키는대로 했다. 그들은 깊고도 깊은 침묵 속에서 술을 벌컥벌컥 들이 마신 후, 다시 하던 놀이를 시작했다.

차츰 립의 불안과 무서운 마음이 가라 앉았다. 쳐다보는 눈이 없을 때는 심지어 슬쩍 술맛을 보는 객기를 부리기도 했는데, 아주 잘 빚은 홀랜드산 술 맛이 거의 그대로 나는 것이었다. 타고난 술꾼인 립이다 보니, 금방 다시 술을 마시고 싶은 유혹이 들었다. 한 모금 들이키면 또 다시 한 모금 들이키고 싶어지고, 그렇게 술병에 뻔질나게 손을 자꾸 대다 보니, 어느덧 립은 감각이 흐려지고 눈알이 머리속에서 빙빙 헤엄치기 시작하며 머리가 점차 아래로 내려가나 싶더니, 머지않아 깊은 잠에 곯아떨어지고 말았다.

On waking, he found himself on the green knoll whence[76] he had first seen the old man of the glen. He rubbed his eyes--it was a bright sunny morning. The birds were hopping and twittering among the bushes, and the eagle was wheeling aloft, and breasting the pure mountain breeze. "Surely," thought Rip, "I have not slept here all night." He recalled the occurrences before he fell asleep. The strange man with the keg of liquor--the mountain ravine--the wild retreat among the rocks--the woe-begone party at ninepins--the flagon--"Oh! that flagon! that wicked flagon!" thought Rip--"what excuse shall I make to Dame Van Winkle?"

He looked round for his gun, but in place of the clean well-oiled fowling-piece, he found an old firelock[77] lying by him, the barrel encrusted with rust, the lock falling off, and the stock worm-eaten. He now suspected that the grave roysterers of the mountains had put a trick upon him, and, having dosed him with liquor, had robbed him of his gun. Wolf, too, had disappeared, but he might have strayed away after a squirrel or partridge. He whistled after him and shouted his name, but all in vain; the echoes repeated his whistle and shout, but no dog was to be seen. He determined to revisit the scene of the last evening's gambol, and if he met with any of the party, to demand his dog and gun. As he rose to walk, he found himself stiff in the joints, and wanting in his usual activity. "These mountain beds do not agree with me," thought Rip, "and if this frolic[78], should lay me up with a fit of the rheumatism, I shall have a blessed time with Dame Van Winkle."

---

76) Whence: 어디에서, 무엇으로부터
77) Firelock: 화승총, 부싯돌식 발화총
78) Frolic: 떠들며 노는 친목회

눈을 떴을 때, 립은 골짜기의 노인을 처음 봤던 그 언덕배기에 있었다. 햇살이 밝게 비치는 아침이었다. 립은 눈을 비볐다. 새들이 수풀 사이를 깡총대며 쫑쫑거리고 있었고, 독수리가 맑디 맑은 산 바람을 들이마시며, 하늘 높이 빙빙 날아가고 있었다. 립은 생각했다. "분명히 내가 여기서 밤 새 잠을 잔 것은 아니렸다." 잠 들기 전 일어났던 일을 생각해 보았다. 술통을 든 낯선 사나이, 산 골짝, 바위 사이에서 벌어진 천연이 빚은 휴식처, 우수에 찬 모습으로 나인핀즈 놀이를 하던 사람들, 그리고 술병. "아! 술병! 그 염병할 술병!" 립은 생각했다. "마누라에게 무슨 변명을 둘러대야 하나…."

립은 총이 어디있는지 둘러 보았으나, 말끔하게 기름칠 된 엽총이 있어야 할 자리에는 총신이 녹슬고 개머리판이 떨어져 나가고 벌레가 좀을 먹은 낡은 화승총이 한자루 있었다. 그제서야 립은 산에서 본 그 우거지상을 하고 있던 술꾼들이 자기를 속여 술을 마시고 취하게 한 다음 총을 훔쳐갔다는 의심을 하게 됐다. 울프 역시 사라지고 없었지만, 울프는 다람쥐나 메추리 따위를 쫓아 떠났을지도 모를 일이었다. 립은 개를 찾으려 휘파람을 불고 이름을 불러 보았으나 소용 없었다. 휘파람과 고함소리만 구비구비 메아리 칠 뿐, 개는 어디에서 보이지 않았다. 립은 엊저녁 노름판을 다시 찾아가서, 그 작당 가운데 한 명이라도 만나게 되면 총과 개를 내 놓으라고 따져야겠다고 작정했다. 막상 일어나 걸으려 하자 무릎 관절이 뻣뻣하고 예전처럼 말을 듣지 않았다. 립은 "나는 산에서 잠을 잘 체질이 아니구먼," 하고 생각했다. "만약 이렇게 놀아나다가 류머티즘이라도 걸린다면, 분명 마누라하고 한바탕 굿을 치르겠지."

With some difficulty he got down into the glen: he found the gully up which he and his companion had ascended the preceding evening; but to his astonishment a mountain stream was now foaming down it, leaping from rock to rock, and filling the glen with babbling murmurs. He, however, made shift to scramble up its sides, working his toilsome way through thickets of birch, sassafras, and witch-hazel; and sometimes tripped up or entangled by the wild grape vines that twisted their coils and tendrils from tree to tree, and spread a kind of network in his path.

At length he reached to where the ravine had opened through the cliffs to the amphitheatre; but no traces of such opening remained. The rocks presented a high impenetrable wall, over which the torrent came tumbling in a sheet of feathery foam, and fell into a broad deep basin, black from the shadows of the surrounding forest. Here, then, poor Rip was brought to a stand. He again called and whistled after his dog; he was only answered by the cawing of a flock of idle crows, sporting high in the air about a dry tree that overhung a sunny precipice; and who, secure in their elevation, seemed to look down and scoff at the poor man's perplexities. What was to be done? The morning was passing away, and Rip felt famished for want of his breakfast. He grieved to give up his dog and gun; he dreaded to meet his wife; but it would not do to starve among the mountains. He shook his head, shouldered the rusty firelock, and, with a heart full of trouble and anxiety, turned his steps homeward.

간신히 골짝으로 내려온 립은 그 전날 저녁 이상한 노인과 함께 따라 올라갔던 도랑에 이르렀다. 그런데 놀랍게도 이 도랑은 물거품을 일으키며 골짜기를 따라 바위 사이로 콸콸 요동쳐 흐르고 있는 것이었다. 립은 골짜기 옆, 떡갈나무, 시누대, 물싸리 나무가 우거진 틈을 비집고 낑낑거리며 겨우겨우 빠져 나갔다. 가는 길에 이 나무에서 저 나무까지 마치 그물망처럼 얽히고 설킨 채 쳐져있는 야생 포도덩쿨에 걸려 넘어지거나 몸이 휘감기기도 했다.

마침내 그는 절벽을 낀 계곡이 끝나는 지점에 있는 원형 경기장에 다다랐다. 그러나 그 공터는 흔적조차 남아있지 않았다. 대신 바위만이 높은 난공불락의 절벽을 형성하고 있었고, 그 아래에는 주변의 수풀 그늘로 인해 시커멓게 보이는 드넓고 깊은 강으로 거센 물줄기가 물거품을 일으키며 떨어지고 있었다. 어이없게도 립이 도달한 곳은 그런 곳이었던 것이다. 립은 다시 휘파람으로 개를 불러 보았다. 그러나 들려오는 대답이라고는 양지바른 낭떠러지에 쌓인 마른 나무 위 허공 높이 유유히 맴도는 한무리 까마귀떼가 까악까악 우는 소리 뿐이었다. 까마귀떼는 마치 저 높은 곳에서 여유작작하게 밑을 내려다보며 궁지에 몰린 불쌍한 사나이를 비웃고 있는 것만 같았다. 이 일을 어쩐다. 아침나절이 거의 다 지났겠만 아침을 먹지 못한 립은 시장기를 느꼈다. 개와 총을 포기하는 일도 통탄스럽고, 집에 돌아가 아내를 마주칠 일도 막막하긴 하지만, 산중에서 굶고만 있을 수는 없는 일이었다. 립은 머리를 절레절레 흔들고 녹슨 엽총을 어깨에 울러 맨 채, 수심에 가득찬 마음으로 집을 향해 발길을 돌렸다.

As he approached the village, he met a number of people, but none whom he knew, which somewhat surprised him, for he had thought himself acquainted with every one in the country round. Their dress, too, was of a different fashion from that to which he was accustomed. They all stared at him with equal marks of surprise, and whenever they cast eyes upon him, invariably stroked their chins. The constant recurrence of this gesture, induced Rip, involuntarily, to do, the same, when, to his astonishment, he found his beard had grown a foot long!

He had now entered the skirts of the village. A troop of strange children ran at his heels, hooting[79)] after him, and pointing at his gray beard. The dogs, too, not one of which he recognized for an old acquaintance, barked at him as he passed. The very village was altered: it was larger and more populous. There were rows of houses which he had never seen before, and those which had been his familiar haunts had disappeared.

Strange names were over the doors--strange faces at the windows--everything was strange. His mind now misgave him; he began to doubt whether both he and the world around him were not bewitched. Surely this was his native village, which he had left but a day before. There stood the Kaatskill mountains--there ran the silver Hudson at a distance--there was every hill and dale precisely as it had always been--Rip was sorely perplexed--"That flagon last night," thought he, "has addled my poor head sadly!"

---

79) Hoot: 우우하거나 휘파람을 불며 야유하는 소리를 내다

마을에 이르렀을 때 립은 여러 사람과 마주쳤지만, 그 누구도 낯익은 이는 없었다. 그 마을 주변 사람들이라고는 죄다 알고 있었다고 생각하고 있었던 터라 립은 적잖이 놀랄 수 밖에 없었다. 사람들이 입고 있는 옷도 여태것 알고 있던 것과는 다른 모습이었다. 사람들 역시 놀란 눈으로 립을 쳐다보았으며, 쳐다보는 눈 마다 반드시 이상하다는 듯, 턱을 톡톡 두드리는 것이었다. 끊임없이 이런 몸짓들을 하니 립 역시도 손이 자신도 모르게 턱으로 갔다. 그런데 이게 웬일인가? 자신의 수염이 한자나 자라있는 것이 아닌가.

그러는 사이 립은 마을 어귀에 들어서고 있었다. 한 무리 낯 선 어린이들이 뒤를 쫄쫄 따라오며 립의 흰 수염을 가리키며 야유를 해댔다. 개 조차도 여태껏 본 적이 없는 개들이 립이 지나가면 컹컹 짖어댔다. 마을 그 자체도 변해서 예전보다 더 커지고 사람들이 더 붐비고 있었다. 지금까지 한번도 본 적 없는 집들이 줄지어 들어서 있는가 하면, 자주 가곤하던 눈에 익은 집들은 사라지고 없었다.

문에 달린 명패도, 창에 보이는 얼굴도, 모두가 낯 선 것들 뿐이었다. 이 지경이 되니 립은 마음이 불안해졌다. 자신과 주변의 세상이 모두 귀신에 홀린 것이 아닌가 하는 의심이 들기 시작했다. 분명 이 마을은 불과 며칠전에 떠났던 자신의 고향 마을이었다. 캣스킬 산도 저기 서 있고 멀리 허드슨 강도 흐르고 있으며, 늘 그랬듯이 언덕도 모두 다 그자리에 그대로 있거만, 다만 립 혼자 영문을 몰라 어리둥절하고 있을 뿐이었다. “지난 밤 그 작당들이 내 머리를 조져놓은게야”하고 립은 생각했다.

It was with some difficulty that he found the way to his own house, which he approached with silent awe, expecting every moment to hear the shrill voice of Dame Van Winkle. He found the house gone to decay--the roof had fallen in, the windows shattered, and the doors off the hinges. A half-starved dog, that looked like Wolf, was skulking about it. Rip called him by name, but the cur snarled, showed his teeth, and passed on. This was an unkind cut indeed. --"My very dog," sighed poor Rip," has forgotten me!"

He entered the house, which, to tell the truth, Dame Van Winkle had always kept in neat order. It was empty, forlorn, and apparently abandoned. This desolateness overcame all his connubial[80] fears--he called loudly for his wife and children--the lonely chambers rang for a moment with his voice, and then all again was silence.

He now hurried forth, and hastened to his old resort, the village inn--but it too was gone. A large rickety[81] wooden building stood in its place, with great gaping windows, some of them broken, and mended with old hats and petticoats, and over the door was painted, "The Union Hotel, by Jonathan Doolittle." Instead of the great tree that used to shelter the quiet little Dutch inn of yore[82], there now was reared a tall naked pole, with something on the top that looked like a red nightcap, and from it was fluttering a flag, on which was a singular[83] assemblage of stars and stripes--all this was strange and incomprehensible.

---

80) Connubial: 결혼생활의
81) Rickety: 삐걱거리는, 덜거덕거리는
82) Yore: 옛날, 과거 시대
83) Singular: 기이한, 이상한, 이례적인

어렵사리 겨우 집으로 가는 길을 찾긴 했으나, 언제라도 마누라의 앙칼진 목소리를 듣게 될 지도 모른다는 생각에 립은 끽소리 없이 겁을 먹고 집으로 다가갔다. 그런데 웬일인가. 집은 지붕이 허물어져 내리고 창문은 부서졌으며, 문짝은 떨어져 너덜거리고 있는 것이 아닌가. 울프처럼 생긴 개도 반쯤 굶어 죽어가는 모습으로 비실비실 하고 있었다. 립이 이름을 불러보아도 그냥 이빨을 드러내며 으르룽 거리다 그냥 지나가 버렸다. 정말 황당한 일이 벌어지고 있었다. 가련한 립은 한숨을 내 쉬었다. "내 개조차 나를 못 알아보다니!"

립은 집 안으로 들어가 보았다. 사실 마누라는 집 하나 만큼은 늘 깔끔하게 정돈해 두는 사람이었다. 그런데 집은 텅 비고 황량한 것이, 분명 버려진 상태였다. 이 황량한 적막함으로 인해 립은 결혼생활에 대한 두려움마저 잊어버리고 마누라와 아이들의 이름을 큰 소리로 불러 보았으나, 자신의 목소리만이 방마다 잠시 울렸다가는 곧 또 다시 조용해지고 말았다.

이 지경에 이르르자 마음이 조급해진 립은 서둘러 집을 나와 예전에 즐겨 찾던 그 마을 여인숙으로 달려갔다. 그러나 그것마저도 사라지고 없었다. 그 자리에는 거대한 목조 건물이 삐걱대며 서 있었고, 삐끔 열린 창문 가운데 몇 개는 부서진 자리가 낡은 모자나 패티코트 따위로 대충 땜질 되어 있었다. 문에 걸린 간판에는 "조나단 둘리틀이 경영하는 유니언 호텔"이라고 씌여 있었다. 조용한 옛 홀랜드식으로 지어진 여인숙을 감싸주고 있던 그 큰 나무 대신 지금은 밋밋한 장대가 길다랗게 버티고 서 있었고, 그 꼭대기에 달린 빨간색 잠자리용 모자같은 것에는 깃발이 펄럭이며 나부끼고 있었는데, 그 깃발에는 기이한 별과 줄무늬가 그려져 있었다. 온통 낯설고 이해할 수 없는 것들 투성이었다.

He recognized on the sign, however, the ruby face of King George, under which he had smoked so many a peaceful pipe, but even this was singularly metamorphosed. The red coat was changed for one of blue and buff, a sword was held in the hand instead of a sceptre[84], the head was decorated with a cocked hat, and underneath was painted in large characters, "GENERAL WASHINGTON."

There was, as usual, a crowd of folk about the door, but none that Rip recollected. The very character of the people seemed changed. There was a busy, bustling, disputatious tone about it, instead of the accustomed phlegm and drowsy tranquillity. He looked in vain for the sage Nicholas Vedder, with his broad face, double chin, and fair long pipe, uttering clouds of tobacco-smoke, instead of idle speeches; or Van Bummel, the schoolmaster, doling forth the contents of an ancient newspaper. In place of these, a lean, bilious-looking fellow, with his pockets full of handbills[85], was haranguing, vehemently about rights of citizens-elections--members of Congress--liberty--Bunker's hill[86]--heroes of seventy-six-and other words, which were a perfect Babylonish[87] jargon to the bewildered Van Winkle. The appearance of Rip, with his long, grizzled beard, his rusty fowling-piece, his uncouth[88] dress, and the army of women and children at his heels, soon attracted the attention of the tavern politicians. They crowded round him, eying him from head to foot, with great curiosity. The orator bustled up to him, and, drawing him partly aside, inquired, "on which side he voted?"

---

84) Scepter: 왕이 지니는 홀(笏)
85) Handbill: 전단지
86) Banker's Hill: 남북전쟁 당시 전장터
87) Babylonish: 바빌론에서 사람들이 하던 서로 알아듣지 못하는 말들이라는 의미
88) Uncouth: 괴상하고 별난, 꼴불견의

그런데 간판에 그려진 불그스름한 조지폐하의 초상화만은 알아볼 수 있었다. 그 아래서 립은 한가로이 파이프를 너무나 많이 피웠었건만, 이것 조차도 기이하게 변해 있었다. 빨간 코트는 푸른 누빔옷으로 바뀌어져 있었고, 손에는 왕이 지니는 홀 대신 칼이 쥐어져 있었으며, 머리는 뾰족한 삼각모로 장식 되어 있는데, 그 아래에 큰 글씨로 "워싱턴 장군"이라고 씌여 있었다.

입구 주변에는 언제나 그랬듯이 사람들이 한무리 모여 있었으나, 립이 기억할 수 있는 사람은 단 한 사람도 없었다. 사람들의 특성 그 자체가 변한 것 같았다. 거기에는 자신이 익히 알고 있던 그 나른한 정적과 가래와 같은 것들 대신, 뭔가 분주하고 떠들썩하고 논쟁하는 듯한 분위기가 흐르고 있었다. 넓적한 얼굴에 이중턱을 한 현자 니콜라스 베다가 혹시나 긴 파이프를 멋지게 물고 쓸데 없는 헛소리 대신 담배 연기를 자욱하게 내 뿜고 있지 않나, 혹은 밴 브멜 교장이 오래 된 신문기사 내용을 들려주지 않을까 하고 두리번 거려 보았으나, 허사였다. 이러한 것들 대신 성미가 까다로워 보이는 마른 사나이가 주머니에 전단지를 잔뜩 넣은 채 국민의 권리, 선거, 의원, 자유, 벙커스힐, 76년도의 영웅, 등등, 어리둥절한 밴 윙클에게는 모두 귀신 씨나락 까 먹는듯한 말만 열나게 장황히 늘어놓고 있었다. 희끗한 긴 수염, 낡은 엽총, 그리고 괴상하고 별난 옷차림을 한 채 꽁무니에 여자와 아이들을 한부대 거느리고 나타난 립은 금새 여인숙에 있던 정치가들의 눈길을 끌었다. 그들은 립 주변에 구름떼같이 몰려와 호기심에 찬 눈으로 머리끝에서 발끝까지 훑어보았다. 연설을 하던 사나이는 립의 곁에 바짝 다가오더니 옆으로 살짝 끌어내 물었다. "당신은 어느 편에 투표했소?"

Rip stared in vacant stupidity. Another short but busy little fellow pulled him by the arm, and rising on tiptoe, inquired in his ear, "whether he was Federal or Democrat." Rip was equally at a loss to comprehend the question; when a knowing, self-important old gentleman, in a sharp cocked hat, made his way through the crowd, putting them to the right and left with his elbows as he passed, and planting himself before Van Winkle, with one arm akimb[89]o, the other resting on his cane, his keen eyes and sharp hat penetrating, as it were, into his very soul, demanded in an austere tone, "What brought him to the election with a gun on his shoulder, and a mob at his heels; and whether he meant to breed a riot in the village?" "Alas! gentlemen," cried Rip, somewhat dismayed, "I am a poor, quiet man, a native of the place, and a loyal subject of the King, God bless him!

Here a general shout burst from the bystanders-"a tory[90]! a tory! a spy! a refugee! hustle him! away with him!" It was with great difficulty that the self-important man in the cocked hat restored order; and having assumed a tenfold austerity of brow, demanded again of the unknown culprit, what he came there for, and whom he was seeking. The poor man humbly assured him that he meant no harm, but merely came there in search of some of his neighbors, who used to keep about the tavern.

"Well--who are they?--name them."

Rip bethought himself a moment, and inquired, Where's Nicholas Vedder?

---

89) Akimbo: 손을 허리에 대고 팔꿈치를 양옆으로 펼친 도전적 자세

90) Tory: 토리당원, 왕당원(영국)

립은 멍청한 바보처럼 멀뚱히 쳐다보기만 했다. 키는 작지만 잽싼 또 다른 조그만 사나이가 립의 팔을 붙잡고 발돋움질을 하며 귀에다 대고 물었다. “연방당입니까, 아니면 민주당입니까?” 이 질문에 대해서도 어리둥절하니 영문을 알 수 없기는 마찬가지였다. 그 때, 뭘 아는 척, 거만한 척 하는 노인이 뾰족한 삼각모를 쓴 채, 팔꿈치로 사람들을 휘휘 옆으로 내 밀어내며 관중들 사이를 뚫고 나타나, 한쪽 손은 허리춤, 다른 한 손은 지팡이에 댄 채, 립 앞에 떡 버티고 섰다. 그는 립의 마음속을 꿰뚫어보기라도 하는 듯 날카롭고 쏘아보며 엄한 목소리로 물었다. “당신은 무슨 작정으로 이렇게 어깨에 총을 메고 떼거리를 거느린 채 선거장에 나타난 것이오? 마을에서 무슨 폭동이라도 일으킬 작정이오?”

“아이구, 어르신, 무슨 말씀을. 저는 그저 보잘 것 없이 묻혀사는 이 마을 토박이로, 임금님께 충성하는 신하일 뿐입니다요. 국왕폐하 만세!” 그러자 구경꾼들 사이에서 일제히 고함이 터져나왔다. “왕당파 당원이다! 왕당파 당원이다! 간첩이다! 도망친 놈이다! 내 쫓아라! 없애버려라!” 뾰족한 모자를 쓰고 거만을 떠는 사내는 어렵사리 질서를 되 찾은 후, 눈썹을 치켜 올려 한층 과장스레 근엄한 척 하며, 이 어중이 떠중이 죄인에게 무슨 목적으로 여기 왔으며, 누구를 찾고 있는 것인지, 또 다시 추궁했다. 궁지에 몰린 사나이 립은 자신이 전혀 해를 끼칠 의도가 없으며, 단지 여인숙 주변에 모이곤 하던 이웃들을 찾으러 왔을 뿐이라고 하소연했다.

“그렇다면, 그 자들이 누구란 말이오? 이름을 대 보시오.”

립은 잠시 곰곰히 생각한 뒤 물었다. “니콜라스 베다는 어디 있습니까?”

There was a silence for a little while, when an old man replied, in a thin, piping voice, "Nicholas Vedder? why, be is dead and gone these eighteen years! There was a wooden tombstone in the churchyard that used to tell all about him, but that's rotten and gone too."

"Where's Brom Dutcher?"

"Oh, he went off to the army in the beginning of the war; some say he was killed at the storming of Stony-Point--others say he was drowned in a squall at the foot of Antony's Nose. I don't know --he never came back again."

"Where's Van Bummel, the schoolmaster?"

"He went off to the wars, too; was a great militia general, and is now in Congress." Rip's heart died away, at hearing of these sad changes in his home and friends, and finding himself thus alone in the world. Every answer puzzled him too, by treating of such enormous lapses of time, and of matters which he could not understand: war--Congress-Stony-Point[91];--he had no courage to ask after any more friends, but cried out in despair, "Does nobody here know Rip Van Winkle?"

"Oh, Rip Van Winkle!" exclaimed two or three. "Oh, to be sure! that's Rip Van Winkle yonder, leaning against the tree." Rip looked, and beheld a precise counterpart of himself as he went up the mountain; apparently as lazy, and certainly as ragged. The poor fellow was now completely confounded. He doubted his own identity, and whether he was himself or another man. In the midst of his bewilderment, the man in the cocked hat demanded who he was, and what was his name?

---

91) Stony-Point: 남북전쟁 당시 전쟁터

잠시 침묵이 흐른 뒤, 한 노인이 나타나 카랑카랑한 목소리로 가녀리게 대답했다. "니콜라스 베다? 그 사람은 벌써 18년전에 죽고 없지! 저기 교회 묘지에 서 있던 나무 비석에 그 사람의 생전 행적이 다 적혀 있었지만, 그것마저 썩어 없어지고 말았다네."

"브롬 다챠는 어떻게 됐습니까?"

"아, 그 사람은 전쟁이 터지자 군대에 갔지. 어떤 사람은 스토니 포인트 폭격 때 죽었다고 하고, 어떤 사람은 안소니 노즈 고지에서 폭풍을 만나 익사했다고도 하는데. 나야 알 수 없는 일이지. 다시는 돌아오지 않았으니까."

"벤 브멜이라고, 학교 교장은 어디 있습니까?"

"그 작자도 전쟁터에 갔었지. 독립군 장군으로 용감하게 싸우다가, 지금은 의회에 가 있다오." 자신의 집과 벗들에게 일어난 슬픈 사연들을 들은 립은 이 세상에 홀홀단신 남은 것을 알고 심장이 무너지는 듯했다. 그처럼 엄청난 시간이 흘러가버렸다는 사실, 그리고 전쟁이니, 의회니, 스토니 포인트, 이런 알 수 없는 소리 등, 귀에 들리는 말들조차 전부 수수께끼 같은 것들 뿐이었다. 더 이상 다른 벗들에 대한 소식을 물어 볼 용기마저 잃은 립은 절망스레 외쳤다. "여기 있는 사람 중에 립 밴 윙클을 아는 사람은 아무도 없소?"

"아, 립 밴 윙클!" 하고 두서너 사람이 소리쳤다. "아, 알고 말고! 저기 저 나무에 기대 있는 저 사람이 바로 립 밴 윙클이지." 립이 그 쪽으로 고개를 돌리자, 산에 오를 때 자기 모습과 똑같이 천하태평으로 누더기차림을 한 사내가 보였다. 이렇게 되자 불쌍한 립은 완전히 돌아버릴 지경이었다. 도대체 나라는 존재는 누구인지, 내가 내 자신인지 다른 사람인지까지도 의심이 들었다. 이처럼 립이 황당해 하고 있는 가운데, 뾰족모자를 쓴 사나이는 당신은 누구냐, 이름이 뭐냐고 계속 추궁했다.

"God knows!" exclaimed he at his wit's end[92]; "I'm not myself--I'm somebody else--that's me yonder-no--that's somebody else, got into my shoes--I was myself last night, but I fell asleep on the mountain, and they've changed my gun, and everything's changed, and I'm changed, and I can't tell what's my name, or who I am!"

The by-standers began now to look at each other, nod, wink significantly, and tap their fingers against their foreheads. There was a whisper, also, about securing the gun, and keeping the old fellow from doing mischief; at the very suggestion of which, the self-important man with the cocked hat retired with some precipitation. At this critical moment a fresh, comely woman pressed through the throng to get a peep at the gray-bearded man. She had a chubby child in her arms, which, frightened at his looks, began to cry. "Hush, Rip," cried she, "hush, you little fool; the old man won't hurt you." The name of the child, the air of the mother, the tone of her voice, all awakened a train of recollections in his mind.

"What is your name, my good woman?" asked he.

"Judith Cardenier."

"And your father's name?" "Ah, poor man, Rip Van Winkle was his name, but it's twenty years since he went away from home with his gun, and never has been heard of since,--his dog came home without him; but whether he shot himself, or was carried away by the Indians, nobody can tell. I was then but a little girl."

---

92) at one's wit's end: 인내심이 다 해, 기가 막혀서, 성이 나서

"도대체 이런 하늘이 곡할 노릇이!" 립은 기가 막혀 이렇게 소리쳤다. "내가 내가 아니고, 다른 사람인데, 또 저기 있는 사람이 나라지만, 아니, 그것도 딴 사람이 내 행세를 하고 있는 것입니다. 지난 밤에는 분명 내가 나였는데, 산에서 그만 잠이 들어버린 사이에 그 작자들이 내 총이고 뭐고 온통 전부 다 바꿔버리고, 나 자신조차 이렇게 바뀌어 버렸으니, 나는 내 이름이 누군지, 아예 내가 누군지조차 모르겠습니다!"

옆에 있던 구경꾼들은 서로 마주보고 고개를 끄덕이며, 뭔가 의미심장하게 눈짓을 하며, 손가락으로 이마를 톡톡 쳤다. 그 때 총을 어떻게 빼앗아서 저 늙은이가 나쁜 짓을 못 하도록 해야 한다고 수근거리는 또 소리가 들려왔다. 이 소리가 나오자 뾰족모자를 쓴 거만한척 하는 사나이는 약간 음칫 경계하는 자세로 뒤로 물러섰다. 바로 그 때, 한 젊고 참한 여인네가 사람들 사이를 비집고 들어와 이 허연 턱수염을 기른 사나이를 훔쳐보려 했다. 이 여인네의 팔에 안긴 통통한 아이는 립의 생김새를 보자 겁이 나 울어대기 시작했다. "쉬, 립, 쉬, 멍충아, 뚝 그쳐. 이 노인은 너를 해치지 않아"하고 여인네가 달랬다. 그 아이의 이름, 어머니의 자태, 그리고 말하는 투 등으로 봐서, 립은 뭔가 마음속에 집히는 것이 있어 물어 보았다.

"새댁, 이름이 무엇인가?"

"주디스 가드니어랍니다."

"아버님의 성함은?"

"아, 가련한 우리 아버님의 성함은 립 밴 윙클이었지만, 총을 멘 채 집을 나간 지 20년 동안 전혀 소식이 없었답니다. 같이 갔던 개만 아버지 없이 혼자 덜렁 돌아왔었지만, 아버님이 스스로 총으로 목숨을 끊으셨는지, 인디언들한테 잡혀갔는지, 아무도 알 길이 없어요. 나는 당시에 어린 소녀에 불과했지요."

Rip had but one more question to ask; but he put it with a faltering voice:

"Where's your mother?"

Oh, she too had died but a short time since; she broke a blood-vessel in a fit of passion[93] at a New-England pedler.

There was a drop of comfort, at least, in this intelligence. The honest man could contain himself no longer. He caught his daughter and her child in his arms. "I am your father!" cried he-"Young Rip Van Winkle once-old Rip Van Winkle now--Does nobody know poor Rip Van Winkle!"

All stood amazed, until an old woman, tottering out from among the crowd, put her hand to her brow, and peering under it in his face for a moment exclaimed, "sure enough! it is Rip Van Winkle--it is himself. Welcome home again, old neighbor. Why, where have you been these twenty long years?"

Rip's story was soon told, for the whole twenty years had been to him but as one night. The neighbors stared when they heard it; some were seen to wink at each other, and put their tongues in their cheeks; and the self-important man in the cocked hat, who, when the alarm was over, had returned to the field, screwed down the corners of his mouth, and shook his head--upon which there was a general shaking of the head throughout the assemblage.

---

93) Passion: 열정, 열기, 정열, 광기

립은 한가지 더 물어볼 게 있었다. 그는 더듬더듬하며 물었다.

"어머님은 어디 계신가?"

"아, 어머님도 불과 얼마전에 돌아가셨지요. 뉴잉글랜드 행상하고 발끈해서 싸우다가 핏줄이 터지고 말았죠."

이 사실을 알게 된 립은 최소한 약간 안도했다. 정직한 사나이 립은 더 이상 참을 수 없었다. 립은 딸과 손자를 덥썩 안았다. 그리고 "내가 네 아버지다!" 하고 소리쳤다. "예전의 그 젊던 립 밴 윙클이 지금은 이렇게 늙은 립 밴 윙클이 된 것이란다. 아무도 이 불쌍한 립 밴 윙클을 아는 사람이 없소?"

사람들이 모두 놀라 서 있는 가운데, 한 노파가 사람들 사이를 뚫고 아장아장 걸어 나와 눈썹에 손을 얹은 채 그 밑으로 립을 한참 살펴보더니 외쳤다. "아이고, 맞네 그려. 립 밴 윙클 바로 그 사람이네. 어서 오게, 우리 이웃사촌. 잘 돌아왔네. 아니, 20년 동안이나 그동안 어디 가 있었는가?"

립이 들려줄 수 있는 사연은 그다지 길지 않았다. 자신에게는 20년의 세월이 지났지만, 실상은 단 하룻밤에 불과했기 때문이었다. 이웃들은 그 이야기를 눈을 말똥말똥하게 뜬 채 들었다. 어떤 사람은 서로 마주보고 눈짓을 하며 혀를 내밀었다. 뾰족모자를 쓴 거만스러운 사나이는 경계할 일이 아님을 깨닫자 사람들이 모여 있는 곳으로 되돌아 오더니, 입을 비쭉하며 머리를 절레절레 흔들었다. 이에 모여있던 사람들도 모두 따라 고개를 절레절레 흔들었다.

It was determined, however, to take the opinion of old Peter Vanderdonk, who was seen slowly advancing up the road. He was a descendant of the historian of that name, who wrote one of the earliest accounts of the province. Peter was the most ancient inhabitant of the village, and well versed in all the wonderful events and traditions of the neighborhood. He recollected Rip at once, and corroborated his story in the most satisfactory manner. He assured the company that it was a fact, handed down from his ancestor, the historian, that the Kaatskill mountains had always been haunted by strange beings.

That it was affirmed that the great Hendrick Hudson, the first discoverer of the river and country, kept a kind of vigil there every twenty years, with his crew of the Half-moon[94]; being permitted in this way to revisit the scenes of his enterprise, and keep a guardian eye upon the river and the great city called by his name. That his father had once seen them in their old Dutch dresses playing at ninepins in the hollow of the mountain; and that he himself had heard, one summer afternoon, the sound of their balls, like distant peals of thunder. To make a long story short, the company broke up, and returned to the more important concerns of the election. Rip's daughter took him home to live with her; she had a snug, well-furnished house, and a stout cheery farmer for a husband, whom Rip recollected for one of the urchins that used to climb upon his back. As to Rip's son and heir, who was the ditto of himself, seen leaning against the tree, he was employed to work on the farm; but evinced an hereditary disposition to attend to any thing else but his business.

94) Half-Moon: 허드슨이 타고 탐험했던 배 이름

그러나, 그 때 마침 천천히 걸어오고 있던 피터 반더동크 노인의 의견을 들어보자는 쪽으로 의견이 모아졌다. 그는 동명의 어느 역사가 자손으로, 그 역사가는 그 지방 초기 역사에 대해 쓴 바 있었다. 피터씨는 그 마을에 가장 오래 살아 온 노인으로, 그 지방의 온갖 기이한 사건과 구전되어 오는 이야기들을 알고 있었다. 립을 담방 알아 본 그는, 속이 후련하게 자신의 이야기를 들려 주었다.

피터씨에 의하면, 캣스킬 산맥은 예로부터 늘 이상한 존재의 사람들로 인한 기이한 사건이 끊이지 않았으며, 이것은 자신의 조상인 그 역사가로부터 전해져 내려오는 사실이라고 구경꾼들에게 설명해 주었다.

그의 설명에 따르면, 이 강과 주변 지방을 처음 발견한 영웅 헨드릭 허드슨은 20년마다 한번씩 자신이 타고 다닌 반월호 선원들과 함께 일종의 철야제 같은 것을 지내 왔는데, 이로써 자신의 노력으로 찾은 경치를 다시 찾아보고, 또 자신의 이름을 딴 위대한 도시와 강을 지켜보는 감시자 노릇을 하도록 허락 받았다는 것이다. 또한 그의 아버지도 한 때 구식 홀랜드 의상을 입고 산중에 움푹하게 파인 곳에서 나인핀 놀이를 하는 사람들을 본 적이 있으며, 자기 자신도 어느 여름날 오후, 마치 먼 곳에서 들리는 천둥소리를 들은 적이 있었다는 것이었다.

각설하고 간단히 말하자면, 립의 이야기를 들은 후 사람들은 뿔뿔이 흩어졌고, 다음에 모였을 때는 보다 중요한 선거문제가 화젯거리였다. 립의 딸은 립을 집으로 데려와 함께 살았는데, 딸은 아담하고 살림살이가 알찬 집에서 살고 있었다. 딸의 남편은 체구가 단단하고 성격이 쾌활한 농부였는데, 립이 기억하기로는 예전에 자기 등에 기어오르곤 하던 개구장이 가운데 한 녀석이었다. 나무에 기대어 있었던 립과 붕어빵처럼 닮은 그 아들은 밭에 고용되어 일하고 있었으나, 자기 일이 아닌 남의 일이라면 무슨 일이든 빠지지 않는 성격은 그대로 물려받았음이 역력했다.

Rip now resumed his old walks and habits; he soon found many of his former cronies, though all rather the worse for the wear and tear of time; and preferred making friends among the rising generation, with whom be soon grew into great favor.

Having nothing to do at home, and being arrived at that happy age when a man can be idle with impunity, he took his place once more on the bench, at the inn door, and was reverenced as one of the patriarchs of the village, and a chronicle of the old times "before the war." It was some time before he could get into the regular track of gossip, or could be made to comprehend the strange events that had taken place during his torpor. How that there had been a revolutionary war--that the country had thrown off the yoke of old England--and that, instead of being a subject to his Majesty George the Third, he was now a free citizen of the United States.

Rip, in fact, was no politician; the changes of states and empires made but little impression on him; but there was one species of despotism under which he had long groaned, and that was--petticoat government. Happily, that was at an end; he had got his neck out of the yoke of matrimony, and could go in and out whenever he pleased, without dreading the tyranny of Dame Van Winkle. Whenever her name was mentioned, however, he shook his head, shrugged his shoulders, and cast up his eyes; which might pass either for an expression of resignation to his fate, or joy at his deliverance.

이리하여 립은 예전에 하던 버릇과 산책으로 되돌아가게 됐는데, 예전에 알던 벗들을 몇명 찾아냈지만 세월의 풍파로 인해 모두 예전만 못 하다보니 보다 젊은 세대들 가운데서 친구를 사귀고자 했고, 머지않아 그들 사이에서 인기높은 사람이 되어 갔다. 집에서는 할 일도 없고, 백수 노릇을 해도 될 만큼 나이도 먹은 립은 여인숙 문 앞에 놓인 의자로 다시 마실을 다니기 시작했고, 그곳에서 '전쟁 이전' 시대를 산 역사의 증인으로써, 또한 마을의 어르신 가운데 한사람으로서 존경받았다. 머지않아 다른 사람들이 하는 입방아질에도 한몫 거들거나, 혹은 자신이 잠에 곯아떨어져 있는 동안 일어났던 기이한 사건들, 즉 말하자면 독립전쟁이 왜 발발했는지, 왜 이 나라가 구영국제국과의 과거를 청산하고 말았는지, 그리고 왜 자신이 이제는 조지3세 국왕폐하의 신하가 아니라 미합중국의 자유로운 시민이 되었는지 하는 것들을 이해할 수 있는 수준에 이르게 됐다.

사실 립은 정치에 관심있는 사람은 아니었다. 정부가 어떻게 변하든, 왕정이 어떻게 변하든, 립은 그런 것에 별로 개의치 않았다. 그러나 오랜 세월동안 불만에 가득찼던 폭정이 한가지 있었으니, 그것은 다름아니라 마누라의 바가지 정치였다. 반갑게도 그것은 일단 끝이 났고, 그는 결혼의 굴레에서 마침내 벗어나 마눌의 폭정에 신음하지 않고도 목을 빼 힘을 줄 수 있었고, 마음대로 언제든 집 안밖으로 들락날락 할 수 있게 되었다. 그러나 마눌의 이름이 나오기만 하면 립은 머리를 절레절레 흔들고 어깨를 추스리며 눈을 치켜 떴다. 이는 자신의 운명에 대한 복종의 표시일 수도, 혹은 해방의 기쁨을 표현하는 것일 수도 있다.

He used to tell his story to every stranger that arrived at Mr. Doolittle's hotel. He was observed, at first, to vary on some points every time he told it, which was, doubtless, owing to his having so recently awaked. It at last settled down precisely to the tale I have related, and not a man, woman, or child in the neighborhood, but knew it by heart.

Some always pretended to doubt the reality of it, and insisted that Rip had been out of his head, and that this was one point on which he always remained flighty[95]. The old Dutch inhabitants, however, almost universally gave it full credit. Even to this day, they never hear a thunder-storm of a summer afternoon about the Kaatskill, but they say Hendrick Hudson and his crew are at their game of ninepins; and it is a common wish of all henpecked husbands in the neighborhood, when life hangs heavy on their hands, that they might have a quieting draught out of Rip Van Winkle's flagon.

---

95) Flighty: 일시적이고 변덕스러운, 무책임한

외지의 사람이 둘리틀씨의 여인숙에 오면 립은 자신의 이야기를 들려주곤 했다. 그런데 처음에는 이야기를 할 때 마다 몇몇 부분의 내용이 달라졌는데, 이는 의심의 여지 없이 깨어난지 얼마 되지 않았기 때문이었을 것이다. 그러다 마침내 내가 지금 전해주는 이야기로 굳어지게 됐는데, 이 이야기는 그 동네의 남녀노소라면 누구라도 다 줄줄 외우지 못하는 사람이 없을 정도였다.

이 이야기의 사실성을 의심하는 사람도 늘 있었으며, 립이 머리가 약간 돈 사람이라 주장하는 사람도 있었으며, 사실 립은 예전에도 늘이 머리가 좀 이상한 면은 있었다. 그러나 옛 홀랜드 정착인들은 거의 전폭적으로 그의 말을 곧이곧대로 믿어주었다. 오늘날까지도 사람들은 캣스킬 주변에서 여름 오후에 천둥번개가 치는 소리를 들을 때마다 헨드릭 허드슨과 그의 선원들이 나인핀즈 놀이를 하는 것으로 믿고 있으며, 이 지방에 사는 공처가들은 인생이 고달프다 싶어질때면 립 밴 윙클이 마셨다는 그 술을 마시고 모든 것을 떨쳐버릴수만 있다면 하고 누구나 한결같이 소망하게 되었다.

YOUNG GOODMAN BROWN

젊은 굿맨 브라운

YOUNG GOODMAN BROWN | 젊은 굿맨 브라운

YOUNG GOODMAN[96) BROWN came forth at sunset, into the street of Salem village[97), but put his head back, after crossing the threshold, to exchange a parting kiss with his young wife. And Faith, as the wife was aptly named, thrust her own pretty head into the street, letting the wind play with the pink ribbons of her cap, while she called to Goodman Brown.

"Dearest heart," whispered she, softly and rather sadly, when her lips were close to his ear, "pr'ythee, put off your journey until sunrise, and sleep in your own bed tonight. A lone woman is troubled with such dreams and such thoughts, that she's afeard of herself, sometimes. Pray, tarry with me this night, dear husband, of all nights in the year!" "My love and my Faith," replied young Goodman Brown, "of all nights in the year, this one night must I tarry away from thee. My journey, as thou callest it, forth and back again, must needs be done 'twixt now and sunrise. What, my sweet, pretty wife, dost thou doubt me already, and we but three months married!"

"Then God bless you!" said Faith, with the pink ribbons, "and may you find all well, when you come back."

"Amen!" cried Goodman Brown. "Say thy prayers, dear Faith, and go to bed at dusk, and no harm will come to thee."

96) Goodman: 남편이나 가장에게 붙히는 칭호
97) Salem village: 메사추세츠주에 있는 도시로, 미국 역사상 수치로 남아있는 세일럼마녀 재판이 1692년 열렸던 곳.

해질 무렵, 젊은 굿맨 브라운은 세일럼 마을 거리로 나서기 위해 문지방을 넘은 후 고개를 돌려 젊은 아내에게 작별 키쓰를 했다. 페이스라는 꽤 어울리는 이름을 가진 아내는 어여쁜 머리를 거리로 내 밀어 모자에 달린 분홍빛 리본이 바람에 하늘거리는 가운데 굿맨 브라운을 불렀다.

"사랑하는 서방님". 입술을 그의 귀에 가까이 댄 채, 아내는 나지막하고도 애달프게 속삭였다. "제발 해가 뜰 때까지 여행을 미루시고, 오늘밤은 제집 잠자리에서 주무셔요. 여자는 혼자가 되면 온갖 잡념과 악몽으로 심란해져서 때로는 자기 자신이 무서워진답니다. 사랑하는 서방님, 그러니, 일년 그 많고 많은 밤들 중에 오늘밤만은 제발 저랑 있어 주세요!" "사랑하는 나의 페이스" 젊은 굿맨 브라운이 대답했다. "한 해의 그 많은 밤 중에 오늘밤만은 당신과 떨어져 있을 수 밖에 없다오. 당신이 여행이라고 부르는 내 볼일은 지금부터 내일 해가 뜨기 전까지 그 사이에 갔다와야 하는 일이라오. 결혼한 지 석달밖에 되지 않았는데, 내 어여쁜 아내가 벌써 나를 의심할 일이 뭐가 있겠소!"

"그렇다면, 하나님이 축복하사 무사히 잘 다녀오시길 바래요." 핑크빛 리본을 단 페이스가 말했다.

"그래야지요!" 굿맨이 외쳤다. "사랑하는 페이스. 기도를 하고 해가 지면 잠자리에 들어요. 그러면 당신에게 아무런 별일이 없을 것이오."

So they parted; and the young man pursued his way, until, being about to turn the corner by the meeting-house, he looked back and saw the head of Faith still peeping after him, with a melancholy air, in spite of her pink ribbons.

"Poor little Faith!" thought he, for his heart smote him. "What a wretch am I, to leave her on such an errand! She talks of dreams, too. Methought[98], as she spoke, there was trouble in her face, as if a dream had warned her what work is to be done tonight. But, no, no! 'twould kill her to think it. Well; she's a blessed angel on earth; and after this one night, I'll cling to her skirts and follow her to Heaven."

With this excellent resolve for the future, Goodman Brown felt himself justified[99] in making more haste on his present evil purpose. He had taken a dreary road, darkened by all the gloomiest trees of the forest, which barely stood aside to let the narrow path creep through, and closed immediately behind. It was all as lonely as could be; and there is this peculiarity in such a solitude, that the traveller knows not who may be concealed by the innumerable trunks and the thick boughs overhead; so that, with lonely footsteps, he may yet be passing through an unseen multitude.

"There may be a devilish Indian behind every tree," said Goodman Brown to himself; and he glanced fearfully behind him, as he added, "What if[100] the devil himself should be at my very elbow!"

---

98) methought (methinks), v. I thought
99) feel justified in -ing: --하는 것이 정당한 일이라고 느끼다.
100) what if?: what would happen if

이렇게 아내와 작별한 후, 젊은 굿맨 브라운이 갈 길을 재촉하며 걸어가다가 교회 모퉁이를 막 돌아서기 직전 뒤돌아 보았을 때, 여전히 자기를 지켜보고 있는 페이스의 머리가 보였다. 핑크빛 리본을 달고 있음에도 그 모습에는 가련함이 서려 있었다.

"가엾은 우리 페이스!" 아픈 가슴으로 그는 생각했다. "이딴 볼일로 페이스를 혼자 두고 떠나야 하다니, 내가 너무 몹쓸사람이 됐군. 꿈 이야기도 하던데. 오늘밤에 일어날 일에 대해 뭔가 경고하는 꿈이라도 꾼 듯, 페이스가 말을 할 때 얼굴에 깊은 근심이 서려 있는 것 같다는 생각이 들었지. 그러나, 아냐, 아냐! 그걸 생각만해도 아내는 죽을듯 괴로워할거야. 아내는 지상의 축복받은 천사야. 오늘 하룻밤만 지나면, 아내의 치맛자락에 매달려 천국까지 아내와 함께 할거야."

이렇듯 장래 다짐을 근사하게 하자 한결 마음이 홀가분해진 굿맨 브라운은 목전의 사악한 목적을 향해 발길을 서둘렀다. 그는 수풀 속에서도 가장 으시시해 보이는 나무들이 시커멓게 들어 서 있는 황량한 길을 택해 들어섰다. 그 길은 겨우 기어갈 수 있을 정도로 좁게 나 있어, 지나 온 자리는 곧 다시 나무들로 막혀버릴 정도였다. 수풀은 너무나 적막했다. 마치 머리 위에 수도 없이 늘어진 가지와 둥지 뒤에 뭐가 숨어있을 지 알 수 없는 나그네로써는 호젓히 발걸음을 옮길 때 마다 마치 미지의 수많은 것들 사이를 뚫고 지나가는 듯한 어떤 예사롭지 않은 기운이 그 적막함 속에서 느껴졌다.

"나무마다 마귀같은 인디언이 숨어있을지 모르지." 굿맨 브라운은 혼자 중얼거리며, 두려운 눈길로 뒤를 흘낏 쳐다보았다. "진짜 마귀가 내 뒤를 바싹 따라오고 있으면 어떻게하지?"

His head being turned back, he passed a crook of the road, and looking forward again, beheld the figure of a man, in grave and decent attire, seated at the foot of an old tree. He arose, at Goodman Brown's approach, and walked onward, side by side with him.

"You are late, Goodman Brown," said he. "The clock of the Old South was striking, as I came through Boston; and that is full fifteen minutes agone.

"Faith kept me back awhile," replied the young man, with a tremor in his voice, caused by the sudden appearance of his companion, though not wholly unexpected.

It was now deep dusk in the forest, and deepest in that part of it where these two were journeying. As nearly as could be discerned, the second traveller was about fifty years old, apparently in the same rank of life as Goodman Brown, and bearing a considerable resemblance to him, though perhaps more in expression than features. Still, they might have been taken for[101] father and son. And yet, though the elder person was as simply clad as the younger, and as simple in manner too, he had an indescribable air of one who knew the world, and would not have felt abashed at the governor's dinner-table, or in King William's court, were it possible that[102] his affairs should call him thither[103].

101) Be take for A: A인 것으로 오해하다
102) Were it possible: if it were possible
103) Thither: (옛말) 저쪽으로

뒤를 살펴보며 길의 꺾인 부분을 지난 후, 고개를 다시 앞으로 돌려 걸어갈 때, 고목 아래 점잖고 말쑥하게 차려 입은 사내가 앉아 있는 모습이 보였다. 그는 굿맨 브라운이 다가가자 자리에서 일어서더니, 굿맨 브라운과 나란히 걸어가기 시작했다.

"굿맨 브라운. 늦었군." 그는 말했다. "내가 보스톤을 벗어날 때 올드 사우스 교회 시계종이 울렸으니, 말하자면 족히 15분은 지난 셈이지."

"페이스 때문에 좀 지체됐습니다" 전혀 예기치 않았던 것은 아니지만, 동행자의 갑작스런 출몰로 인해 약간 떨리는 목소리로 젊은이는 대답했다.

숲은 이제 저녁기운이 짙었고, 두 사람이 걷고 있는 숲길은 그 중에서도 가장 깊고 어두웠다. 잘 살펴보면, 이 두 번째 나그네는 나이가 약 50세 정도였고, 굿맨 브라운과 거의 비슷한 지체에 있는 것처럼 보였으며, 생긴 모습이라기보다는 표정면에서 굿맨 브라운과 아주 많이 닮은 모습을 하고 있었다. 그래도 그들은 부자지간인 것으로 보여질 수 있을 정도였다. 나이가 더 많은 사람은 나이가 더 어린 사람만큼 소박한 옷차림을 하고 있었으며, 매너에 있어서도 꾸밈이 없긴 했으나, 그 연장자는 세상물정에 밝으며, 주지사의 저녁 식사에서나, 혹은 볼일이 있어 윌리엄왕의 궁정에 불려들어가는 일이 있어도 당황스러워 하지 않을 것 같은, 그런 말로 표현하기 어려운 분위기를 지니고 있었다.

But the only thing about him, that could be fixed upon as remarkable, was his staff, which bore the likeness of a great black snake, so curiously wrought, that it might almost be seen to twist and wriggle itself like a living serpent. This, of course, must have been an ocular deception, assisted by the uncertain light. "Come, Goodman Brown!" cried his fellow-traveller, "this is a dull pace for the beginning of a journey. Take my staff, if you are so soon weary.

"Friend," said the other, exchanging his slow pace for a full stop, "having kept covenant by meeting thee here, it is my purpose now to return whence I came. I have scruples[104], touching the matter thou wot'st[105] of." "Sayest thou so?" replied he of the serpent, smiling apart. "Let us walk on, nevertheless, reasoning as we go, and if I convince thee not, thou shalt turn back. We are but a little way in the forest, yet."

"Too far, too far!" exclaimed the goodman, unconsciously resuming his walk. "My father never went into the woods on such an errand, nor his father before him. We have been a race of honest men and good Christians, since the days of the martyrs. And shall I be the first of the name of Brown, that ever took this path and kept"- "Such company, thou wouldst say," observed the elder person, interrupting his pause. "Well said, Goodman Brown! I have been as well acquainted with your family as with ever a one among the Puritans; and that's no trifle to say. I helped your grandfather, the constable, when he lashed the Quaker woman so smartly through the streets of Salem.

---

104) Scruples: 양심의 가책
105) Wot'st: know

그러나 무엇보다도 그에게서 특이하게 눈에 띠는 것은 거대한 검은 뱀모양을 한 지팡이였는데, 그것은 마치 살아있는 뱀처럼 뒤틀고 꿈틀거리고 있는 것처럼 보이도록 기묘하게 주조된 것이었다. 물론 이것은 흐릿한 빛으로 인한 착시현상이 분명했다. "이보게, 굿맨 브라운" 동행하는 나그네가 소리쳤다. "여행을 막 떠나는 사람 치고는 속도가 좀 느리군. 금방 지칠 것 같으면 이 지팡이를 잡게."

"선생." 느린 발걸음을 멈추며 굿맨 브라운이 말했다. "선생을 여기서 만나기로 한 약속을 지켰으니, 이제 왔던 곳으로 돌아갈까 하오. 선생이 아는 그 일을 생각하면 양심에 가책이 생긴다오." "그런가?" 뱀지팡이를 쥔 사나이가 미소를 거두며 말했다. "그래도 함께 걸어가면서 차근히 이야기 해보세. 내가 자네를 납득시키지 못하면 자네는 돌아가도 좋네. 우린 이제 막 수풀 속에 들어서지 않았는가."

"너무 깊이, 너무 멀리, 발을 들여놓은거지요!" 선량한 그는 자신도 모르는 사이 다시 걷기 시작하며 소리쳤다. "저의 아버님은 이런 일로 숲속에 들어온 적도 없고, 할아버지도 그런 적이 없소. 우리 집안은 영국 순교시대 이래로 정직하고 착실하게 살아 온 기독교인들이었오. 브라운 집안 사람 가운데는 아마 내가 처음일거요. 이 길에 발을 들여놓고 이렇게…." "나 같은 사람 상대를 하는 것은…. 하고 말하려는 건가?" 브라운이 잠시 말을 머뭇거리는 틈에 영감이 끼어들었다. "굿맨 브라운, 제대로 말 했네. 여기 청교도들 가운데 그 누구 못지않게 나는 자네 집안사람들을 잘 알고 지냈지. 이건 괜한 소리가 아니라네. 자네 할아버지가 보안관 시절 세일럼의 큰 길을 돌아다니며 퀘이커 여자에게 회초리를 휘두를 때 내가 자네 할아버지를 도우기도 했다네.

And it was I that brought your father a pitch-pine knot, kindled at my own hearth, to set fire to an Indian village, in King Philip's War. They were my good friends, both; and many a pleasant walk have we had[106] along this path, and returned merrily after midnight. I would fain be friends with you, for their sake."

"If it be as thou sayest," replied Goodman Brown, "I marvel they never spoke of these matters. Or, verily, I marvel not, seeing that the least rumor of the sort would have driven them from New England. We are a people of prayer, and good works to boot, and abide no such wickedness."

"Wickedness or not," said the traveller with the twisted staff, “I have a very general acquaintance here in New England. The deacons of many a church have drunk the communion wine with me; the selectmen, of divers towns, make me their chairman; and a majority of the Great and General Court are firm supporters of my interest. The governor and I, too- but these are state-secrets."

"Can this be so!" cried Goodman Brown, with a stare of amazement at his undisturbed companion. "Howbeit[107], I have nothing to do with the governor and council; they have their own ways, and are no rule for a simple husbandman like me. But, were I to go on with thee, how should I meet the eye of that good old man, our minister, at Salem village? Oh, his voice would make me tremble, both Sabbath-day and lecture-day!"

---

106) Many a pleawant walk have we had: we have had many a pleasant walk
107) Howbeit: although

그리고 필립왕 전투 시절 자네 아버지가 인디언 부락에 불을 지를 때, 화로에서 송진 가지에 불을 붙여 자네 아버지에게 갖다 준 것도 바로 나였다네. 자네 부친이나 조부나, 두 분이 다 나의 절친한 친구였네. 우린 이 길을 기분좋게 같이 걷다가, 자정이 지나서야 즐거운 마음으로 되돌아 온 적도 여러 번 있었다네. 그분들을 생각해서라도 난 자네의 친구가 되고 싶네."

"말씀하신 것이 사실이라면, 그분들이 제게 그런 이야기를 한번도 하신 적이 없는게 신기하군요." 굿맨 브라운이 말했다. "하기는, 그런 소문이 조금이라도 떠돌아다녔다면 뉴잉글랜드에서 쫓겨났을터이니, 그리 놀랄 일은 아니군요. 우리 집안은 열심히 기도하고 선행을 베푸는 사람들이라, 그렇게 사악한 짓에 어울릴 사람들이 아니지요."

"사악스럽든, 아니든 간에" 꼬인 지팡이를 쥔 영감이 말했다. "나는 뉴잉글랜드에 알고 지내는 사람들이 아주 많다네. 많은 교회 집사들과 더불어 성찬식 와인을 마셨고, 여러 마을 의원들이 나를 회장으로 추대했고, 의회의 다수 의원들이 나의 이권을 절대적으로 지지해 주었고, 주지사와 나 역시… 그러나 이건 주정부 기밀사항이군."

"어찌 그럴 수가!" 동요하지 않는 동행자를 놀란 눈으로 쳐다보며 굿맨 브라운이 소리질렀다. "어쨌든지 간에, 저는 주지사나 의회와 아무 상관이 없소. 그들은 그들만의 방식이 있고, 나처럼 평범한 범부들에게는 상관없는 일이지요. 하지만 제가 영감님과 동행한다면, 세일럼 마을의 훌륭한 노목사님을 무슨 면목으로 마주칠 수 있겠습니까? 오, 안식일이나 설교 시간에 그분의 목소리만 들어도 저는 덜덜 떨게 될겁니다!"

Thus far, the elder traveller had listened with due gravity, but now burst into a fit of irrepressible mirth, shaking himself so violently that his snake-like staff actually seemed to wriggle in sympathy.

"Ha! ha! ha!" shouted he, again and again; then composing himself, "Well, go on, Goodman Brown, go on; but, prithee[108], don't kill me with laughing!"

"Well, then, to end the matter at once," said Goodman Brown, considerably nettled, "there is my wife, Faith. It would break her dear little heart; and I'd rather break my own!"

"Nay, if that be the case," answered the other, "e'en go thy ways, Goodman Brown. I would not, for twenty old women like the one hobbling before us, that Faith should come to any harm."

As he spoke, he pointed his staff at a female figure on the path, in whom Goodman Brown recognized a very pious and exemplary dame, who had taught him his catechism in youth, and was still his moral and spiritual adviser, jointly with the minister and Deacon Gookin. “A marvel, truly, that Goody Cloyse should be so far in the wilderness, at night-fall!" said he. "But, with your leave, friend, I shall take a cut through the woods, until we have left this Christian woman behind. Being a stranger to you, she might ask whom I was consorting with, and whither I was going."

108) Prithee: please

지금까지 꽤 진지하게 말을 듣기만 하고 있던 노인은 참을 수 없다는 듯 웃음보를 터뜨렸다. 얼마나 심하게 몸을 흔들며 웃었던지, 뱀처럼 생긴 그의 지팡이가 공감한다는 뜻으로 꿈틀거려보일 정도였다.

"핫하하!" 그는 거듭 이렇게 큰소리로 한바탕 웃은 후, 평정을 되찾으며 말했다.

"그럼 계속하게, 굿맨 브라운. 계속해 보라고. 하지만 제발 내가 웃다 죽게 하지는 말아주게"

"그렇다면, 단도직입으로 마무리해 보지요" 무척 안달이 난 기색으로 굿맨 브라운이 말했다. "페이스라고, 제 아내가 있는데요. 아내의 여린 마음이 찢어지고 말 것입니다. 차라리 제 가슴이 찢어져버리는 것이 나아요."

"아니, 사정이 그렇다면 자네 갈 길을 가게나, 굿맨 브라운." 그가 말했다. "우리 앞에 절뚝거리며 가고 있는 저 나이든 여자를 스무 명 준다 해도, 페이스에게 나쁜 일이 생기게 할 순 없지."

이렇게 말을 하며 노인은 숲길을 가고 있는 여자를 지팡이로 가리켰다. 굿맨 브라운은 그 여자가 누군지 알 수 있었다. 아주 신앙심이 깊고 모범적인 여성으로, 젊은 시절 그에게 교리문답을 가르쳐 주었으며, 목사님과 굿킨 집사와 더불어 지금도 자신에게 영적 그리고 도덕적 조언자 역할을 하고 있는 바로 그 여자였다. "구디 클로이스 부인이 이 한밤중에 이렇게 깊은 숲속에 와 계시다니, 정말 놀랄일이군요." 그가 말했다. "하지만, 선생. 허락해 주신다면, 숲 속에 난 지름길을 택해서 이 크리스챤 부인을 뒤로 따돌리고 싶습니다. 저 부인은 선생과 안면이 없으니, 저더러 함께 있는 사람이 누군지, 혹은 어디로 가는 길인지, 물어볼지도 모르니까요."

"Be it so," said his fellow-traveller. "Betake you to the woods, and let me keep the path."

Accordingly, the young man turned aside, but took care to watch his companion, who advanced softly along the road, until he had come within a staff's length of the old dame. She, meanwhile, was making the best of her way[109], with singular speed for so aged a woman, and mumbling some indistinct words, a prayer, doubtless, as she went. The traveller put forth his staff, and touched her withered neck with what seemed the serpent's tail.

"The devil!" screamed the pious old lady.

"Then Goody Cloyse knows her old friend?" observed the traveller, confronting her, and leaning on his writhing stick.

"Ah, forsooth[110], and is it your worship[111], indeed?" cried the good dame. "Yea, truly is it, and in the very image of my old gossip, Goodman Brown, the grandfather of the silly fellow that now is. But, would your worship believe it? my broomstick hath strangely disappeared, stolen, as I suspect, by that unhanged witch, Goody Cory, and that, too, when I was all anointed with the juice of smallage and cinque-foil and wolf's-bane"-

"Mingled with fine wheat and the fat of a new-born babe," said the shape of old Goodman Brown.

---

109) Making the best of her way: 최대한 서둘러 길을 가다
110) Forsooth: (adv.) in truth
111) Your worship: 지체 높은 나으리에게 붙히는 존칭

"그렇게 하시게." 함께 가는 동행자가 말했다. "자네는 숲을 질러가고, 나는 이 길을 계속 따라가겠네."

그래서 젊은 브라운은 옆길로 새게 되었으나, 노인을 계속 신경 써서 지켜보았다. 노인은 가볍게 길을 따라 앞으로 나아가다가, 마침내 지팡이 하나 거리까지 부인을 따라잡았다. 한편 그 여성은 나이든 여자답지 않은 꽤 빠른 속도로 제 길을 가면서, 뭔가 알아듣기 힘든 말을 중얼거리고 있었다. 분명 기도임이 틀림없었다. 노인은 지팡이를 내 밀어, 뱀꼬리처럼 생긴 부분으로 그녀의 주름진 목덜미를 건드렸다.

"악마다!" 신앙심 깊은 부인이 비명을 질렀다.

"이건 구디 클로이스가 옛 친구를 알아본다는 말인가?" 노인이 말했다. 노인은 노파와 마주 선 채, 꿈틀대는 지팡이에 몸을 의지했다.

"어머나, 정말, 존경하는 나으리가 아니십니까?" 선량한 부인이 소리쳤다. "정말, 나으리시군요. 지금은 실없는 젊은이인 굿맨 브라운의 할아버지이시자 내가 과거에 알고 지내던 그 굿맨 브라운과 똑 같은 모습을 하고 계시군요. 그렇지만, 나으리, 이걸 믿으실 수 있으신지요? 저의 빗자루가 이상하게 사라지고 말았는데, 아마 아직 처형되지 않은 마녀 구디 코리가 훔쳐간 것이 틀림없는 것 같답니다. 그것도 제가 양지꽃과 야생 샐러리 즙, 그리고 늑대의 독즙을 섞은 것을 몸에 바르고 있었는데도 말이예요."

"고운 밀가루와 갓난아이의 비곗살까지 함께 섞어서 말이지요." 나이 든 굿맨 브라운 모습을 한 그가 말했다.

"Ah, your worship knows the recipe," cried the old lady, cackling aloud. "So, as I was saying, being all ready for the meeting, and no horse to ride on, I made up my mind to foot it; for they tell me, there is a nice young man to be taken into communion tonight. But now your good worship will lend me your arm, and we shall be there in a twinkling."

"That can hardly be," answered her friend. "I may not spare you my arm, Goody Cloyse, but here is my staff, if you will." So saying, he threw it down at her feet, where, perhaps, it assumed life, being one of the rods which its owner had formerly lent to Egyptian Magi. Of this fact, however, Goodman Brown could not take cognizance. He had cast up his eyes in astonishment, and looking down again, beheld neither Goody Cloyse nor the serpentine staff, but his fellow-traveller alone, who waited for him as calmly as if nothing had happened.

"That old woman taught me my catechism!" said the young man; and there was a world of meaning in this simple comment. They continued to walk onward, while the elder traveller exhorted his companion to make good speed and persevere in the path, discoursing so aptly, that his arguments seemed rather to[112] spring up in the bosom of his auditor, than to be suggested by himself. As they went, he plucked a branch of maple, to serve for a walking-stick, and began to strip it of the twigs and little boughs, which were wet with evening dew. The moment his fingers touched them, they became strangely withered and dried up, as with a week's sunshine.

---

112) Seemed rather to A than to B: B라기 보다 A인 것처럼 보이다.

“아 참, 나으리께서는 그 비법을 알고 계시지요.” 노부인이 깔깔 웃음을 터뜨리며 말했다. “그래서, 제가 말했듯이 모임에 갈 준비는 다 됐는데 타고 갈 말이 없어서, 그냥 걸어서 가리라고 마음 먹었지요. 사람들이 말하기를 오늘 밤 모임에 훌륭한 젊은이가 참석할 것이라고 하니까 말이지요. 그런데 이제 나으리의 팔을 붙잡고 안내를 받게 되면, 눈 깜짝할 사이에 거기 도착할 수 있겠군요.”

“그건 좀 어렵겠고…” 부인의 친구가 대답했다. “구디 클로이스 부인, 제 팔을 빌려드리기는 어렵지만, 원하신다면 이 지팡이라도 빌려드리지요.” 그렇게 말하며 그는 지팡이를 부인의 발치 쪽에 던져 주었다. 발치에 떨어진 지팡이는 마치 옛날 이집트 마술사에게 빌려주었던 그 지팡이처럼 살아 움직이는 듯 했다. 하지만 굿맨 브라운은 이 사실을 인정해 받아들일 수 없었다. 그가 놀라서 시선을 하늘로 향했다가 다시 내렸을 때는 구디 클로이즈 부인도 뱀모양을 한 지팡이도 없고, 다만 동행자만이 홀로, 마치 아무런 일도 없었다는 듯 담담하게, 그를 기다리고 있을 뿐이었다.

“아까 그 부인이 나에게 교리문답을 가르쳐 주셨는데!” 하고 젊은이가 말했다. 이 짧은 말 속에는 깊은 의미가 함축되어 있었다. 그들은 가던 길을 다시 걷기 시작했다. 그 사이 노인은 동행자에게 속도를 내서 꾸준히 걸어라고 재촉했다. 노인은 워낙 요령있게 재촉을 해서, 마치 노인 자신이 참견하고 있는 것이라기 보다는 듣는 사람의 마음에서 우러나오는 소리인 것처럼 느껴졌다. 길을 걷다가 그는 도보용 지팡이로 쓸만한 단풍나무 가지를 하나 꺾은 후, 저녁 이슬에 젖은 그 나뭇가지의 잔가지와 잎사귀들을 훑어 내기 시작했다. 그의 손길이 닿는 순간, 이상하게도 잔가지와 잎사귀들이 시들어들더니, 마치 일주일동안 햇빛에 시달린 듯 바싹 말라버렸다.

Thus the pair proceeded, at a good free pace, until suddenly, in a gloomy hollow of the road, Goodman Brown sat himself down on the stump of a tree, and refused to go any farther. "Friend," said he, stubbornly, "my mind is made up. Not another step will I budge on this errand. What if a wretched old woman do choose to go to the devil, when I thought she was going to Heaven! Is that any reason why I should quit my dear Faith, and go after her?"

"You will think better of this by-and-by[113]," said his acquaintance, composedly. "Sit here and rest yourself awhile; and when you feel like moving[114] again, there is my staff to help you along."

Without more words, he threw his companion the maple stick, and was as speedily out of sight as if he had vanished into the deepening gloom. The young man sat a few moments by the road-side, applauding himself greatly, and thinking with how clear a conscience he should meet the minister, in his morning-walk, nor shrink from the eye of good old Deacon Gookin.

And what calm sleep would be his, that very night, which was to have been spent so wickedly, but purely and sweetly now, in the arms of Faith! Amidst these pleasant and praiseworthy meditations, Goodman Brown heard the tramp of horses along the road, and deemed it advisable to conceal himself within the verge of the forest, conscious of the guilty purpose that had brought him thither, though now so happily turned from it.

---

113) by and by: 곧, 이윽고
114) Feel like -ing: --하고자 하는 마음이 들다

이렇게 두 사람이 상당히 빠른 걸음으로 계속 갈 길을 가다가 갑자기 길 가운데 음푹 패인 구덩이가 나타나자 굿맨 브라운은 갑자기 나무 그루터기에 주저앉으며 더 이상 길을 가기를 거부했다. "선생, 저는 이제 마음을 먹었습니다" 그는 완고하게 말했다. "이 일로 더 이상 한발자국도 떼지 않기로요. 천국으로 갈거라고 내가 믿었던 이 한심한 노부인이 마귀한테 가기로 결정을 한다면 어쩔겁니까? 그게 제가 사랑하는 아내 페이스를 버리고 그 노부인을 따라가야 할 이유가 될 만 합니까?"

"곧 이 일에 대해 보다 긍정적으로 생각하게 될걸세." 동행자가 침착하게 말했다. "여기 앉아서 잠시 쉬시게. 그리고 다시 움직일 생각이 들면, 내 지팡이가 자네에게 도움이 될걸세."

그는 더 이상 말을 하지 않고 단풍나무 지팡이를 동행인에게 던져준 뒤, 점점 짙어지는 어둠 속으로 사라지듯이 시야에서 순식간에 사라져버렸다. 젊은이는 길옆에 잠시 앉아 '이제 아침 산책길에 노목사를 마주쳐도 양심에 아무런 거리낌이 없을 것이며, 신앙심 깊은 노집사 굿킨과 눈이 마주쳐도 움츠러들지 않아도 되리라' 생각하며, 자신을 무척 대견스러워했다.

자칫 사악하게 보낼뻔 했던 바로 이 밤을 이제는 페이스의 품안에서 순수하고 달콤하게 보내며, 얼마나 편하게 잠 들 수 있을 것인가! 이렇게 즐겁고 기특한 생각에 잠겨 있을 때, 굿맨 브라운은 그 길을 달려오고 있는 한무리 말발굽소리를 듣고, 숲속으로 몸을 숨기는 것이 좋겠다고 생각했다. 비록 만족스럽게 당초 계획에서 벗어나기는 했지만, 일단 자신을 여기까지 오게 한 그 죄스러운 목적을 의식했기 때문이었다.

On came the hoof-tramps and the voices of the riders, two grave old voices, conversing soberly as they drew near. These mingled sounds appeared to pass along the road, within a few yards of the young man's hiding-place; but owing, doubtless, to the depth of the gloom, at that particular spot, neither the travellers nor their steeds were visible. Though their figures brushed the small boughs by the way-side, it could not be seen that they intercepted, even for a moment, the faint gleam from the strip of bright sky, athwart which they must have passed.

Goodman Brown alternately crouched and stood on tip-toe[115], pulling aside the branches, and thrusting forth his head as far as he durst, without discerning so much as a shadow. It vexed him the more, because he could have sworn, were such a thing possible, that he recognized the voices of the minister and Deacon Gookin, jogging along quietly, as they were wont to do[116], when bound to some ordination or ecclesiastical council. While yet within hearing, one of the riders stopped to pluck a switch.

"Of the two, reverend Sir," said the voice like the deacon's, I had rather miss an ordination-dinner than tonight's meeting. They tell me that some of our community are to be here from Falmouth and beyond, and others from Connecticut and Rhode Island; besides several of the Indian powows, who, after their fashion, know almost as much deviltry as the best of us. Moreover, there is a goodly young woman to be taken into communion."

---

115) Stand on tip-toe: 발꿈치를 들고 살며시 서다
116) Wont to do: 습관적으로 하다, --하는데 익숙하다

곧 이어 말발굽 소리, 그리고 진지하게 이야기를 나누며 다가오고 있는 두 노인의 근엄한 목소리가 들렸다. 그 소리들은 서로 섞인 채 젊은이가 숨어있는 곳에서 불과 몇야드 이내 거리에 있는 길을 따라 지나가고 있는 것 같았다. 그러나 워낙 어둠이 짙게 깔린 곳이다 보니, 길손들도, 말들도, 보이지 않았다. 그들의 형상이 길 옆 잔가지들을 부시럭거리며 훑고 지나가고 있기는 했으나, 환한 하늘에서 비스듬히 비치는 한줄기 희미한 빛줄기를 그들이 지나쳤음이 분명함에도, 순간적이나마 그 빛을 그들이 가렸었던 것조차 눈치 챌 수 없었다.

굿맨 브라운은 쪼그리고 앉았다가 또 발꿈치를 들고 일어섰다가 하며 가지를 옆으로 제치고 머리를 최대한 내밀어 보기도 했지만, 그림자 조차 분간할 수 없었다. 굿맨 브라운이 더더욱 안달하게 된 이유는 가당찮게도 조용히 함께 말을 몰고 가면서 이야기를 주고 받던 그 목소리가 맹세코 노목사님과 굿킨 집사의 목소리였기 때문이었다. 그들은 교회 업무를 볼 때나 성직자 회의에 참석하게 될 때 항상 그런 식으로 이야기를 주고 받곤 했던 것이다. 이야기하는 소리를 들을 수 있는 거리 내에서 말을 탄 두 사람 가운데 한 사람이 가던 길을 멈추고 실가지를 하나 꺾었다.

집사인 것으로 짐작되는 사람이 말했다. "목사님, 저는 두 모임 가운데 차라리 성찬식에 빠질지라도 오늘밤 모임은 놓치지 않았을 겁니다. 사람들이 말하는데, 오늘 모임에 팔머스나 그보다 더 먼 곳에서도 사람들이 온다고 하고, 코네티컷이나 로드아일랜드에서 오는 사람도 있다고 하더군요. 그 외에 인디언 주술사도 여러 명 참석한다는데, 그들은 자기들만의 방식을 따르긴 하지만, 주술에 있어서는 우리 가운데 가장 뛰어난 사람들과 맞먹을만 하지요. 더구나 오늘 모임에서는 참한 젊은 여자도 한명 새로 받아들여지게 된다고 합니다."

"Mighty well, Deacon Gookin!" replied the solemn old tones of the minister. "Spur up, or we shall be late. Nothing can be done, you know, until I get on the ground."

The hoofs clattered again, and the voices, talking so strangely in the empty air, passed on through the forest, where no church had ever been gathered, nor solitary Christian prayed. Whither, then, could these holy men be journeying, so deep into the heathen[117] wilderness? Young Goodman Brown caught hold of a tree, for support, being ready to sink down on the ground, faint and overburthened with the heavy sickness of his heart. He looked up to the sky, doubting whether there really was a Heaven above him. Yet, there was the blue arch, and the stars brightening in it.

"With Heaven above, and Faith below, I will yet stand firm against the devil!" cried Goodman Brown.

While he still gazed upward, into the deep arch of the firmament, and had lifted his hands to pray, a cloud, though no wind was stirring, hurried across the zenith, and hid the brightening stars. The blue sky was still visible, except directly overhead, where this black mass of cloud was sweeping swiftly northward.

---

117) Heathen: 이교도의, 미개한

“잘 생각했소, 굿킨 집사!” 노목사가 귀에 익숙한 그 근엄한 목소리로 대답했다. “서두르지 않으면 늦겠오. 아시다시피 내가 거기 도착하기 전에는 아무 일도 할 수 없으니까.”

말발굽 소리가 다시 다가닥거리고, 허공을 울리는 이상한 이야기를 나누며 그렇게 그들은 그 어느 교회도 집회를 가진 적이 없고 그 어느 기독교인도 기도를 한 적이 없는 수풀을 헤쳐 지나갔다. 그렇다면 이 성직자들은 무슨 일로 도대체 이 이교도의 숲 깊숙한 곳을 지나가고 있다는 말인가? 굿맨 브라운은 주체할 수 없이 가슴을 짓누르는 괴로움으로 땅바닥에 쓰러질 것만 같아, 나무를 붙들고 몸을 지탱했다. 그는 하늘을 우러러보며, 진정 저 높은 곳에 천국이 있다는 말인가 의심해 보았다. 그러나 하늘은 여전히 푸르게 드리워져 있었고, 그곳에는 별들이 빛나고 있었다.

“하늘에는 천국이, 땅에는 페이스가 있으니, 나는 결연하게 악마와 맞서 싸울 것이다!” 굿맨 브라운은 외쳤다.

깊게 드리워진 창공을 우러러보며 기도를 드리기 위해 굿맨 브라운이 두 손을 모았을 때, 바람 한 점 없는 하늘에 구름이 한 조각 나타나더니, 하늘을 가로질러 재빠르게 지나가면서 밝은 별들을 가려버렸다. 그 한 조각 검은 구름이 북쪽을 향해 재빠르게 하늘을 스쳐 지나고 있는 머리 바로 윗쪽을 제외하고는 여전히 푸른 하늘을 볼 수 있었다.

Aloft in the air, as if[118] from the depths of the cloud, came a confused and doubtful sound of voices. Once, the listener fancied[119] that he could distinguish the accent of townspeople of his own, men and women, both pious and ungodly, many of whom he had met at the communion-table, and had seen others rioting at the tavern. The next moment, so indistinct were the sounds, he doubted whether he had heard aught[120] but the murmur of the old forest, whispering without a wind.

Then came a stronger swell of those familiar tones, heard daily in the sunshine, at Salem village, but never, until now, from a cloud of night. There was one voice, of a young woman, uttering lamentations, yet with an uncertain sorrow, and entreating for some favor, which, perhaps, it would grieve her to obtain. And all the unseen multitude, both saints and sinners, seemed to encourage her onward.

"Faith!" shouted Goodman Brown, in a voice of agony and desperation; and the echoes of the forest mocked him, crying- "Faith! Faith!" as if bewildered wretches were seeking her, all through the wilderness.

The cry of grief, rage, and terror, was yet piercing the night, when the unhappy husband held his breath for a response. There was a scream, drowned immediately in a louder murmur of voices, fading into far-off laughter, as the dark cloud swept away, leaving the clear and silent sky above Goodman Brown.

---

118) As if: 마치 …인 것처럼

119) Fancied: imagined

120) Aught: nothing, anything

허공 저 높은 곳 어디에선가 마치 깊은 구름 속에서 흘러나오는 듯 알 수 없이 뒤섞인 목소리들이 들려왔다. 순간, 그 소리를 들은 젊은이는 자기 마을 사람들의 말투인 것 같다고 생각했다. 성찬식 테이블에서 만나기도 하고, 선술집에서 떠들어대는 것을 본 적이 있는, 신앙심이 깊거나 혹은 그렇지 못한 마을 남자와 여자들 목소리. 그러나 곧 그는 너무나 알아듣기 힘든 그 소리가 혹시 바람도 없이 소근거리는 오랜 수풀의 부스럭거리는 소리가 아닌가 하는 의심이 들었다.

그러나 조금 뒤 밝은 대낮에 세일럼 마을에서 늘 듣곤 하던 귀에 익은 목소리들이 보다 강하게 들려왔다. 지금까지 한 밤중 구름아래서는 한번도 들어본 적이 없었던 소리들이었다. 그 가운데는 젊은 여자의 목소리도 섞여 있었는데, 그 목소리는 한탄을 내 뱉고 있으면서도 알 수 없는 비애가 서려 있었으며, 마치 자신을 불쌍히 여기어 도와주십사하고 요청하고 있는 듯 했다. 성자이든, 죄인이든 할 것 없이, 보이지 않는 수많은 사람들이 그녀를 앞으로 나오라고 재촉하고 있는 것 같았다.

"페이스!" 고뇌와 절망에 가득 찬 목소리로 굿맨 브라운은 외쳤다. 숲속에서 그 외침의 메아리는 마치 그를 조롱하듯 "페이스! 페이스!" 하고 울려 퍼졌다. 마치 길 잃은 한 무리 가여운 자들이 그 거친 산중을 헤매며 그녀를 찾고 있는 것처럼.

숨을 죽이며 이 불운의 남편이 응답하는 소리를 기다리는 가운데, 비애, 분노, 그리고 공포에 서린 그 울부짖음은 밤을 꿰뚫어 지나가고 있었다. 어떤 비명소리가 들려오고, 그 소리는 이내 더 소리 높은 중얼거림에 파묻힌 채 아련한 웃음소리 속으로 사라져 가는 가운데, 검은 구름은 몰려가고, 굿맨 브라운의 머리 위에는 맑고 조용한 하늘만이 드러나 보였다.

But something fluttered lightly down through the air, and caught on the branch of a tree. The young man seized it, and beheld a pink ribbon.

"My Faith is gone!" cried he, after one stupefied moment[121]. "There is no good on earth; and sin is but a name. Come, devil! for to thee is this world given." And maddened with despair, so that he laughed loud and long, did Goodman Brown grasp his staff and set forth again, at such a rate, that he seemed to fly along the forest-path, rather than to walk or run. The road grew wilder and drearier, and more faintly traced, and vanished at length[122], leaving him in the heart of the dark wilderness, still rushing onward, with the instinct that guides mortal man to evil.

The whole forest was peopled with frightful sounds; the creaking of the trees, the howling of wild beasts, and the yell of Indians; while, sometimes the wind tolled like a distant church-bell, and sometimes gave a broad roar around the traveller, as if all Nature were laughing him to scorn. But he was himself the chief horror of the scene, and shrank not from its other horrors.

"Ha! ha! ha!" roared Goodman Brown, when the wind laughed at him. "Let us hear which will laugh loudest! Think not to frighten me with your deviltry! Come witch, come wizard, come Indian powow, come devil himself! and here comes Goodman Brown. You may as well fear him as he fear you!"

---

121) stupefied moment: 아주 놀라 넋을 잃은 순간

122) At length: 결국에 가서는

그러나 무엇인가가 공중에서 팔랑거리며 허공을 뚫고 가볍게 내려앉더니 나뭇가지에 걸렸다. 젊은이는 그것을 집어, 분홍빛 리본을 바라보았다.

"나의 페이스가 가버렸구나!" 그는 잠시 멍하니 바라보다가 외쳤다. "이 땅위에 선이란 것은 없어. 죄란 것도 이름 뿐이야. 오라, 악마여! 이 세상은 너에게 주어진 것이구나." 절망으로 미쳐버린 듯, 오랫동안 큰 소리로 웃은 뒤 굿맨 브라운은 지팡이를 거머쥐고 다시 출발했다. 그의 속도는 걷거나 달리는 것이라기 보다는 숲길을 따라 날라가는 듯했다.

길은 점점 더 거칠고 황량해 지고, 지나온 자국은 점점 더 희미해지다가 마침내 사라져 버리고, 결국 그는 어두운 산중 심장부에 홀로 남겨진 채, 죽을 운명의 인간을 악으로 끌어들이는 본능에 이끌려 계속 앞을 향해 달렸다. 나무의 삐걱거림, 짐승들의 울부짖는 소리, 그리고 인디언들의 고함소리, 이러한 무시무시한 소리들로 숲은 가득 차 있었다. 간혹 바람이 멀리 있는 교회의 조종처럼 소리를 내고, 때로는 여행자 옆으로 요란한 울음소리를 내기도 하며, 자연이 온통 그를 꾸짖으며 비웃고 있는 듯 했다. 그러나 그 장면에서 자기 자신이야 말로 가장 공포스러운 것이어서, 다른 공포스러운 것들로 인해 움츠려들 여지가 없었다.

"핫하하!" 바람이 그를 조롱하듯 웃자 굿맨 브라운이 큰소리로 웃어댔다. "누가 가장 큰 소리로 웃는지 들어보자! 너의 주술 따위로 나를 겁줄 생각을 하지 말라! 마녀여, 마법사여, 덤벼라. 인디언 주술사여 덤벼라, 마귀 너도 직접 덤벼보라! 여기 굿맨 브라운이 간다. 그가 너를 두려워하듯 너도 그를 두려워하는 것이 좋을 것이다!"

In truth, all through the haunted forest, there could be nothing more frightful than the figure of Goodman Brown. On he flew, among the black pines, brandishing his staff with frenzied gestures, now giving vent to an inspiration of horrid blasphemy, and now shouting forth such laughter, as set all the echoes of the forest laughing like demons around him. The fiend in his own shape is less hideous, than when he rages in the breast of man. Thus sped the demoniac on his course, until, quivering among the trees, he saw a red light before him, as when the felled trunks and branches of a clearing have been set on fire, and throw up their lurid blaze against the sky, at the hour of midnight.

He paused, in a lull of the tempest that had driven him onward, and heard the swell of what seemed a hymn, rolling solemnly from a distance, with the weight of many voices. He knew the tune; it was a familiar one in the choir of the village meetinghouse. The verse died heavily away, and was lengthened by a chorus, not of human voices, but of all the sounds of the benighted wilderness, pealing[123)] in awful harmony together. Goodman Brown cried out; and his cry was lost to his own ear, by its unison with the cry of the desert.

In the interval of silence, he stole forward, until the light glared full upon his eyes. At one extremity of an open space, hemmed in by the dark wall of the forest, arose a rock, bearing some rude, natural resemblance either to an altar or a pulpit, and surrounded by four blazing pines, their tops aflame, their stems untouched, like candles at an evening meeting.

---

123) Peal: 울려 퍼지게 하다

사실 귀신에 홀린 이 수풀 속 모든 것들 가운데, 굿맨 브라운의 모습보다 더 무시무시한 것은 하나도 있을 수 없었다. 검은 소나무 사이로 지팡이를 미친 듯 휘두르며 날아가는 동안 그는 흥분에 못 이겨 신을 저주하는 소리를 하는가 하면, 큰소리로 웃어재끼기도 했다. 그가 내뱉는 소리들은 그를 둘러싼 마귀들이 웃고 있는 것처럼 수풀 안에 메아리쳤다. 인간의 마음속에서 분노할 때, 악마는 제 본래 모습보다 더 끔찍한 법이다. 악령에 사로잡힌 그는 그처럼 내 달리다 빨간 불꽃이 앞에 나타나자 나무 사이에서 부들부들 떨며 그것을 바라보았다. 마치 숲속 빈터에 있는 잘린 나무와 떨어진 나뭇가지에 불이 붙은 듯, 그 불꽃은 깊은 한밤중 하늘을 향해 엄청난 불길을 피워 올리고 있었다.

그를 내몰아오던 폭풍이 잠시 가라앉은 듯, 그는 멈추었다. 그 때 많은 사람들의 목소리에 실려 먼 곳에서부터 장엄하게 흘러오는 소리가 있었으니, 그것은 마치 찬송가 같았다. 그가 알고 있는 노랫가락이었다. 마을 공회당에서 찬양대가 부르던 귀에 익은 가락이었다. 곡조가 묵직하게 사라지자, 합창소리가 길게 그 뒤를 이었는데, 그것은 사람의 목소리가 아니라 어두운 황야의 모든 소리들이 무시무시하게 화음을 맞추며 내고 있는 듯한 소리였다. 굿맨 브라운은 비명을 외쳤지만, 그의 비명은 황야의 비명소리에 파묻혀 들리지 않았다.

잠시 정적이 찾아온 틈에 그는 살짝 앞으로 나가 그 불꽃이 정면에서 타오르는 곳에 다가갔다. 수풀이 어둡게 벽을 형성하고 있는 빈터의 한쪽 구석에 바위가 하나 솟아있었다. 자연 그대로 생겨난 무슨 투박하게 생긴 제단이나 설교단 형상을 하고 있는 그 바위는 네그루 소나무로 둘러 쌓여져 있었는데, 그 소나무들은 저녁예배 촛불처럼 윗부분은 불이 타오르고 있었고, 줄기 부분은 온전한 상태였다.

The mass of foliage, that had overgrown the summit of the rock, was all on fire, blazing high into the night, and fitfully illuminating the whole field. Each pendant twig and leafy festoon was in a blaze. As the red light arose and fell, a numerous congregation alternately shone forth, then disappeared in shadow, and again grew, as it were, out of the darkness, peopling the heart of the solitary woods at once.

"A grave and dark-clad[124)] company!" quoth Goodman Brown.

In truth, they were such. Among them, quivering to and fro[125)], between gloom and splendor, appeared faces that would be seen, next day, at the council-board of the province, and others which, Sabbath after Sabbath, looked devoutly heavenward, and benignantly over the crowded pews, from the holiest pulpits in the land.

Some affirm, that the lady of the governor was there. At least, there were high dames well known to her, and wives of honored husbands, and widows, a great multitude, and ancient maidens, all of excellent repute, and fair young girls, who trembled lest their mothers should espy them.

Either the sudden gleams of light, flashing over the obscure field, bedazzled Goodman Brown, or he recognized a score of the church-members of Salem village, famous for their especial sanctity. Good old Deacon Gookin had arrived, and waited at the skirts of that venerable saint, his reverend pastor.

---

124) Dark-clad: 어둠으로 차려입은
125) To and fro: 이리저리

바위보다 더 높이 자란 무성한 잎파리에도 불이 붙어, 어둔 밤 높게 타오르는 그 불길은 황야를 온통 환하게 밝혀주고 있었다. 늘어진 실가지며 잎이 무성한 나뭇가지도 불길에 휩싸여있었다. 붉은 불길이 타올랐다 사그러드는 가운데, 군중집회가 전면으로 비춰 보이다가 그림자 속으로 자취를 감추고, 마치 그 외진 수풀의 한복판을 사람들로 가득 채우듯, 어둠속에서 또 다시 나타나곤 했다.

"어둠으로 몸을 가린 근엄한 무리들!" 굿맨 브라운이 말했다.

그것이 사실이었다. 어두워졌다 밝아졌다 하는 사이 전후로 번뜩번뜩 모습을 보이는 그 얼굴들은 다음날이면 지방의회 석상에서 보게 될 얼굴들이었으며, 또한 안식날마다 지상에서 가장 성스러운 설교단에 서서 교회 의자를 잔뜩 메우고 있는 무리들을 자애로운 표정으로 굽어보며 경건하게 하늘을 우러러보곤 할 사람들의 얼굴들이었다.

어떤 사람은 주지사 부인도 거기 와 있었다고 장담하기도 했다. 적어도 그곳에는 주지사 부인이 잘 알고 지낼만한 지체 높은 부인들, 명망 높은 남편을 둔 부인들, 수많은 미망인들, 평판이 좋은 노처녀들, 그리고 어머니에게 들킬까봐 겁을 내며 떨고 있는 젊은 아가씨들도 있었다.

희미한 광야위에 번뜩이는 갑작스런 불빛이 굿맨 브라운을 현혹시키고 있는 것이 아니라면, 그는 특별히 독실한 신앙생활로 이름난 세일럼마을 교회멤버들을 여러 명 알아볼 수 있었다. 노집사 굿킨이 도착해 그가 존경하는 성자와도 같은 목사님 옆에 대기 상태로 서 있었다.

But, irreverently consorting with these grave, reputable, and pious people, these elders of the church, these chaste dames and dewy virgins, there were men of dissolute lives and women of spotted fame, wretches given over to all mean and filthy vice, and suspected even of horrid crimes. It was strange to see, that the good[126] shrank not from the wicked[127], nor were the sinners abashed by the saints. Scattered, also, among their palefaced enemies, were the Indian priests, or powows, who had often scared their native forest with more hideous incantations than any known to English witchcraft.

"But, where is Faith?" thought Goodman Brown; and, as hope came into his heart, he trembled.

Another verse of the hymn arose, a slow and mournful strain, such as the pious love, but joined to words which expressed all that our nature can conceive of sin, and darkly hinted at far more. Unfathomable to mere mortals is the lore of fiends.

Verse after verse was sung, and still the chorus of the desert swelled between, like the deepest tone of a mighty organ. And, with the final peal of that dreadful anthem, there came a sound, as if the roaring wind, the rushing streams, the howling beasts, and every other voice of the unconverted wilderness, were mingling and according with the voice of guilty man, in homage[128] to the prince of all.

---

126) The good: 선한자
127) The wicked: 악한자
128) In homage of A: A에 찬양해 바치는

이 근엄하고 명망 있으며 신앙심 깊은 사람들, 이러한 교회의 장로들, 정숙한 부인들과 꽃다운 처녀들, 이런사람들과 민망스럽게도 어울려 있는 자들은 방탕한 인생살이를 사는 남자들과 부정한 여자들, 온갖 못되고 더러운 악행을 저지르고 심지어 끔찍한 범죄를 저지른 것으로도 의심을 받고 있는 인간 말종들이었다. 선한 자들이 이 악한 자들을 보고도 피하려 하지 않고, 죄지은 자들이 성자를 보고도 부끄러워하지 않으니, 기이한 일이었다. 이러한 창백한 얼굴의 원수들 가운데 인디언 사제나 주술사들도 섞여 있었다. 이들은 영국의 그 어느 마술사들이 알고 있는 것 보다 더 끔찍한 마법의 주문으로 자기가 살던 숲을 공포로 몰아넣곤 하던 사람들이었다.

"하지만, 페이스는 어디 있는 것인가?" 하고 굿맨 브라운은 생각했다. 마음속에 희망이 고개를 들자 그는 몸이 떨렸다.

또 다른 찬양가가 들려왔다. 종교적 사랑과 같이 느리고도 애조를 띤 곡조였으나, 그 가사는 인간의 본성이 인식할 수 있는 모든 죄악, 그리고 그 이상의 것들을 어둡게 암시하고 있었다. 보통 인간들로서는 상상조차 할 수 없는 것이 악마들의 지혜다.

황야의 합창이 거대한 오르간의 가장 깊은 선율처럼 울려 퍼지는 가운데, 노래는 계속 이어졌다. 그 음침한 찬양가의 마지막 울림이 끝나자 어떤 소리가 들려왔다. 그것은 마치 한줄기 광풍, 거센 물줄기, 울부짖는 짐승, 그리고 변함없는 황야의 다른 모든 소리들이 악마의 왕을 찬양하는 죄인의 목소리와 하나가 되어 뒤섞여 나오고 있는 듯한 그런 소리 같았다.

The four blazing pines threw up a loftier flame, and obscurely discovered shapes and visages of horror on the smoke-wreaths, above the impious assembly. At the same moment, the fire on the rock shot redly forth, and formed a glowing arch above its base, where now appeared a figure. With reverence be it spoken, the apparition bore no slight similitude, both in garb and manner, to some grave divine of the New England churches.

"Bring forth the converts!" cried a voice, that echoed through the field and rolled into the forest.

At the word, Goodman Brown stepped forth from the shadow of the trees, and approached the congregation, with whom he felt a loathful brotherhood, by the sympathy of all that was wicked in his heart. He could have well nigh[129] sworn, that the shape of his own dead father beckoned him to advance, looking downward from a smoke-wreath, while a woman, with dim features of despair, threw out her hand to warn him back.

Was it his mother? But he had no power to retreat one step, nor to resist, even in thought, when the minister and good old Deacon Gookin seized his arms, and led him to the blazing rock. Thither came also the slender form of a veiled female, led between Goody Cloyse, that pious teacher of the catechism, and Martha Carrier, who had received the devil's promise to be queen of hell. A rampant hag was she! And there stood the proselytes, beneath the canopy of fire.

---

129) well nigh: 거의

불타는 네 그루 소나무에서는 더 높은 불길이 치솟아 올라, 경건하지 못한 무리의 머리 위에 연기로 화한을 만들어 내며 공포스러운 표정과 모습들을 어렴풋이 드러내 보여주었다. 그와 동시에 바위에서 시뻘건 불이 솟아나더니, 그 위에 빛을 발하는 아치 모양을 빚어냈다. 그 기단쪽에 어떤 형상이 나타났다. 그 형상은 경건한 말투로 이야기를 하고 있었으나, 그 복장이나 태도는 뉴잉글랜드 교회의 엄숙한 사제들과는 조금도 닮아있지 않았다.

"개종자들을 이리 데리고 나오라!" 하고 소리치는 그 목소리는 메아리되어 벌판을 지나 숲속으로 퍼져나갔다.

나무에 몸을 숨기고 있던 굿맨 브라운은 그 말에 앞으로 나와 무리가 있는 쪽으로 걸어갔다. 그의 마음속에 자리잡고 있는 모든 사악한 것들에 대한 연민으로 인해 그는 집회의 무리들에게 역겨운 형제애를 느꼈다. 굿맨 브라운은 맹세코 보았다. 돌아가신 아버지의 모습을 한 누군가가 연기가 빚어낸 화환에서 그를 내려다보며 앞으로 나오라고 손짓하고 있었다. 다른 한편에서는 절망에 빠진 듯한 모습의 어느 여인이 물러가거라고 경고하는 듯 손사래를 치고 있었다.

굿맨 브라운의 어머니였을까? 노집사 굿킨과 목사가 굿맨 브라운의 팔을 잡고 불 타 오르는 바위 쪽으로 그를 데려갔다. 굿맨 브라운에게는 한발자국만이라도 물러설 힘도 없었을 뿐만 아니라, 저항한다는 것은 생각조차 할 수 없었다. 저편에서는 베일을 쓴 가냘픈 여자가 또한 오고 있었는데, 그 여인은 교리문답을 가르쳐주곤 하던 구디 클로이스 부인과 지옥의 여왕이 되게 해 주겠다는 마귀의 약속을 받은 마타 캐리어 부인, 그 고약한 마귀할멈 같은 부인이 양쪽에서 팔을 잡고 데려오고 있었다. 이윽고 개종자들은 불의 장막 아래 섰다.

"Welcome, my children," said the dark figure, "to the communion of your race! Ye have found, thus young, your nature and your destiny. My children, look behind you!"

They turned; and flashing forth, as it were, in a sheet of flame, the fiend-worshippers were seen; the smile of welcome gleamed darkly on every visage.

"There," resumed the sable form, "are all whom ye have reverenced from youth. Ye deemed them holier than yourselves, and shrank from your own sin, contrasting it with their lives of righteousness, and prayerful aspirations heavenward. Yet, here are they all, in my worshipping assembly!

This night it shall be granted you to know their secret deeds; how hoary-bearded elders of the church have whispered wanton words to the young maids of their households; how many a woman, eager for widow's weeds[130], has given her husband a drink at bed-time, and let him sleep his last sleep in her bosom; how beardless youth have made haste to inherit their father's wealth; and how fair damsels- blush not, sweet ones- have dug little graves in the garden, and bidden me, the sole guest, to an infant's funeral. By the sympathy of your human hearts for sin, ye shall scent out all the places-whether in church, bed-chamber, street, field, or forest-where crime has been committed, and shall exult to behold the whole earth one stain of guilt, one mighty blood-spot. Far more than this!

130) Widows's weeds: 미망인이 상중에 입는 상복

“너와 같은 종족의 집회에 온 것을 환영하노라, 나의 자녀들이여,” 검은 형상이 말했다. “이로써 너희는 일찍이 너의 본성과 운명을 찾게 된 것이다. 나의 자녀들이여, 뒤를 돌아보라!”

그들이 뒤를 돌아 보았을 때, 그곳에는 악마 숭배자들의 모습이 불꽃에 비쳐 드러나 보였다. 보이는 얼굴마다 환영의 뜻으로 짓는 미소가 어둡게 번뜩이고 있었다. 검은 옷차림의 형상이 말을 이었다.

“여기, 너희가 어릴 때부터 존경해 왔던 모든 이들이 와 있노라. 너희는 그들을 자기 자신보다도 더 경건하다고 여겨왔고, 그들의 정의로운 삶과 하늘을 향한 간절한 기도에 자신이 지은 죄를 비추어보며 움츠러들어왔다. 그러나 그들은 모두 여기, 나를 숭배하는 집회에 모여 있다!

오늘밤, 그들이 비밀리에 저질러 온 행적들을 알게 해 주겠노라. 백발이 성성한 교회장로들이 어떻게 자기 집안에 있는 젊은 하녀들에게 음탕한 말들을 속삭여 왔는지, 과부의 상복을 입고 싶어 안달이 난 여인네가 어떻게 잠자리에서 남편에게 독약을 주어 제 품에서 남편이 영원히 잠들게 했는지, 수염도 안 난 애송이가 어떻게 부친의 재산을 서둘러 물려받으려 조바심을 부렸는지, 아리따운 아가씨들이 - 부끄러워 말지어다, 사랑스런 아이들아 - 정원에 조그만 무덤을 파고, 영아 장례식에 나만을 조객으로 초대했었는지 말이다. 인간에게는 죄악을 염원하는 마음이 있음에 공감한다면, 너희는 교회에서든, 침실에서든, 거리, 들판, 수풀에서든, 그 어느 곳에서도 그 곳에서 저질러진 범죄의 냄새를 맡아낼 수 있으리라. 그리고 이 지구 전체가 죄악에 물든 하나의 거대한 핏자국이라는 것을 알고 기뻐하게 되리라. 그러나 이것이 전부가 아니다!

It shall be yours to penetrate, in every bosom, the deep mystery of sin, the fountain of all wicked arts, and which inexhaustibly supplies more evil impulses than human power- than my power at its utmost[131]- can make manifest in deeds. And now, my children, look upon each other."

They did so; and, by the blaze of the hell-kindled torches, the wretched man beheld his Faith, and the wife her husband, trembling before that unhallowed altar.

"Lo! there ye stand, my children," said the figure, in a deep and solemn tone, almost sad, with its despairing awfulness, as if his once angelic nature could yet mourn for our miserable race. "Depending upon one another's hearts, ye had still hoped that virtue were not all a dream! Now are ye undeceived! Evil is the nature of mankind. Evil must be your only happiness. Welcome, again, my children, to the communion of your race!"

"Welcome!" repeated the fiend-worshippers, in one cry of despair and triumph. And there they stood, the only pair, as it seemed, who were yet hesitating on the verge of wickedness, in this dark world. A basin was hollowed, naturally, in the rock. Did it contain water, reddened by the lurid light? or was it blood? or, perchance, a liquid flame?

131) Power at its utmost: 최대한의 파워

모든 사람들의 가슴속에 있는 그 깊은 죄악의 미스테리, 모든 사악한 죄상의 샘을 꿰뚫어 보는 것은 바로 너희들이 해야만 할 일이니, 이는 인간의 파워, 혹은 내 파워를 최대한 발휘해 행하는 행동으로 발현해 낼 수 있는 것 보다 더더욱 사악한 충동들을 지칠 줄 모르고 흘려보내주고 있노라. 이제 자녀들이여, 서로를 쳐다보라."

그들은 시키는 대로 했다. 지옥을 밝히는 듯 타오르는 횃불의 불빛으로 인해 이 가련한 사나이는 페이스를 보게 되었고, 그 아내는 불경스런 제단 앞에서 떨고 있는 남편을 보게 되었다.

"보라, 거기 서 있는 나의 자녀들이여," 그 형상은 엄숙하고 깊은 목소리로 말했다. 마치 한때 천사 같았던 그의 본성이 우리의 비참한 인간들을 위해 지금까지도 통곡하고 있는 듯, 깊은 절망과 슬픔이 깃들어져 있는 듯한 목소리였다. "서로 마음을 의지해 사는 가운데, 너희들은 미덕이란 결코 꿈이 아니라고 희망을 가져왔다! 그러나 이제 너희들은 그 망상에서 벗어났다. 악이야 말로 인류의 본성이다. 악함이 너희에게 유일한 행복이 될 수밖에 없다. 다시 말하노니, 나의 자녀들이여, 너의 형제자매들의 집회에 온 것을 환영하노라!"

"환영!" 절망과 승리의 감정을 하나에 담아 악마의 숭배자들이 따라 외쳤다. 이 암흑의 세계에서, 그들은 사악함의 언저리에서 아직까지 미처 결정을 하지 못하고 망설이며 서 있는 유일한 한 쌍의 부부인 것 같았다. 바위에는 천연으로 생긴 움푹한 웅덩이가 있었다. 그 안에 담겨있는 것은 밝은 불빛으로 붉게 물든 물이었을까? 아니면, 피였을까? 혹은 불을 붙이는데 쓰는 액체였을까?

Herein did the Shape of Evil dip his hand, and prepare to lay the mark of baptism upon their foreheads, that they might be partakers of the mystery of sin, more conscious of the secret guilt of others, both in deed and thought, than they could now be of their own. The husband cast one look at his pale wife, and Faith at him. What polluted wretches would the next glance show them to each other, shuddering alike at what they disclosed and what they saw!

"Faith! Faith!" cried the husband. "Look up to Heaven, and resist the Wicked One!"

Whether Faith obeyed, he knew not. Hardly had he spoken[132], when he found himself amid calm night and solitude, listening to a roar of the wind, which died heavily away through the forest. He staggered against the rock, and felt it chill and damp, while a hanging twig, that had been all on fire, besprinkled his cheek with the coldest dew.

The next morning, young Goodman Brown came slowly into the street of Salem village, staring around him like a bewildered man. The good old minister was taking a walk along the graveyard, to get an appetite for breakfast and meditate his sermon, and bestowed a blessing, as he passed, on Goodman Brown. He shrank from the venerable saint, as if to avoid an anathema[133]. Old Deacon Gookin was at domestic worship, and the holy words of his prayer were heard through the open window.

---

132) Hardly had he spoken: 말을 채 마치기도 전

133) Anathema: 기독교회에 의한 파문이나 제명, 저주, 혹독한 비난

악의 형상을 한 자는 그곳에 자신의 손을 적신 후, 그들의 이마에 세례의 낙인을 찍어 줄 준비를 하고 있었다. 그리하여 이들은 그 낙인으로 인해 죄악의 신비에 동참하게 되며, 지금 자기 자신들의 숨겨진 죄악보다 다른 이들의 숨겨진 죄악을 행동에서나 생각에서나 보다 잘 의식하게 되는 것이다. 남편은 창백한 아내의 얼굴을 한번 쳐다보았고, 페이스도 남편을 한번 쳐다보았다. 다음에 서로를 바라볼 때는 어떤 더럽혀진 악인의 모습이 드러나게 될 것이며, 그리하여 서로에게 드러내 보여준, 그리고 서로가 보게 된 모습에 얼마나 함께 몸서리 치게 될 것인가!

"페이스! 페이스!" 남편은 울부짖었다. "하늘을 우러러보며, 이 사악한 악마를 물리칩시다!"

페이스가 순순히 따라주었는지, 그는 알지 못했다. 그 말을 채 다하기도 전, 그는 고요한 밤, 바람의 울부짖음에 홀로 귀 기울이고 있는 자신을 발견했다. 바람소리는 숲을 거쳐 육중하게 사라져가고 있었다. 그는 비틀거리며 바위에 몸을 기댔다. 바위는 차갑고 축축했다. 조금 전까지 불타오르던 늘어진 나뭇가지에서 차가운 이슬방울들이 그의 뺨에 우수수 쏟아져 내렸다.

다음 날 아침, 젊은 굿맨 브라운은 세일럼 마을의 거리에 천천히 들어서서, 얼빠진 사람처럼 주변을 멍하니 쳐다보았다. 오랫동안 알고 지낸 노목사님은 아침 식사 때 식욕도 돋구고 설교할 내용도 생각해 볼 겸, 묘지 근처에서 산책하고 있었고, 굿맨 브라운 곁을 지날 때는 축복의 말씀도 해 주었다.젊은이는 마치 저주를 피하려하는 듯, 이 거룩한 성자로부터 몸을 사리며 피했다. 굿킨 집사는 심방 중이었는데, 그의 경건한 기도소리가 열린 창문을 통해 흘러나오고 있었다.

"What God doth the wizard pray to?" quoth Goodman Brown. Goody Cloyse, that excellent old Christian, stood in the early sunshine, at her own lattice, catechising a little girl, who had brought her a pint of morning's milk. Goodman Brown snatched away the child, as from the grasp of the fiend himself. Turning the corner by the meeting-house, he spied the head of Faith, with the pink ribbons, gazing anxiously forth, and bursting into such joy at sight of him, that she skipt along the street, and almost kissed her husband before the whole village. But Goodman Brown looked sternly and sadly into her face, and passed on without a greeting. Had Goodman Brown fallen asleep in the forest, and only dreamed a wild dream of a witch-meeting?

Be it so, if you will. But, alas! it was a dream of evil omen for young Goodman Brown. A stern, a sad, a darkly meditative, a distrustful, if not a desperate man, did he become, from the night of that fearful dream. On the Sabbath-day, when the congregation were singing a holy psalm, he could not listen, because an anthem of sin rushed loudly upon his ear, and drowned all the blessed strain.

When the minister spoke from the pulpit, with power and fervid eloquence, and with his hand on the open Bible, of the sacred truths of our religion, and of saint-like lives and triumphant deaths, and of future bliss or misery unutterable, then did Goodman Brown turn pale, dreading lest[134] the roof should thunder down upon the gray blasphemer and his hearers.

---

134) Lest: …하지나 않을까 하고

"저 마법사는 대체 어떤 신에게 기도를 드리고 있는것일까" 굿맨 브라운은 중얼거렸다. 훌륭한 신앙인인 구디 클로이스 부인은 자기집 창문가에 이른 아침 햇살을 받으며 선 채, 아침에 짠 우유를 한 파인트 들고 온 어린 소녀에게 교리문답을 가르치고 있었다. 굿맨 브라운은 마치 악마의 손아귀에서 빼앗아 오듯 그 어린이를 잡아채서 데려 나왔다. 예배당 모퉁이를 돌아서자, 연분홍 리본이 달린 페이스의 머리가 흘끗 보였다. 초조한 모습으로 앞을 바라보다가 남편의 모습이 눈에 들어오자 아내는 활짝 기쁜 표정을 지으며 거리를 뛰어오더니, 마을 사람들이 다 보는 앞에서 남편에게 거의 키스라도 할 태세였다. 그러나 굿맨 브라운은 그녀의 얼굴을 슬프고도 경직되게 쳐다보다가, 인사조차 하지 않는 채 지나쳐버리고 말았다. 굿맨 브라운은 숲 속에서 잠이 들어서, 단지 마녀들의 모임에 대한 사나운 악몽을 꾸었을 뿐이었던 것일까?

그렇다고 볼 수도 있다. 그러나, 애통해라! 젊은 굿맨 브라운에게 이것은 불길한 흉몽이었다. 그 무시무시한 꿈을 꾼 그날 밤 이후로, 그는 절망에 빠진 인간까지는 아니더라도, 뭔가 매섭고, 슬픔에 잠겼으며, 암울한 생각에 빠진 채 모든 것을 불신하는 사람으로 변해버렸다. 안식일 교회에 모인 신자들이 찬송가를 부르면 그는 그 소리를 들을 수 없었다. 그의 귀에 죄악의 찬양가가 밀려와 모든 축복의 선율을 묻어버리곤 했기 때문이었다.

목사님이 설교단에서 펼쳐진 성경에 손을 얹은 채, 힘차고 열정적인 목소리로 우리 종교의 신성한 진리, 성자다운 삶과 승리의 죽음, 그리고 미래의 축복이나 말로 형언할 수 없는 비극에 관해 설교를 할 때도 마찬가지였다. 그럴때면 굿맨 브라운은 마치 백발의 신성모독자와 그의 말을 듣고 있는 모든 사람들의 머리위로 천정이 천벌처럼 와르륵 무너져 내릴까봐 겁이 나서 안색이 하얗게 질리곤 했다.

Often, awaking suddenly at midnight, he shrank from the bosom of Faith, and at morning or eventide, when the family knelt down at prayer, he scowled, and muttered to himself, and gazed sternly at his wife, and turned away. And when he had lived long, and was borne to his grave, a hoary corpse, followed by Faith, an aged woman, and children and grandchildren, a goodly procession, besides neighbors, not a few, they carved no hopeful verse upon his tombstone; for his dying hour was gloom.

깊은 밤 잠이 깰 때, 그는 페이스의 품에서 움츠러들며 벗어나기도 했고, 아침이나 저녁 시간 가족이 무릎을 꿇고 기도를 할 때면 얼굴을 찡그리거나 혼자 무슨 말을 중얼거리며, 아내를 빤히 노려보다가 자리를 떠 버리곤 했다. 이렇게 오랜 세월을 산 후, 그는 백발의 노인으로 사망해 묘지로 갔다. 할머니가 된 페이스, 자식과 손자들, 그리고 적지 않은 이웃들이 그의 장례 행렬을 따랐다. 이들은 그의 묘비에 희망적인 비문을 새겨 넣지 않았다. 그의 임종이 너무나 음울했기 때문이었다.

BARTLEBY, THE SCRIVENER.
: A STORY OF WALL-STREET

필경사 바틀비

BARTLEBY, THE SCRIVENER. : A STORY OF WALL-STREET | 필경사 바틀비

I am a rather elderly man. The nature of my avocations for the last thirty years has brought me into more than ordinary contact with what would seem an interesting and somewhat singular set of men, of whom as yet nothing that I know of has ever been written:---I mean the law-copyists or scriveners.

I have known very many of them, professionally and privately, and if I pleased, could relate divers histories, at which good-natured gentlemen might smile, and sentimental souls might weep. But I waive[135] the biographies of all other scriveners for a few passages in the life of Bartleby, who was a scrivener of the strangest I ever saw or heard of. While of other law-copyists I might write the complete life[136], of Bartleby nothing of that sort can be done. I believe that no materials exist for a full and satisfactory biography of this man. It is an irreparable[137] loss to literature.

Bartleby was one of those beings of whom nothing is ascertainable, except from the original sources, and in his case those are very small. What my own astonished eyes saw of Bartleby, that is all I know of him, except, indeed, one vague report which will appear in the sequel.

---

135) Waive A for B: B를 위해 A를 포기하다.

136) While of other law-copyists I might write the complete life: write the complete life of other law-copyists라는 일반적인 문장의 순서가 바뀐 것으로, 다른 필경사의 인생이라면 그 인생사를 완벽하게 써 낼 수 있는 반면, 이라는 의미

137) Irreparable: 수리할 수 없는, 고칠 수 없는

나는 꽤 나이가 든 사람이다. 지난 30년동안 종사해 온 직업의 특성상 흥미롭다고 할 수 있고 어쩌면 특이한 인간집단이라고도 할 수 있을 사람들을 나는 보통 이상으로 많이 알게 되었는데, 그 중 사법서사 혹은 필경인이라고 불리는 이 사람들에 대해 쓴 글은 아직까지 내가 알기로 하나도 없다.

나는 직업상으로 혹은 개인적으로 이런 사람들을 많이 알고 있었기 때문에, 기분이 내키면 이런 저런 과거사 이야기들로 호탕한 신사들은 웃겨주고 예민한 감수성을 가진 사람들은 울려줄 수도 있다. 그러나 나는 다른 서기들의 인생 이야기는 다 접어두고, 내가 보고 들은 중 가장 기이한 필경인이었던 바틀비의 인생 몇 단락에 대해 써 보려한다. 다른 법률 필경인들에 대해서라면 전 생애에 관해 이야기를 쓸 수 있겠지만, 바틀비에 대해서만은 그런 류의 일이 전혀 불가능하다. 나는 이 남자의 인생사를 완전하고도 만족스럽게 알 수 있게 해 줄 자료는 전무하다고 생각한다. 보상할 길 없는 문헌적 손실이다.

바틀비는 오리지널 자료가 아니면 확인할 길 없는 그런 종류 사람 가운데 한 사람이었으며, 그의 경우에는 그것마저도 극히 빈약했다. 내가 놀란 눈으로 본 바틀리에 관한 것, 그것이 내가 그에 대해 알고 있는 전부였다. 사실은 그 외에도 한 가지 막연히 들은 것이 있기는 하지만, 거기에 대해서는 나중에 밝히기로 하겠다.

Ere[138] introducing the scrivener, as he first appeared to me, it is fit[139] I make some mention of myself, my employees, my business, my chambers, and general surroundings; because some such description is indispensable to an adequate understanding of the chief character about to be presented. Imprimis[140]:

I am a man who, from his youth upwards, has been filled with a profound conviction that the easiest way of life is the best. Hence, though I belong to a profession proverbially[141] energetic and nervous, even to turbulence, at times, yet nothing of that sort have I ever suffered to invade my peace. I am one of those unambitious lawyers who never addresses a jury, or in any way draws down public applause; but in the cool tranquility of a snug retreat, do a snug business among rich men's bonds and mortgages and title-deeds. All who know me consider me an eminently safe man. The late John Jacob Astor[142], a personage little given to poetic enthusiasm, had no hesitation in pronouncing my first grand point to be prudence; my next, method. I do not speak it in vanity, but simply record the fact, that I was not unemployed in my profession by the late John Jacob Astor; a name which, I admit, I love to repeat, for it hath a rounded and orbicular sound to it, and rings like unto bullion[143]. I will freely add, that I was not insensible to the late John Jacob Astor's good opinion.

---

138) Ere: before

139) It is fit (that): ……게 하는 것이 적절하다.

140) Imprimis: 라틴어로, 무엇보다 우선, 즉 in the first place라는 의미

141) Proverbially: 속담을 통해, 혹은 속담이 될 만큼 유명하거나 잘 알려진

142) John Jacob Astor(1763-1848): 독일에서 태어난 금융가이자 모피 사업으로 큰 재산을 모은 거부

143) Bullion: 금 덩어리, 은 덩어리

내 앞에 처음 나타났던 이 필경인을 소개하기에 앞서 우선 나 자신, 나의 직원들, 내가 하던 사업, 나의 사무실, 그리고 그 외 일반적인 주변 환경에 대해 어느 정도 밝히는 것이 좋겠다. 왜냐하면 지금부터 소개하게 될 중심인물을 제대로 이해하기 위해서는 이러한 배경설명이 반드시 필요하기 때문이다.

무엇보다도 먼저, 나는 젊은 시절부터 최대한 무사태평으로 인생을 사는 것이 제일이라는 깊은 신념으로 가득 차 있었던 사람이다. 따라서 내가 종사하고 있던 직업은 신경이 날카롭고 에너지가 넘치며, 때로는 격동에 시달리는 것으로 알려져 있긴 하지만 그런 것들로 인해 내 평화가 침범당한 적은 한번도 없었다. 나는 배심원 앞에서 연설을 하거나 어떤 식으로 일반인들의 박수갈채를 받게 되는 일은 전혀 하지 않고, 다만 안락한 사무실에 앉아 차분하고 조용한 분위기 속에서 부자들의공채, 부동산 모기지, 그리고 부동산 명의등기와 같은 실속 있는 비즈니스나 챙기는 그런 비야심적인 변호사 중 한사람이었다. 나를 아는 사람들은 모두 나를 더할 나위 없이 안전한 법률가로 여겼다. 고 죤 제이콥 애스터씨, 시적 열정에 별 관심이 없었던 이 저명인사는 주저 없이 선언하기를 나의 첫 번째 장점은 신중함이며, 두 번째 장점은 꼼꼼함이라고 했다. 나는 우쭐대기 위해 이 말을 하는 것이 아니라, 단지 내 직업에 종사하면서 고 죤 제이콥 애스터와 같은 사람의 일도 봐 주지 않은 것이 아니다는 사실을 기록하고 있는 것일 뿐이다. 솔직히 나는 그의 이름을 되풀이 해 말하길 좋아한다. 왜냐하면 그 이름에는 뭔가 모나지 않고 둥근 소리발음이 들어있으며, 마치 황금같은 울림을 가지고 있기 때문이다. 털어놓고 말하자면 나는 고 죤 제이콥 애스터의 칭찬을 그냥 덤덤하게 듣고 넘어가기만 했던 것이 아니었음을 덧붙혀두고 싶다.

Some time prior to the period, at which this little history begins, my avocations had been largely increased. The good old office, now extinct in the State of New York, of a Master in Chancery[144], had been conferred upon me. It was not a very arduous office, but very pleasantly remunerative[145]. I seldom lose my temper; much more seldom indulge in dangerous indignation at wrongs and outrages; but I must be permitted to be rash here and declare, that I consider the sudden and violent abrogation of the office of Master in Chancery, by the new Constitution, as a---premature act; inasmuch as I had counted upon a life-lease of the profits, whereas I only received those of a few short years. But this is by the way.

My chambers were up stairs at No.---Wall-street. At one end they looked upon the white wall of the interior of a spacious sky-light shaft, penetrating the building from top to bottom. This view might have been considered rather tame than otherwise, deficient in what landscape painters call "life." But if so, the view from the other end of my chambers offered, at least, a contrast, if nothing more. In that direction my windows commanded an unobstructed view of a lofty brick wall, black by age and everlasting shade; which wall required no spy-glass to bring out its lurking beauties, but for the benefit of all near-sighted spectators, was pushed up to within ten feet of my window panes.

---

144) Chancery: 대법관청, 대법관 재판소, 공문서 보관소
145) Remunerative: 이익이 있는, 수익이 있는

이 짧막한 이야기가 시작되기 얼마 전 내 업무량이 크게 늘어났다. 지금은 뉴욕 주에서 사라지고 없는 과거의 그 좋은 대법관부주사 자리가 내게 주어졌던 것이다. 그것은 별로 힘들지 않으면서도 상당히 수지가 만족스럽게 좋은 자리였다. 나는 좀처럼 성질을 부리는 사람이 아니었고, 잘못된 일이나 억울한 일에 분개하는 사람은 더더욱 아니다. 그러나 새 헌법에 따라 갑작스레 대법관부주사 자리를 폐지해 버린 폭거에 대해서만은 분통을 터뜨리며 그것은 경솔한 행동이었다고 생각한다고 단언해도 좋다고 허용 받아야 한다. 나는 그 자리에서 평생 동안 덕을 볼 것으로 기대했지만, 결국 짧은 몇 년 동안 밖에 덕을 보지 못하고 말았다. 그러나 이것은 단지 여담이었다.

내 사무실은 월스트릿 ㅇㅇ번지 건물 2층에 있었다. 사무실 한 쪽 끝은 빌딩 꼭대기부터 밑바닥까지 꿰뚫고 있는 넓직한 자연채광용 기둥의 하얀 벽 내부에 대면해 있었다. 이 전망은 풍경화 화가들이 소위 말하는 '생명력'이 결여되어 꽤 단조로운 것으로 여겨질 수 있을 것이다. 그러나 사무실의 다른 편에는 최소한 이와 대조를 이루는 전망을 가지고 있었다. 이쪽 방향에서는 내 창문을 통해 영원한 그늘과 세월 속에서 거무잡잡해진 높은 벽돌벽을 방해받지 않고 바라 볼 수 있었다. 이 벽은 그 숨겨진 아름다움을 찾아내는데 스파이용 글라스가 필요없었으나, 그 어떤 근시안을 가진 구경꾼이라도 볼 수 있을만큼 내 사무실 창문에서부터 10피트 이내의 거리까지 튀어나와 있었다.

Owing to[146] the great height of the surrounding buildings, and my chambers being on the second floor, the interval between this wall and mine not a little resembled a huge square cistern[147].

At the period just preceding the advent of Bartleby, I had two persons as copyists in my employment, and a promising lad as an office-boy. First, Turkey; second, Nippers; third, Ginger Nut.

These may seem names, the like of which are not usually found in the Directory. In truth they were nicknames, mutually conferred upon each other by my three clerks, and were deemed expressive of[148] their respective persons or characters. Turkey was a short, pursy Englishman of about my own age, that is, somewhere not far from sixty. In the morning, one might say, his face was of a fine florid[149] hue, but after twelve o'clock, meridian---his dinner hour---it blazed like a grate[150] full of Christmas coals; and continued blazing---but, as it were, with a gradual wane---till 6 o'clock, P.M. or thereabouts, after which I saw no more of[151] the proprietor of the face, which gaining its meridian[152] with the sun, seemed to set with it, to rise, culminate, and decline the following day, with the like regularity and undiminished glory.

---

146) Owing to: …덕택에, …때문에
147) Cistern: 큰물통, 물탱크, 저수 탱크
148) Expressive of A: A를 나타내고 있다. A를 표현하고 있다
149) Florid: 불그레한
150) Grate: 난로
151) See no more of A: A를 더 이상 보지 못하다
152) Meridian: 전성기의, 절정

주변 건물들이 엄청나게 높은데다 내 사무실이 건물 2층에 있었기 때문에 사무실 벽과 이 벽 사이 공간은 거대한 사각형 저수지 같은 모습을 여간 많이 닮아있는 것이 아니었다.

바틀비가 나타나기 바로 전까지 나는 두 명의 필경인과 한명의 장래가 촉망되는 소년을 급사로 고용해 쓰고 있었다. 첫 번째 직원은 '터키', 두 번째 직원은 '니퍼스', 그리고 세 번째는 '진저 너트'.

이것은 전화부에서 흔히 찾아볼 수 없는 그런 이름들로 들릴지 모른다. 그러나 사실은 3명의 내 직원들이 서로 붙여준 별명으로, 이 별명들은 해당하는 사람의 인품이나 성격을 나타내고 있는 것으로 받아들여졌다. '터키'는 키가 작고 뚱뚱한 영국인으로, 나이가 나와 비슷했다. 말하자면 60에서 멀지 않은 나이였다. 아침에 그를 본 사람은 그의 얼굴이 불그스름하게 혈색이 좋다고 말할 것이다. 그러나 그의 점심시간인 정오 12시가 지나면 그 얼굴은 마치 크리스마스 날 석탄을 잔뜩 담고 있는 벽난로처럼 벌겋게 달아오르고, 중간에 서서히 식어가기 시작하기는 하지만 오후 6시까지 계속 그렇게 벌겋게 달아올라있다. 6시 이후에는 내가 그의 얼굴을 보지 못했으나, 그 얼굴은 마치 태양과 더불어 정점에 이르렀다가 지고, 그 다음날 또 다시 태양과 같은 규칙성과 변함없는 영광을 지닌 채 떠올랐다가 정점에 도달한 후 지고 하는 것처럼 보였다.

There are many singular coincidences I have known in the course of my life, not the least among which was the fact[153], that exactly when Turkey displayed his fullest beams from his red and radiant countenance[154], just then, too, at that critical moment, began the daily period when I considered his business capacities as seriously disturbed for the remainder of the twenty-four hours.

Not that he was absolutely idle, or averse to business then; far from it. The difficulty was, he was apt to be altogether too energetic. There was a strange, inflamed, flurried, flighty recklessness of activity about him. He would be incautious in dipping his pen into his inkstand. All his blots upon my documents, were dropped there after twelve o'clock, meridian. Indeed, not only would he be reckless and sadly given to making blots in the afternoon, but some days he went further, and was rather noisy.

At such times, too, his face flamed with augmented blazonry, as if cannel coal had been heaped on anthracite. He made an unpleasant racket with his chair; spilled his sand-box; in mending his pens, impatiently split the mall to pieces, and threw them on the floor in a sudden passion; stood up and leaned over his table, boxing his papers about in a most indecorous[155] manner, very sad to behold in an elderly man like him.

---

153) Not the least among which was the fact: …는 그 중에서도 다른 것에 못지 않은 사실이었다.

154) Countenance: 안색, 혈색

155) Indecorous: 무례한, 부적절한

내 인생을 살아오면서 특이한 우연의 일치를 많이 알게 되었지만, 터키처럼 붉고 광채나는 안색에서 가장 최고의 빛을 발휘한 뒤, 그 뒤 바로 그 결정적인 순간 후부터 24시의 나머지 시간에는 내가 보기에 사무 능력이 현저하게 떨어지기 시작하는 그 사실만큼 정확한 것은 없었다.

그것은 그가 아주 게으르다거나 혹은 일을 싫어해서가 전혀 아니었다. 오히려 그 반대로 문제는 그가 너무 쉽게 정력에 넘치는 경향이 있다는 것이었다. 그의 일하는 태도에는 어떤 이상한 격앙적이고도 동요된, 변덕스럽고도 무모한 행동 같은 것이 있었다. 그는 잉크 스탠드에 펜을 찍는 일에도 조심성이 없었다. 내 서류 위에 그가 남긴 얼룩들은 모두 정오 12시 이후에 떨어뜨려진 것들이었다. 실제로 오후가 되면 터키는 무모해져서 서류에 잉크 얼룩을 만들 뿐만 아니라 어떤 때는 여기서 더 나아가 심한 소란을 피우기도 했다.

이런 일이 있을 때도 그의 얼굴은 마치 무연탄 위에 촉탄을 쌓아 놓은 것처럼 벌겋게 달아올랐다. 그는 의자로 불쾌한 삐걱소리를 내거나 모래 박스를 엎지르거나, 고친답시고 펜을 성마르게 조각조각 찢다가 결국 버럭하며 마룻바닥에 갑자기 내동댕이 쳐버리기도 하고, 자리에서 일어선 채 테이블 위로 몸을 구부리고는 가장 꼴사나운 모습으로 서류들을 뒤지기도 하는데, 그런 늙은 노인에게서 이런 모습을 본다는 것은 참으로 슬픈 일이었다.

Nevertheless, as he was in many ways a most valuable person to me, and all the time before twelve o'clock, meridian, was the quickest, steadiest creature too, accomplishing a great deal of work in a style not easy to be matched[156]---for these reasons, I was willing to overlook his eccentricities, though indeed, occasionally, I remonstrated[157] with him. I did this very gently, however, because, though the civilest, nay, the blandest and most reverential of men in the morning, yet in the afternoon he was disposed, upon provocation, to be slightly rash with his tongue, in fact, insolent[158].

Now, valuing his morning services as I did, and resolved not to lose them; yet, at the same time made uncomfortable by his inflamed ways after twelve o'clock; and being a man of peace, unwilling by my admonitions to call forth unseemly retorts from him; I took upon me, one Saturday noon (he was always worse on Saturdays), to hint to him, very kindly, that perhaps now that he was growing old, it might be well to abridge[159] his labors; in short, he need not come to my chambers after twelve o'clock, but, dinner over, had best go home to his lodgings and rest himself till teatime. But no; he insisted upon his afternoon devotions. His countenance became intolerably fervid, as he oratorically assured me---gesticulating with a long ruler at the other end of the room---that if his services in the morning were useful, how indispensable, then, in the afternoon?

---

156) A style not easy to be matched: 비슷한 경우를 쉽게 찾아보기 힘든
157) Remonstrate: 항의하다, 반대하여 말하다
158) Insolent: 거만한, 건방진, 무례한
159) Abridge: 요약하다, 단축하다, 축약하다

그럼에도 불구하고 그는 여러 가지 면에서 나에게는 가장 소중한 사람이었으며, 정오 12시 이전까지는 가장 잽싸고 흐트러짐 없이 그 어느 누구도 쉽게 따라갈 수 없는 자세로 엄청난 분량의 일을 해 냈다. 이런 이유로 나는 그의 기이한 성격을 다 눈감아 줄 용의가 있었으나, 사실 가끔은 그에게 불만을 털어놓기도 했다. 그러나 나는 이것도 아주 조심스레 했다. 왜냐하면 오전 시간 중에는 너무나 경우가 바르고, 아니, 그 누구보다도 부드럽고 공경스러운 사람이 오후만 되면 조금만 신경에 거슬리는 소리를 들어도 좀 언사가 무분별해지고 사실 무례해지기까지 했기 때문이었다.

그러니 12시 이후 그의 활화산 같은 태도가 못마땅스럽기는 하지만 그래도 나는 그의 오전 업무 능력을 높이 평가해 그걸 놓치지 않겠다고 작정하고 있었고, 또한 매사 순탄한 것을 좋아하는 사람으로서 괜히 훈계하려 들었다가 꼴사나운 모욕을 자초하고 싶지 않아 하면서도 나는 마음먹고 어느 토요일 오후 (그는 토요일이면 항상 더 심해졌다), 아주 상냥하게, 이제 나이도 들고 했으니 근무량을 좀 줄이는 것이 좋겠다, 즉, 간단히 말해 12시 이 후에는 사무실로 올 필요 없이 점심시간이 끝나면 그냥 집에 가서 티타임까지 쉬는 것이 좋겠다고 슬쩍 그에게 제안을 던졌다. 그러나 웬걸. 그는 오후에도 계속 근무하겠다고 우겨대는 것이었다. 오전에 자기가 하는 일이 유용한 것이라면 오후에 하는 일도 얼마나 없어서는 안 되는 것이냐고 사무실 맞은편에서 긴 자로 제스처를 해 가며 열변을 토하며 장담을 할 때 그의 표정은 보기에 딱할 정도로 상기되어져 있었다.

"With submission, sir," said Turkey on this occasion, "I consider myself your right-hand man. In the morning I but marshal and deploy my columns; but in the afternoon I put myself at their head, and gallantly charge the foe, thus!"---and he made a violent thrust with the ruler.

"But the blots, Turkey," intimated I.

"True, ---but, with submission, sir, behold these hairs! I am getting old. Surely, sir, a blot or two of a warm afternoon is not to be severely urged against gray hairs. Old age---even if it blot the page---is honorable. With submission, sir, we both are getting old."

This appeal to my fellow-feeling was hardly to be resisted. At all events, I saw that go he would not. So I made up my mind to let him stay, resolving, nevertheless, to see to it, that during the afternoon he had to do with my less important papers.

Nippers, the second on my list, was a whiskered, sallow, and, upon the whole, rather piratical-looking young man of about five and twenty. I always deemed him the victim of two evil powers---ambition and indigestion. The ambition was evinced by a certain impatience of the duties of a mere copyist, an unwarrantable usurpation of strictly professional affairs, such as the original drawing up of legal documents.

"실례지만, 형평법원장님," 그날 터키가 말했다. "저는 제가 법원장님의 오른팔이라고 생각합니다. 오전 시간에 저는 오로지 군사들을 집합시켜 배치하는 일에 전념하지요. 그러나 오후에는 제가 선두에 나서서 용감무쌍하게 적을 향해 진격합니다, 이렇게!" 그리고는 막대자로 격렬하게 휘둘러 보였다.

"하지만, 잉크얼룩은요, 터키 씨," 하고 나는 토로했다.

"맞습니다. 그러나, 실례지만, 법원장님, 제 머리칼을 좀 보세요. 저도 이제 늙어가고 있어요. 법원장님, 이렇게 머리가 희끗희끗한 나이에 햇살이 따뜻한 오후에 잉크 한 두 방울 떨어뜨린다고 해서 심한 추궁을 받아서는 분명 안 됩니다. 비록 잉크자국을 남길지라도 나이가 많다는 것은 존경스런 것입니다. 실례지만 법원장님, 우린 둘 다 똑같이 나이 들어가고 있습니다."

나의 동류의식에 이렇게 하소연하는데는 참으로 저항할 도리가 없었다. 어떤 일이 있어도 그는 물러서지 않을거라는 것을 나는 알았다. 그래서 있게 하기는 하되, 오후에는 내 서류 중에서도 보다 덜 중요한 것들을 다루도록 해야겠다고 마음 먹었다.

내 두 번째 직원 니퍼스는 누르스름한 혈색에 수염을 기르고 있었는데, 전체적으로 나이가 약 25세정도 된 해적같이 생긴 젊은이였다. 나는 항상 니퍼스가 두가지 사악한 파워, 즉, 야망과 소화불량의 피해자인 것으로 여겼다. 그의 야망은 단지 필경인으로서 해야 하는 일에만 만족하지 못하고 법률서류 원본을 작성하는 것과 같이 철저히 전문적인 업무를 분수에 맞지 않게 넘보는 그런 행동에서 여실히 나타났다.

The indigestion seemed betokened[160] in an occasional nervous testiness and grinning irritability, causing the teeth to audibly grind together over mistakes committed in copying; unnecessary maledictions, hissed, rather than spoken[161], in the heat of business; and especially by a continual discontent with the height of the table where he worked.

Though of a very ingenious mechanical turn, Nippers could never get this table to suit him. He put chips under it, blocks of various sorts, bits of pasteboard, and at last went so far as to attempt an exquisite adjustment by final pieces of folded blotting paper.

But no invention would answer. If, for the sake of easing his back, he brought the table lid at a sharp angle well up towards his chin, and wrote there like a man using the steep roof of a Dutch house for his desk:---then he declared that it stopped the circulation in his arms. If now he lowered the table to his waistbands, and stooped over it in writing, then there was a sore aching in his back. In short[162], the truth of the matter was, Nippers knew not what he wanted. Or, if he wanted anything, it was to be rid of a scrivener's table altogether.

Among the manifestations of his diseased ambition was a fondness he had for receiving visits from certain ambiguous-looking fellow sin seedy coats, whom he called his clients.

---

160) Seem betoken: …의 전조가 되는 것 같다, 미리 알려주는 듯하다.
161) Hissed, rather than spoken: 말을 한다기 보다 쉿쉿 소리를 내다
162) In short: 간단히 말하자면

소화불량은 간혹 신경질적인 짜증이나 노골적인 과민반응으로 그 조짐이 뚜렷이 나타났는데, 그로 인해 필경을 하다가 실수를 하면 옆에서 들릴 정도로 이빨을 갈거나, 혹은 일에 열중한 상태에서 필요이상으로 욕을 하거나, 말을 한다기 보다 쉿쉿 소리를 내는 것이었다. 특히 자기가 일하는 테이블 높이에 대해서는 끊임없이 불평을 늘어놓았다.

니퍼스는 천부적으로 기계를 다루는 손재주를 타고났지만, 이 테이블만은 자기에게 꼭 맞게 조정하지 못했다. 테이블 아래에 나무조각이나 잡다한 블록, 골판지 등을 넣어보기도 하고 심지어 압지를 여러 번 접어서 조정하는 것까지 시도해 보았다.

그러나 어떤 발상도 해답이 되지 못했다. 등이 편안하도록 테이블 두껑을 턱에 닿을만큼 가파른 각도로 세우고 마치 네덜란드식 건물의 뾰족지붕 위에서 일하는 사람 같은 모습으로 글쓰기도 했지만, 그때는 팔에 피순환이 안 된다고 떠들어댔다. 다시 테이블을 허리까지 내리고 그 위에 구부린 채 글쓰기를 하면 이번에는 등이 콕콕 쑤시듯 아프다는 것이었다. 간단히 말해 문제의 진상은 니퍼스가 대체 자기가 원하는 것이 무엇인지를 몰랐다는 것이었다. 혹은 니퍼스가 원하는 것이 뭐라도 한 가지 있었다면, 그것은 필경인의 테이블을 아예 완전히 없애버리는 것이었다.

겉으로 드러나 보이는 그의 야심 가운데 하나는 꾀죄죄한 코트를 입은 정체 불분명한 어떤 사나이들이 찾아오면 무척 좋아했다는 것인데, 니퍼스는 이 사람들을 자기 고객이라고 불렀다.

Indeed I was aware that not only was he, at times, considerable of a ward-politician, but he occasionally did a little business at the Justices' courts, and was not unknown on the steps of the Tombs[163].

I have good reason to believe, however, that one individual who called upon him at my chambers, and who, with a grand air, he insisted was his client, was no other than a dun, and the alleged title-deed, a bill. But with all his failings, and the annoyances he caused me, Nippers, like his compatriot Turkey, was a very useful man to me; wrote a neat, swift hand; and, when he chose, was not deficient in a gentlemanly sort of deportment. Added to this, he always dressed in a gentlemanly sort of way; and so, incidentally, reflected credit upon[164] my chambers.

Whereas with respect to Turkey, I had much ado to keep him from being a reproach to me. His clothes were apt to look oily and smell of eating-houses. He wore his pantaloons very loose and baggy in summer. His coats were execrable; his hat not to be handled. But while the hat was a thing of indifference to me, inasmuch as[165] his natural civility and deference, as a dependent Englishman, always led him to doff it the moment he entered the room, yet his coat was another matter. Concerning his coats, I reasoned with him[166]; but with no effect.

---

163) The Tombs: 뉴욕에 있었던 남자용 유치장
164) Reflect credit upon A: A에 신뢰를 더해주다
165) inasmuch as: …이므로, …인 한은
166) Reason with A: A와 이치를 따지다

실제로 나는 그가 왕년에 한 때 꽤 이름있는 재야 정치인이었을 뿐만 아니라 법원 사건도 좀 다루어보았고, 교도소에서도 전혀 알려지지 않은 인물이 아니라는 것을 알고 있었다.

그러나 나는 내 사무실에 니퍼스를 찾아오는 어느 한 작자, 니퍼스가 으쓱대며 자기 고객이라고 우기던 그 작자가 사실은 빚쟁이이며, 부동산 권리증서라고 주장하는 것도 결국 빚 청구서에 불과한 것이라고 믿을만한 충분한 이유를 가지고 있었다. 그러나 이런 모든 결점에도 불구하고, 그리고 내 신경에 거슬리는 것들에도 불구하고, 니퍼스는 그의 동료인 터키와 마찬가지로 나에게 꽤 쓸모있는 직원이었다. 그는 글씨를 깔끔하고도 재빨리 썼으며, 마음만 먹으면 신사적인 품행에 조금도 손색이 없었다. 더구나 그는 항상 신사스러운 옷차림을 하고 있었기 때문에, 부수적으로 내 사무실이 그럴듯한 곳으로 보이게 해 주는 이점도 있었다.

그에 비해 터키의 경우에는 나한테 욕이 돌아오지 않게 하기 위해 온갖 수단을 써야만 했다. 터키의 옷은 흔히 기름때가 묻어보이거나 식당냄새를 풍겼다. 여름에는 바지를 아주 느슨하고 헐렁하게 입었다. 그가 입는 코트는 보기에 민망할 정도였고, 모자는 손을 쓸 수 없었다. 그러나 모자 정도는 대수롭지 않게 지나칠 수 있었다. 영국출신 직원으로서 자연스레 예절바름과 겸손함이 몸에 배어있어서 항상 사무실에 들어오는 순간 모자를 벗었기 때문이다. 그러나 코트는 전혀 별개의 문제였다. 코트 문제를 두고 납득이 가도록 이야기 해 봤지만 별 효과가 없었다.

The truth was, I suppose, that a man of so small an income, could not afford to sport such a lustrous[167)] face and a lustrous coat at one and the same time.

As Nippers once observed, Turkey's money went chiefly for red ink[168)]. One winter day I presented Turkey with a highly-respectable looking coat of my own, a padded gray coat, of a most comfortable warmth, and which buttoned straight up from the knee to the neck. I thought Turkey would appreciate the favor, and abate his rashness and obstreperousness[169)] of afternoons. But no. I verily[170)] believe that buttoning himself up in so downy and blanket-like a coat had a pernicious[171)] effect upon him; upon the same principle that too much oats are bad for horses. In fact, precisely as a rash, restive horse is said to feel his oats[172)], so Turkey felt his coat. It made him insolent. He was a man whom prosperity harmed.

Though concerning the self-indulgent habits of Turkey I had my own private surmises, yet touching Nippers I was well persuaded that whatever might by his faults in other respects, he was, at least, a temperate young man. But indeed, nature herself seemed to have been his vintner, and at his birth charged him so thoroughly with an irritable, brandy-like disposition, that all subsequent potations were needless.

---

167) Lustrous: 번지르르한, 윤기있는
168) Red ink: (속어) 싸구려 적포도주
169) Obstreperousness: 분답스러움, 소란스러움
170) Verily: (옛말식 영어) 진실로
171) Pernicious: 유해한, 유독한, 파괴적인
172) Feel one's oats: 의기양양하게 행동하다

내가 생각하기에도 사실 그처럼 수입이 적은 사람으로서 번들거리는 얼굴과 코트를 동시에 똑같이 다 바꿀만한 형편은 되지 않을 것 같았다.

니퍼스가 한번 지적한 적이 있듯이, 터키의 돈은 주로 싸구려 와인에 다 쓰였다. 어느 겨울날 나는 터키에게 꽤 품격있어 보이는 내 코트를 한벌 주었다. 패드를 댄 회색 코트였는데, 몹씨 포근하게 따뜻하고 무릎 부분에서 목까지 단추가 일렬로 달려있는 것이었다. 나는 터키가 나의 호의에 감사하는 뜻으로 오후에 경솔한 행동과 야단법석 떠는 일을 좀 삼가 해 줄 것이라고 생각했다. 그러나 천만에. 그처럼 가지런히 단추를 채우고 담요 같은 코트를 입는 것은 그에게 오히려 역효과만 가져왔다. 그것은 마치 말에게 귀리를 지나치게 많이 주면 좋지 않다는 이치와 같은 것이었다. 실제로 무모하고 고집 센 말이 의기양양하게 굴듯, 터키도 코트로 인해 의기양양해 졌다. 코트가 그를 오만하게 만든 것이다. 유복함이 오히려 독이 되는 그런 사람이었다.

터키의 방종한 습관에 대해서는 개인적으로 마음에 짚히는 점들이 있었지만, 니퍼스 문제에 대해서는 그가 다른 면에서 어떤 결점을 가지고 있을지라도 최소한 그는 절제력 있는 젊은이라는 점을 높이 인정하고 있었다. 그러나 사실 자연 그 자체가 그에게는 양조장 구실을 해 태어날 때 워낙 성마르고 브랜디 같은 기질을 타고 나다보니 실제로 그 후에 술을 마셔야 할 필요가 전혀 없었던 건지도 모른다.

When I consider how, amid the stillness of my chambers, Nippers would sometimes impatiently rise from his seat, and stooping over his table, spread his arms wide apart, seize the whole desk, and move it, and jerk it, with a grim, grinding motion on the floor, as if the table were a perverse voluntary agent, intent on thwarting and vexing him; I plainly perceive that for Nippers, brandy and water were altogether superfluous.

It was fortunate for me that, owing to its peculiar cause---indigestion---the irritability and consequent nervousness of Nippers, were mainly observable in the morning, while in the afternoon he was comparatively mild. So that Turkey's paroxysms only coming on about twelve o'clock, I never had to do with their eccentricities at one time. Their fits relieved each other like guards. When Nippers' was on, Turkey's was off; and vice versa. This was a good natural arrangement under the circumstances.

Ginger Nut, the third on my list, was a lad some twelve years old. His father was a carman[173], ambitious of seeing his son on the bench instead of a cart, before he died. So he sent him to my office as student at law, errand boy, and cleaner and sweeper, at the rate of one dollar a week. He had a little desk to himself, but he did not use it much. Upon inspection, the drawer exhibited a great array of the shells of various sorts of nuts. Indeed, to this quick-witted youth the whole noble science of the law was contained in a nut-shell.[174]

---

173) Carman: 택시운전사, 마차를 끄는 마부

174) In a nutshell: 함축된 한마디를 의미하지만, 여기서는 비유적으로 사용되었음

사무실의 그 조용한 분위기 속에서 니퍼스가 종종 조급증을 부리며 의자에서 일어나 테이블 위에 몸을 구부리고 팔을 벌린 채 데스크를 전부 움켜잡고 그걸 옮겼다가 이리저리 밀고 당기고, 바닥에다가 인정사정없이 삐걱삐걱 거리면서, 제 테이블을 마치 속을 썩이려고 작정하고 덤비는 원흉인 듯 대하는 것을 생각해 보면 나는 분명히 니퍼스에게는 브랜디든 물이든 둘 다 불필요한 것이라는 것을 알아차릴 수 있었다.

소화불량이라는 특이한 원인 덕택에 니퍼스의 성마름과 그에 따른 신경과민은 주로 오전시간에만 나타나고, 오후에는 니퍼스가 비교적 유순해진다는 것은 내게 다행스런 일이었다. 터키의 주기적 발작은 오로지 12시경부터 시작되었기 때문에 두 사람의 괴팍한 언동을 내가 동시에 감당해야만 하는 경우는 전혀 없었다. 이 두 사람의 발작은 보초병처럼 교대해 가면서 해소됐다. 니퍼스가 당번이면 터키는 비번인 그런 식이었다. 이 상황하에서 이것은 천혜의 배치였다.

세 번째 직원 진저너트는 열두살쯤 된 사내아이였다. 그의 부친은 짐마차 마부였는데, 아들이 짐마차가 아니라 법정 의자에 앉아있는 것을 죽기 전에 보는 것이 소원이었다. 그래서 일주일에 1달러씩을 받고 심부름, 청소, 바닥 쓰는 일 등을 하면서 법률 공부를 하도록 내 사무실에 취직시켰다. 진저너트도 조그만 데스크를 하나 가지고 있었지만, 그것을 별로 사용하는 일은 없었다. 서랍을 한번 검사해 보았더니, 그 속에는 잡다한 견과류 껍질들만 잔뜩 들어 있었다. 이 총명한 소년에게 있어서는 실제로 법이라는 고상한 학문은 한 톨 호두껍질처럼 단순했다.

Not the least among the employments of Ginger Nut, as well as one which he discharged with the most alacrity, was his duty as cake and apple purveyor[175] for Turkey and Nippers. Copying law papers being proverbially dry, husky sort of business, my two scriveners were fain to moisten their mouths very often with Spitzenbergs to be had at the numerous stalls nigh the Custom House and Post Office. Also, they sent Ginger Nut very frequently for that peculiar cake---small, flat, round, and very spicy---after which he had been named by them.

Of a cold morning when business was but dull, Turkey would gobble up scores of these cakes, as if they were mere wafers---indeed they sell them at the rate of six or eight for a penny---the scrape of his pen blending with the crunching of the crisp particles in his mouth. Of all the fiery afternoon blunders and flurried rashnesses of Turkey, was his once moistening a ginger-cake between his lips, and clapping it on to a mortgage for a seal. I came within an ace of[176] dismissing him then. But he mollified[177] me by making an oriental bow, and saying---"With submission, sir, it was generous of me to find you in stationery on my own account."

Now my original business---that of a conveyancer and title hunter, and drawer-up of recondite documents of all sorts---was considerably increased by receiving the master's office. There was now great work for scriveners. Not only must I push the clerks already with me, but I must have additional help.

175) Purveyor: 공급자, 배달꾼
176) Come within an acre of: 거의 …할 뻔 하다
177) Mollify: 진정시키다, 누그러뜨리다

진저너트가 하는 일 가운데 무시할 수 없는 일이자 진저너트가 아주 잽싸게 처리해 낸 일은 터키와 니퍼스에게 과자나 사과를 대령하는 것이었다. 법률 문서를 베끼는 일은 잘 알려진대로 무미건조한 업무였기 때문에, 내 밑에서 일하던 두 필경사들은 세관이나 우체국 주변에 있는 수많은 거리행상들이 파는 스피첸버그 사과로 자주 입술을 적셔주지 않을 수 없었다. 또 그들은 진저너트에게 조그맣고 동글납작하며 꽤 매콤한 그 별난 과자를 사 오라는 심부름을 자주 시켰는데, 진저너트라는 이름이 바로 이 과자에서 따 온 것이었다.

업무가 뜸한 추운 아침이면 터키는 1 페니에 6-8개 단위로 파는 그 과자가 마치 웨하스에 지나지 않는 것처럼 수십개씩 먹어치웠는데, 그 바싹바싹한 과자를 입안에서 씹는 소리가 그의 펜 굴리는 소리와 뒤섞이곤 했다. 오후에 나타나는 터키의 실수와 소란스레 저지르는 무분별한 행동 중에서 한번은 입술 사이에 진저케이크를 넣어 촉촉하게 적신 다음 그걸 모기지 서류 인지로 붙여버린 일이 있었다. 그 때 나는 그를 해고시키기 직전까지 갔다. 그러나 그는 동양식으로 깊은 절을 하며 내 노여움을 가라앉혔다. "죄송하지만 선생님, 제가 자비로 사무비품을 조달했으니, 제가 인심을 쓴 셈입니다."

그러다가 내가 법원 주사직에 오르면서 내가 원래 하던 부동산 양도, 권리취득, 그외 온갖 난해한 문서들을 작성하는 업무의 분량이 크게 늘어났다. 필경사들이 해야 할 업무량도 엄청 많아졌다. 현재 고용인들을 다그치는 외에 새 직원도 필요했다.

In answer to my advertisement, a motionless young man one morning, stood upon my office threshold, the door being open, for it was summer. I can see that figure now---pallidly neat, pitiably respectable, incurably forlorn[178]! It was Bartleby.

After a few words touching his qualifications, I engaged him, glad to have among my corps of copyists a man of so singularly sedate an aspect, which I thought might operate beneficially upon the flighty temper of Turkey, and the fiery one of Nippers.

I should have stated before that ground glass folding-doors divided my premises into two parts, one of which was occupied by my scriveners, the other by myself. According to my humor I threw open these doors, or closed them. I resolved to assign Bartleby a corner by the folding-doors, but on my side of them, so as to[179] have this quiet man within easy call, in case any trifling thing was to be done. I placed his desk close up to a small side-window in that part of the room, a window which originally had afforded a lateral view of certain grimy back-yards and bricks, but which, owing to subsequent erections, commanded at present no view at all, though it gave some light.

Within three feet of the panes was a wall, and the light came down from far above, between two lofty buildings, as from a very small opening in a dome.

---

178) Forlorn: 슬픈, 절망적인, 희망없는
179) so as to: …하도록

내가 낸 광고를 보고 어느 날 아침 얌전한 젊은이가 찾아와 여름이라 열어 둔 문지방에 발을 들여놨다. 지금도 그 모습이 눈에 선하다. 그 파리하게 단정하고, 애처러울만큼 정중하며, 치유할 수 없을 만큼 고독한 모습! 바로 바틀리였다.

자격에 관해 몇 가지 물어본 후 그를 고용하면서, 나는 그처럼 단연코 차분한 면모를 가진 사람을 내 필경사 군단에 영입해 들인 것을 내심 기뻐하며, 니퍼스와 불같은 성질이나 터키의 변덕스런 성질에 앞으로 좋은 영향을 끼치게 될 것이라고 생각했다.

미리 말했어야 했겠지만, 유리로 된 접문으로 양분되어진 내 사무실의 한쪽은 나의 필경사들이, 다른 한쪽은 내가 사용하고 있었다. 기분에 따라 나는 그 문을 열어두기도 하고 닫아두기도 했다. 이 접문의 한쪽 구석을 바틀리가 사용하게 하되, 혹시 자질구레한 일을 처리해야 할 일이 있을 때 이 조용한 사람을 손쉽게 부를 수 있도록 나는 내 쪽 편에 바틀비의 자리를 두기로 했다. 바틀리의 데스크는 그 쪽에 있는 조그만 옆 창문에 바짝 붙도록 했다. 이 창문은 원래 좀 어두침침한 뒷뜰과 벽돌을 측면으로 볼 수 있는 곳이었는데, 그 뒤에 건물이 증축되면서 지금은 아무런 전망도 없이 약간의 채광효과를 줄 뿐이었다.

창틀에서 3피트 정도 떨어진 지점에는 벽이 있었고, 두 고층 건물 사이로 마치 원형 천장에 난 조그만 구멍에서 오는 듯 빛이 아주 높은 곳에서 내려 비쳤다.

Still further to a satisfactory arrangement, I procured[180] a high green folding screen, which might entirely isolate Bartleby from my sight, though not remove him from my voice. And thus, in a manner, privacy and society were conjoined.

At first Bartleby did an extraordinary quantity of writing. As if long famishing for[181] something to copy, he seemed to gorge himself on my documents. There was no pause for digestion. He ran a day and night line, copying by sun-light and by candle-light. I should have been quite delighted with his application, had he been[182] cheerfully industrious. But he wrote on silently, palely, mechanically.

It is, of course, an indispensable part of a scrivener's business to verify the accuracy of his copy, word by word. Where there are two or more scriveners in an office, they assist each other in this examination, one reading from the copy, the other holding the original. It is a very dull, wearisome, and lethargic affair. I can readily imagine that to some sanguine[183] temperaments it would be altogether intolerable. For example, I cannot credit that the mettlesome[184] poet Byron would have contentedly sat down with Bartleby to examine a law document of, say five hundred pages, closely written in a crimpy hand.

---

180) Procure: 조달하다, 구하다
181) Long farmishing for A: 오랫동안 A에 굶주리다
182) Had he been: 만약 …. 하기만 했다면
183) Sanguine: 쾌활한, 낙천적인, 다혈질인
184) Mettlesome: 용감한, 기개있는, 박력있는

좀 더 만족스러운 배치가 되도록 나는 높은 녹색 칸막이를 하나 사 들였다. 이것은 바틀리를 내 시야에서 완전히 가려버리기는 했지만, 내 목소리까지 막아버리지는 않았다. 이렇게 해서 어떤 면에서 프라이버시와 사회성이 공존될 수 있었다.

처음 바틀비는 엄청난 분량의 글을 써 댔다. 마치 오랫동안 베껴쓰지 못해 굶주려 왔던 사람처럼 그는 내 서류들을 게걸스럽게 먹어치우는 것 같아 보였다. 소화를 위해 멈추는 법도 없었다. 그는 밤이나 낮이나 줄곧, 해가 비칠 때나 촛불이 켜져 있을 때나 글을 베꼈다. 그가 만약 즐거운 모습으로 이렇게 부지런했다면 나는 그의 이런 근면함을 꽤 기뻐했을 것이다. 그러나 그는 조용하게, 창백하게, 그리고 기계적으로 글을 썼다.

필경사의 업무 가운데 빼 놓을 수 없는 것은 물론 자신이 정확하게 복사했는지 단어를 하나하나 검증하는 것이다. 한 사무실에 필경사가 두 명 이상이면 이들은 서로 도와가면서 검토 작업을 하는데, 한사람은 복사본을 읽고 다른 원본을 들고 있는 식이었다. 이것은 아주 지루하고 따분하고 맥 빠지는 일이었다. 성질이 다혈질인 사람은 전혀 견뎌낼 수 없는 일이라는 것은 쉽게 상상할 수 있었다. 예를 들어 혈기 넘치는 시인 바이런이 만족스레 바틀비와 앉아 빼곡하게 적힌, 예를 들어 500쪽이나 되는 분량의 법률문서를 검토하는 것을 나는 상상할 수 없다.

Now and then, in the haste of business, it had been my habit to assist in comparing some brief document myself, calling Turkey or Nippers for this purpose. One object I had in placing Bartleby so handy to me[185] behind the screen, was to avail myself of[186] his services on such trivial occasions. It was on the third day, I think, of his being with me, and before any necessity had arisen for having his own writing examined, that, being much hurried to complete a small affair I had in hand, I abruptly called to Bartleby. In my haste and natural expectancy of instant compliance, I sat with my head bent over the original on my desk, and my right hand sideways, and somewhat nervously extended with the copy, so that immediately upon emerging from his retreat, Bartleby might snatch it and proceed to business without the least delay.

In this very attitude did I sit when I called to him, rapidly stating what it was I wanted him to do---namely, to examine a small paper with me. Imagine my surprise, nay[187], my consternation, when without moving from his privacy, Bartleby in a singularly mild, firm voice, replied, "I would prefer not to."

I sat awhile in perfect silence, rallying my stunned faculties[188]. Immediately it occurred to[189] me that my ears had deceived me, or Bartleby had entirely misunderstood my meaning.

---

185) Placing A handy to B: B가 편리하도록 A의 자리를 배치하다

186) Avail myself of: 내가 …. 할 수 있게 하다

187) Nay: (구식 영어) 아니, 그게 아니라

188) Rallying one's stunned faculties: 놀란 몸과 마음을 추스르며, Faculties란 영육이 지닌 모든 감각과 능력을 말함

189) It occurred to me: ……라는 생각이 문득 들다

간혹 일이 바쁠 때는 터키나 니퍼스를 불러 간략한 문서정도 대조하는 일을 직접 도와주는 것이 내 습관이었다. 바틀비를 편리하게 칸막이 뒤에 둔 한가지 목적이 바로 이런 사소한 경우에 쉽사리 그를 써 먹을 수 있도록 하기 위한 것이었다. 바틀비가 일을 시작한지 아마 3일째 되던 날이었던 것 같다. 아직 바틀비가 베껴 쓴 것을 검토해 봐야 할 필요성이 생기지 않았던 그 날, 나는 발등에 떨어진 조그만 사건을 서둘러 마쳐야 했기 때문에 급하게 바틀리를 불렀다. 일이 급한데다가 즉시 응해줄 것을 당연히 기대하며, 나는 머리를 내 데스크에 놓인 원본을 향해 숙인 상태에서 복사본을 쥔 오른손은 안절부절하게 옆으로 내밀어, 바틀비가 제 은신처에서 오자마자 그것을 낚아채 가서 조금도 지체 없이 일을 진행해 줄 수 있도록 했다.

바로 그 자세로 나는 바틀비의 이름을 부르며, 내가 바틀비에게 시키는 일이 뭔지를 빠르게 말했다. 말하자면 나하고 짧막한 문서를 검토하자는 것이었다. 그러나 자기 자리에서 꿈쩍도 않은 채, 단연 처연하면서도 단호한 어조로, 바틀비가 "그러고 싶지 않습니다"하고 대답했을 때 내가 얼마나 놀랐는지, 아니 대경실색 했는지, 상상해보라.

잠시 한동안 나는 완전히 할말을 잃은 채, 놀란 마음을 진정시키려 했다. 즉시 떠 오른 생각은 내 귀가 말을 잘못 알아들었거나, 혹은 바틀비가 내 말을 완전히 잘못 이해했을 거라는 것이었다.

I repeated my request in the clearest tone I could assume. But in quite as clear a one came the previous reply,

"I would prefer not to."

"Prefer not to," echoed I, rising in high excitement, and crossing the room with a stride. "What do you mean? Are you moon-struck[190)]? I want you to help me compare this sheet here---take it," and I thrust it towards him.

"I would prefer not to," said he.

I looked at him steadfastly. His face was leanly composed; his gray eye dimly calm. Not a wrinkle of agitation rippled him. Had there been the least uneasiness, anger, impatience or impertinence in his manner; in other words, had there been any thing ordinarily human about him, doubtless I should have violently dismissed him from the premises. But as it was, I should have as soon thought of[191)] turning my pale plaster-of-paris bust of Cicero[192)] out of doors.

I stood gazing at him awhile, as he went on with his own writing, and then reseated myself at my desk. This is very strange, thought I. What had one best do? But my business hurried me. I concluded to forget the matter for the present, reserving it for my future leisure. So calling Nippers from the other room, the paper was speedily examined.

---

190) Moon-struck: 정신이 나가다, 미치다, 착각에 빠지다
191) Should have as soon thought of A: 차라리 A를 하고싶다는 생각이 들다
192) Cicero: Marcus Tullius Cicero(Bc 106-43)는 로마의 철학자, 정치가, 법률가, 웅변가

내가 할 수 있는 최대한 분명한 어조로 재차 요청했다. 그러나 이번에도 분명하게 되돌아 온 것은 처음 들었던 대답이었다.

"그러고 싶지 않습니다."

"그러고 싶지 않다," 하고 되받아 말하며 나는 극히 흥분한 상태로 벌떡 일어나 사무실을 성큼성큼 가로질러 걸어갔다. "자네 지금 무슨 소리야? 지금 제정신인가? 여기 이 문서 대조를 도와달란 말일세. 이거 받게" 하며 서류를 바틀비에게 내밀었다.

"그러고 싶지 않습니다." 그가 말했다.

나는 바틀비를 뚫어지게 쳐다보았다. 그의 얼굴은 홀쭉하게 차분하고, 회색빛 눈은 희미하게 고요했다. 동요의 조짐이라고는 전혀 보이지 않았다. 조금이라도 불안, 분노, 초조, 혹은 건방짐이 보였더라면, 다른 말로 하자면 바틀비에게서 조금이라도 보통 사람 같은 면이 있었더라면, 의심의 여지없이 나는 그를 내 사무실에서 냉큼 내 쫓아버렸을 것이다. 그러나 일이 이렇게 되었을 때 즉시 내 창백한 키케로의 석고상을 문 밖으로 내 쫓아버릴 생각을 했어야 했다.

나는 그 자리에 서서 바틀비가 계속 제 쓸 일이나 쓰는 것을 한참 지켜보다가 내 데스크에 돌아와 앉았다. 참 희한한 일이다, 하고 생각했다. 이럴 때는 대체 어떻게 해야 하나? 그러나 내가 하던 일이 급했다. 나는 일단은 이 일을 잊어버리고 나중에 찬찬히 생각해 보기로 했다. 그래서 다른 방에 있던 니퍼스를 불러 문서 검토 작업을 신속하게 마쳤다.

A few days after this, Bartleby concluded four lengthy documents, being quadruplicates[193] of a week's testimony taken before me in my High Court of Chancery. It became necessary to examine them. It was an important suit, and great accuracy was imperative. Having all things arranged I called Turkey, Nippers and Ginger Nut from the next room, meaning to place the four copies in the hands of my four clerks, while I should read from the original. Accordingly Turkey, Nippers and Ginger Nut had taken their seats in a row, each with his document in hand, when I called to Bartleby to join this interesting group. "Bartleby! quick, I am waiting."

I heard a slow scrape of his chair legs on the uncarpeted floor, and soon he appeared standing at the entrance of his hermitage."What is wanted?" said he mildly. "The copies, the copies," said I hurriedly. "We are going to examine them. There"---and I held towards him the fourth quadruplicate. "I would prefer not to," he said, and gently disappeared behind the screen.

For a few moments I was turned into a pillar of salt, standing at the head of my seated column of clerks. Recovering myself, I advanced towards the screen, and demanded the reason for such extraordinary conduct.

"Why do you refuse?"

"I would prefer not to."

---

193) Quadruplicate: 4 배로 하다, 4 겹으로 하다

이 일이 있은 지 며칠 후, 바틀비는 4통의 긴 문서 베끼는 일을 마쳤는데, 그것은 나의 형평법원에서 이루어진 일주일 분량의 증언을 4통 복사한 것이었다. 이것을 대조해 보아야 했다. 이것은 중요한 소송이어서 철저한 정확성을 요하는 것이었다. 모든 준비가 갖추어진 후 나는 옆방에 있던 터키, 니퍼스, 진저너트를 불렀다. 내 생각은 4통의 복사본을 네 명의 서기에게 각자 한부씩 쥐어주고 나는 원본을 읽도록 하려는 것이었다. 따라서 터키, 니퍼스, 그리고 전저너트가 각자 손에 문서를 들고 나란히 제 자리를 찾아 앉았을 때, 나는 이 흥미로운 그룹에 끼이도록 바틀비를 불렀다. "바틀비! 빨리. 기다리고 있어."

카펫이 깔리지 않은 바닥에 의자 다리가 천천히 끌리는 소리가 들리더니, 곧 바틀비가 제 은신처 입구에 나타났다. "무슨 일이지요?" 처연하게 물었다. "복사본, 복사본이지." 나는 서둘러 말했다. "이걸 대조할 참이야. 여기 있네." 그리고 나는 4통의 복사본 중 4번째 복사본을 그에게 내밀었다. "하고 싶지 않습니다." 바틀비는 이렇게 말한 뒤 칸막이 뒤로 조용히 사라졌다.

한동안 나는 내 서기들이 나란히 줄지어 앉아 있는 앞에 서 있는 '소금기둥'이 됐다. 정신을 차리고 칸막이 쪽으로 다가가, 그처럼 별난 행동을 한데 대한 이유를 추궁했다.

"대체 왜 못 하겠다는 거지?"

"그러고 싶지 않습니다."

With any other man I should have flown outright into a dreadful passion, scorned all further words, and thrust him ignominiously[194] from my presence. But there was something about Bartleby that not only strangely disarmed me, but in a wonderful manner touched and disconcerted me. I began to reason with him.

"These are your own copies we are about to examine. It is labor saving to you, because one examination will answer for your four papers. It is common usage. Every copyist is bound to help examine his copy. Is it not so? Will you not speak? Answer!"

"I prefer not to," he replied in a flute-like tone.

It seemed to me that while I had been addressing him, he carefully revolved every statement that I made; fully comprehended the meaning; could not gainsay[195] the irresistible conclusions; but, at the same time, some paramount consideration prevailed with him to reply[196] as he did.

"You are decided, then, not to comply with my request---a request made according to common usage and common sense?"

He briefly gave me to understand that on that point my judgment was sound. Yes: his decision was irreversible.

194) Ignominiously: 매몰차게, 창피를 주어서, 모욕적으로
195) Gainsay: 반박하다, 부정하다
196) Prevail with him to reply: 그 사람이 어쩔 수 없이 대답하도록 하다

다른 사람 같았더라면 나는 당장 참을 수 없이 울화가 치밀어 온갖 소리를 퍼부어대며 내 사무실에서 보기 좋게 그를 내 쫓아버렸을 것이다. 그러나 바틀비에게는 이상하게도 나를 누그러뜨릴 뿐만 아니라, 알 수 없는 방식으로 내 마음을 움직이고 쩔쩔매게 하는 그 무엇인가가 있었다. 나는 바틀리를 설득하기 시작했다.

"우리가 대조해 보려는 것은 바로 자네가 작성한 복사본이야. 자네한테도 짐을 덜어주는 일이지, 왜냐하면 한번 대조작업으로 4통의 문서가 다 처리되니까. 이건 다들 하는 일이야. 모든 필경사들은 자기 복사본 대조를 돕게 돼 있어. 안 그래? 말을 안 할 셈인가? 대답해!"

"그러고 싶지 않습니다." 그는 플룻 같은 어조로 응답했다.

내가 일장연설을 늘어놓고 있는 사이 그는 내가 하는 모든 말을 곰곰이 굴려 생각해 보고, 그 뜻을 완전히 이해하고, 거부할 수 없는 결론에 반대할 수 없어 하는 것처럼 보였으나, 동시에 또 어떤 대단한 사정이 있어 늘 하던 대답을 하지 못하게 억누르고 있는 것 같아 보였다.

"그렇다면 내 요청에 응하지 않기로 마음먹었단 말인가? 통상 다들 하는 대로 한 상식적인 요청을?"

그는 잠시 그 점에 있어서 내 생각이 맞다는 생각이 들게 했다. 그렇다. 그의 결정은 번복 불가능한 것이었다.

It is not seldom the case[197] that when a man is browbeaten[198] in some unprecedented and violently unreasonable way, he begins to stagger in his own plainest faith. He begins, as it were, vaguely to surmise that, wonderful as it may be, all the justice and all the reason is on the other side. Accordingly, if any disinterested persons are present, he turns to them for some reinforcement for his own faltering mind. "Turkey," said I, "what do you think of this? Am I not right?"

"With submission, sir," said Turkey, with his blandest tone, "I think that you are."

"Nippers," said I, "what do youthink of it?"

"I think I should kick him out of the office." (The reader of nice perceptions will here perceive that, it being morning, Turkey's answer is couched in polite and tranquil terms, but Nippers replies in ill-tempered ones. Or, to repeat a previous sentence, Nippers' ugly mood was on duty and Turkey's off.)

"Ginger Nut," said I, willing to enlist the smallest suffrage in my behalf, "what do you think of it?"

"I think, sir, he's a little luny[199]," replied Ginger Nut with a grin.

"You hear what they say," said I, turning towards the screen, "come forth and do your duty."

---

197) Not seldom the case: …하는 경우가 드문건 아니다
198) Browbeaten: 위협을 당하다, 괴롭힘을 당하다
199) Luny: (구어) 미친, 머리가 돈

전례 없이 무자비하게 가당치 않은 방식으로 짓밟히게 될 경우 인간은 자기 자신이 지니고 있던 가장 명백한 신념조차도 흔들리기 시작하는 경우가 드물지 않다. 인간은 말하자면 모든 정의와 이성이 아무리 좋은 것이라 해도 결국 그것은 모두 다른 편에 서 있는 것이라고 막연하게 추측하기 시작하게 되는 것이다. 따라서 어떤 공평무사한 제 삼자들이 있으면 인간은 그들이 자신의 흔들리는 신념을 정당화하는 응원을 해 주기 바라게 된다. '터키, 자네 생각은 어떤가? 내 말이 바른말 아닌가?' 내가 말했다.

"실례지만 그렇다고 생각합니다." 터키가 최대한 부드러운 어조로 말했다.

"니퍼스, 자네는 어떻게 생각하는가?" 내가 말했다.

"저는 저 사람을 사무실에서 쫓아내야 한다고 생각합니다." (눈치 빠른 독자라면 여기서 때가 오전이다 보니 터키의 대답은 예절바르고 침착한 말투이지만 니퍼의 응답은 신경질적인 것이라는 것을 알아차릴 것이다. 혹은 앞에 했던 말을 되풀이 하자면 니퍼스의 험상궂은 무드는 켜져 있는 중이고 터키의 것은 꺼져 있는 상태다.)

"진저너트," 가장 어린 표라도 내 편이라면 기꺼이 받아들일 용의로 말했다. "너는 이 문제에 대해 어떻게 생각하니?"

"제 생각에는 저분이 약간 미친 것 같습니다" 진저너트가 히죽거리며 대답했다.

나는 칸막이 쪽으로 고개를 돌리며 말했다.

"사람들 말 들었지, 나와서 자네 몫 일을 하게."

But he vouchsafed[200] no reply. I pondered a moment in sore perplexity. But once more business hurried me. I determined again to postpone the consideration of this dilemma to my future leisure. With a little trouble we made out to examine the papers without Bartleby, though at every page or two, Turkey deferentially[201] dropped his opinion that this proceeding was quite out of the common; while Nippers, twitching in his chair with a dyspeptic[202] nervousness, ground out between his set teeth occasional hissing maledictions against the stubborn oaf behind the screen. And for his (Nippers') part[203], this was the first and the last time he would do another man's business without pay.

Meanwhile Bartleby sat in his hermitage, oblivious to everything but his own peculiar business there.

Some days passed, the scrivener being employed upon another lengthy work. His late remarkable conduct led me to regard his ways narrowly. I observed that he never went to dinner; indeed that he never went anywhere. As yet I had never of my personal knowledge known him to be outside of my office. He was a perpetual sentry in the corner. At about eleven o'clock though, in the morning, I noticed that Ginger Nut would advance toward the opening in Bartleby's screen, as if silently beckoned thither[204] by a gesture invisible to me where I sat.

---

200) Vouchsafe: 허락하다, 주다; 동의하다
201) Deferentially: 정중히, 공손히
202) Dyspeptic: 소화불량성
203) For his part: 그의 입장에서는
204) Thither: (구식 영어) 저쪽으로

그러나 그는 아무런 대답도 주지 않았다. 나는 언짢은 곤혹스러움을 느끼며 잠시 생각해 보았다. 다시 한번 해야 할 일이 급했다. 그래서 다시 이 딜레마는 후에 찬찬히 생각해보도록 미루기로 마음 먹었다. 약간 어려움은 있었지만, 우리는 바틀비 없이 문서 대조를 끝냈다. 한 두 페이지 넘어갈 때마다 터키가 소송이 꽤 유별나다는 의견을 젊잖게 내 놓았고, 니퍼스는 니퍼스대로 소화불량성 신경질을 부리며 의자에서 몸을 비틀고, 칸막이 뒤에 있는 고집불통 멍청이에 대해 이빨을 뽀드득거리며 욕지거리를 씹어내기도 했다. 그리고 니퍼스로서는 무보수로 남의 일을 해 주는 것이 이번이 처음이자 마지막이었다.

한편 바틀비는 자신의 은신처에 앉아 별난 제 볼일을 보는 외에 다른 모든 것들에 대해서는 안중에 없었다.

며칠이 지나 그 필경사는 또 다시 시간이 오래 걸리는 업무에 매달리게 되었다. 지난번에 본 그의 기이한 행동으로 인해 나는 그의 처신을 유심히 살펴보게 되었다. 내가 관찰한 바로는 그는 결코 점심을 먹으러 나가는 법이 없었다. 사실상 그는 한 번도 어디 나가는 적이 없었다. 내가 아는 한 내 사무실 밖에 나가 있는 걸 본 적이 없었다. 그는 한쪽 구석에 있는 영원한 보초였다. 그러나 오전시간 약 11시 경이면 진저너트가 바틀비의 칸막이 열린 틈으로 들어가곤 하는 것이 눈에 띄었다. 마치 내가 앉아있는 곳에서는 보이지 않은 어떤 제스처에 의해 소리 없이 불려 들어가는 것처럼 보였다.

The boy would then leave the office jingling a few pence, and reappear with a handful of ginger-nuts which he delivered in the hermitage, receiving two of the cakes for his trouble.

He lives, then, on ginger-nuts, thought I; never eats a dinner, properly speaking; he must be a vegetarian then but no; he never eats even vegetables, he eats nothing but ginger-nuts. My mind then ran on in reveries[205] concerning the probable effects upon the human constitution of living entirely on ginger-nuts. Ginger-nuts are so called because they contain ginger as one of their peculiar constituents, and the final flavoring one. Now what was ginger? A hot, spicy thing. Was Bartleby hot and spicy? Not at all. Ginger, then, had no effect upon Bartleby. Probably he preferred it should have none.

Nothing so aggravates an earnest person as a passive resistance. If the individual so resisted be of a not inhumane temper, and the resisting one perfectly harmless in his passivity; then, in the better moods of the former, he will endeavor charitably to construe to his imagination what proves impossible to be solved by his judgment. Even so, for the most part, I regarded Bartleby and his ways. Poor fellow! thought I, he means no mischief[206]; it is plain he intends no insolence[207]; his aspect sufficiently evinces that his eccentricities are involuntary. He is useful to me. I can get along with him.

205) Reverie: 공상, 환상

206) Means no mischief: 나쁜 행동을 하려는 의도가 아니다

207) Insolence: 거만, 무례, 건방짐

그 뒤 이 녀석은 손에 몇 푼을 쥐고 짤랑거리며 사무실을 나갔다가 진저너트를 한줌 쥐고 다시 나타나 이것을 그 은신처로 배달한 후 수고한 값으로 과자를 두개 받는 것이었다.

그렇다면 그는 진저너트를 먹고 사는 것이라고 나는 생각했다. 말하자면 그는 점심을 먹는 법이 없다는 뜻인데, 그렇다면 그는 채식주의자인가. 그러나 그것도 아니다. 그는 채소도 먹는 적이 없고 단지 진저너트 외에는 아무 것도 먹지 않았다. 생각이 거기에 미치자 나는 진저너트만 먹고 살 경우 인간의 생활 구조에 어떤 효과를 가져오게 될 것인지에 대한 온갖 생각들이 떠올랐다. 전저너트라는 것은 한 가지 독특한 재료로 진저를 포함하고 있었고 그것이 결정적인 맛을 내는 것이었기 때문에 그런 이름으로 불리는 것이다. 그렇다면 진저란 것이 무엇인가? 맵고 얼얼한 것이다. 바틀비는 맵고 얼얼한가? 전혀 그렇지 않다. 그렇다면 진저는 바틀비에게 전혀 아무런 효과를 내지 않았다. 아마 그도 아무 효과가 없기를 바라고 있었을 것이다.

진지한 사람에게 있어서 무저항의 저항만큼 부아를 돋구는 것은 없다. 만약 거부당하는 쪽이 비인간적인 성질을 가진 사람이 아니라면, 그리고 거부하는 쪽의 무저항성에 전혀 악의가 들어있는 것이 아니라면, 저항 당하는 쪽은 이를 좋게 받아들여, 자신의 결단으로 해결하는 것이 불가능한 것이 분명한 것일지라도 상상으로 짜 맞추어 보려고 노력할 것이다. 그렇다고 하더라도, 대체로 나는 바틀비와 그의 처신에 유념하고 있었다. 가여운 사람! 하고 나는 생각했다. 그는 일부러 장난삼아 그러는 것이 아니었다. 바틀비가 의도적으로 오만하게 구는 것이 아닌 것은 분명했다. 그의 괴짜스러움은 자의적인 것이 아니라는 것은 그의 태도에서 충분히 증명되고 있었다. 그는 내게 유용한 직원이다. 나는 그와 잘 해 볼 수 있다.

If I turn him away, the chances are he will fall in with some less indulgent employer, and then he will be rudely treated, and perhaps driven forth miserably to starve. Yes. Here I can cheaply purchase a delicious self-approval. To befriend Bartleby; to humor him in his strange willfulness, will cost me little or nothing, while I lay up in my soul what will eventually prove a sweet morsel for my conscience. But this mood was not invariable with me. The passiveness of Bartleby sometimes irritated me. I felt strangely goaded[208)] on to encounter him in new opposition, to elicit some angry spark from him answerable to my own[209)]. But indeed I might as well have essayed to strike fire with my knuckles against a bit of Windsor soap. But one afternoon the evil impulse in me mastered me, and the following little scene ensued:

"Bartleby," said I, "when those papers are all copied, I will compare them with you."

"I would prefer not to."

"How? Surely you do not mean to persist in that mulish[210)] vagary[211)]?"

No answer.

I threw open the folding-doors near by, and turning upon Turkey and Nippers, exclaimed in an excited manner---

---

208) Goad: 막대기로 찌르다, 자극하다, 촉구하다
209) Answerable to my own: 나 자신의 것에 상응하는
210) Mulish: 노새와 같은, 고집센
211) Vagary: 엉뚱한 생각이나 행동, 변덕

내가 만약 그를 내 보낸다면, 그는 아마 덜 관대한 고용주의 손아귀에 떨어져 무례한 대접을 받고 아마 비참하게 굶주리게 될 지도 모른다. 그렇다. 여기서 나는 내 입에 맞는 자기 승인을 싼 값을 치르고 사들일 수 있다. 바틀리와 잘 사귀어 보는 것, 기이한 고집을 가진 그의 비위를 맞추어 주는 것은 나한테 거의 손해 나는 일이 아니면서, 한편으로는 내 양심을 위한 달콤한 양식이 될 그 무엇을 내 영혼에 쌓아가는 일이 될 것이다. 그러나 이런 마음상태가 늘 한결같기만 한 것은 아니었다. 바틀리의 수동적인 태도는 가끔 나를 짜증나게 만들었다. 나는 이상하게도 새로운 반대 방향에서 그와 맞붙어 보고 싶었다. 그래서 내 자신이 느끼는 분노의 불꽃에 상응하는 어떤 분노의 불꽃이 바틀비에게서도 생기게 해 주고 싶었다. 그러나 사실 윈저 비누에다 주먹을 비벼서 불꽃을 만들어내는 편이 더 나았을 런지 모른다. 그러나 어느 날 오후, 내 내면의 악마 같은 충동이 나를 휘잡아 이런 조그만 사건이 벌어지고 말았다.

"바틀비, 그 서류들을 다 베끼고 나면 자네하고 같이 내가 대조해 보겠네." 내가 말했다.

"그러고 싶지 않습니다."

"뭐라고? 설마 그 노새같은 고집을 계속 부리겠다는 것은 아니겠지?"

묵묵부답이다.

나는 옆에 있던 접문을 확 열어 제치고, 터키와 니퍼스 쪽을 쳐다보며 흥분해서 외쳤다.

"He says, a second time, he won't examine his papers. What do you think of it, Turkey?"

It was afternoon, be it remembered. Turkeysat glowing like a brass boiler, his bald head steaming, his hands reeling among his blotted papers.

"Think of it?" roared Turkey; "I think I'll just step behind his screen, and black his eyes for him!"

So saying, Turkey rose to his feet and threw his arms into a pugilistic[212] position. He was hurrying away to make good his promise[213], when I detained him, alarmed at the effect of incautiously rousing Turkey's combativeness after dinner.

"Sit down, Turkey," said I, "and hear what Nippers has to say. What do you think of it, Nippers? Would I not be justified in immediately dismissing Bartleby?"

"Excuse me, that is for you to decide, sir. I think his conduct quite unusual, and indeed unjust, as regards Turkey and myself. But it may only be a passing whim."

"Ah," exclaimed I, "you have strangely changed your mind then---you speak very gently of him now."

---

212) Pugilistic: 권투의, 프로 권투의
213) To make good his promise: 약속을 이행하다

"이 사람이 두 번씩이나 자기 서류를 대조해보지 않겠다고 하는군. 터키, 어떻게 생각하나?"

때가 오후였다는 것을 기억하기 바란다. 터키는 놋쇠 주전자처럼 달아 오른채 앉아있었는데, 벗겨진 머리에서는 김이 오르고 손은 얼룩이 생긴 서류 사이를 들락거리고 있었다.

"어떻게 생각하느냐구요?" 터키가 소리쳤다. "그냥 저 칸막이 뒤로 가서 눈을 시퍼렇게 만들어버리겠습니다!"

그렇게 말하면서 터키는 일어나 권투선수 자세로 주먹을 휘둘렀다. 점심 후에 나타나는 터키의 공격성을 부주의하게 자극한데 따른 효과에 놀라며 나는 자신의 말을 서둘러 실천에 옮기려는 그를 저지했다.

"앉게, 터키씨." 나는 말했다. "그럼 니퍼스의 의견을 들어보도록 하지. 니퍼스, 자네는 어떻게 생각하나? 바틀리를 즉시 해고시켜버리는 것이 내게 정당한 일이 아닌가?"

"실례지만, 그건 법원장님께서 결정하실 일입니다. 저는 저 사람의 행동이 꽤 유별나다고 여기고, 터키나 나한테 사실 불공평하다고 생각합니다. 그렇지만 잠시 지나가는 변덕일 뿐일지도 모르지요."

"아," 하고 탄식했다. "그렇다면 자네는 이상하게도 마음을 바꾼 것이구만. 지금은 저 사람에 대해서 아주 좋게 말하는군."

"All beer," cried Turkey "gentleness is effects of beer---Nippers and I dined together to-day. You see how gentle I am, sir. Shall I go and black his eyes?"

"You refer to Bartleby, I suppose. No, not to-day, Turkey," I replied; "pray, put up your fists."

I closed the doors, and again advanced towards Bartleby. I felt additional incentives tempting me to my fate. I burned to be rebelled against again. I remembered that Bartleby never left the office.

"Bartleby," said I, "Ginger Nut is away; just step round to the Post Office, won't you? (it was but a three minute walk,) and see if there is any thing for me."

"I would prefer not to."

"You will not?"

"I prefer not."

I staggered to my desk, and sat there in a deep study. My blind inveteracy[214] returned. Was there any other thing in which I could procure myself to be ignominiously repulsed by this lean, penniless wight? ---my hired clerk? What added thing is there, perfectly reasonable, that he will be sure to refuse to do?

214) Inveteracy: 적개심, 원한, 괘씸하다는 생각

"다 맥주탓이지요" 터키가 소리 질렀다. "관대한 것은 맥주 탓입니다. 니퍼스와 저는 오늘 점심을 같이 했거든요. 저도 얼마나 부드러운지 보이시지요, 법원장님. 내가 가서 눈두덩이를 시퍼렇게 만들어버릴까요?"

"바틀비를 말하는 거 같은데. 아니야. 오늘은 아니야, 터키." 내가 대답했다. "제발 주먹을 거두시게."

문을 닫고 다시 바틀리 쪽으로 다가갔다. 또 다른 자극이 나를 내 운명으로 유인하는 것을 느꼈다. 나는 다시 반항 당해 보고픈 욕망으로 타올랐다. 나는 바틀리가 한 번도 사무실을 떠난 적이 없다는 것을 떠올렸다.

"바틀비, 진저너트가 자리에 없어서 그러는데, 잠깐 우체국에 갔다와 주겠나?" 내가 말했다. (걸어서 불과 3분 거리였다) "거기 나한테 온 우편물이 있는지 좀 봐 주시게."

"그러고 싶지 않습니다."

"그러지 않다?"

"그러고 싶지 않습니다."

휘청거리며 겨우 내 데스크로 돌아 와 앉으며 나는 깊은 생각에 잠겼다. 나의 눈 먼 고집이 되살아났다. 이 바싹 마르고 맹전 한 푼 없는 인간에게서 낯 뜨겁게 퇴짜를 먹을 만한 다른 건수가 또 있을까? 내가 고용한 이 서기에게서? 완전히 이치에 합당함에도 불구하고 저 사람이 틀림없이 거절할 일은 더 없을까?

"Bartleby!"

No answer.

"Bartleby," in a louder tone.

No answer.

"Bartleby," I roared.

Like a very ghost, agreeably to[215] the laws of magical invocation, at the third summons, he appeared at the entrance of his hermitage.

"Go to the next room, and tell Nippers to come to me."

"I prefer not to," he respectfully and slowly said, and mildly disappeared.

"Very good, Bartleby," said I, in a quiet sort of serenely severe self-possessed tone, intimating the unalterable purpose of some terrible retribution very close at hand.

At the moment I half intended something of the kind. But upon the whole, as it was drawing towards[216] my dinner-hour, I thought it best to put on my hat and walk home for the day, suffering much from perplexity and distress of mind.

215) Agreeably to A: A에 따라
216) Drawing towards: …에 가까워지다

"바틀비!"

묵묵부답이다.

"바틀비!" 좀 더 크게 소리 질렀다.

아무 대답도 없다.

"바틀비!" 고함을 질렀다.

마술 같은 주문의 법칙에 따르는 진짜 유령이나 된 것 처럼, 세 번째 불렀을 때 그는 제 은신처 입구에 모습을 드러냈다.

"옆방에 가서 니퍼스 더러 내게 좀 오라고 하게"

"그러고 싶지 않습니다." 정중하게 천천히 그는 말했다. 그리고는 조용히 사라졌다.

"좋아, 바틀비" 나는 평온을 잃지 않은 무척 담담한 어조로 조용하게, 어떤 엄청난 보복이 조만간 따를 것이라는 단호한 다짐을 은근히 암시하며 말했다. 그 순간에는 그런 종류의 어떤 것을 절반쯤은 의도하고 있었다. 그러나 결국은 점심 먹을 시간도 다가오고 해서 마음은 당혹스럽고 심란해서 괴로웠지만 일단은 모자를 쓰고 걸어서 집으로 그냥 퇴근해 가는 것이 제일 좋겠다고 생각했다.

Shall I acknowledge it? The conclusion of this whole business was, that it soon became a fixed fact of my chambers, that a pale young scrivener, by the name of Bartleby, and a desk there; that he copied for me at the usual rate of four cents a folio (one hundred words); but he was permanently exempt from examining the work done by him, that duty being transferred to Turkey and Nippers, one of compliment doubtless to their superior acuteness moreover, said Bartleby was never on any account to be dispatched on the most trivial errand of any sort; and that even if entreated to take upon him such a matter, it was generally understood that he would prefer not to---in other words, that he would refuse pointblank.

As days passed on, I became considerably reconciled to Bartleby. His steadiness, his freedom from all dissipation[217], his incessant industry (except when he chose to throw himself into a standing revery behind his screen), his great, stillness, his unalterableness of demeanor under all circumstances, made him a valuable acquisition.

One prime thing was this,---he was always there;---first in the morning, continually through the day, and the last at night. I had a singular confidence in his honesty. I felt my most precious papers perfectly safe in his hands.

---

217) Dissipation: 분산, 낭비, 방탕

이걸 인정해버려야 하나? 이 모든 사태가 가져온 결과는 이랬다. 즉 바틀리라는 이름의 창백하고 젊은 필경사와 사무실에 있는 데스크, 그리고 그가 한 폴리오당 (1백자) 4센트씩이라는 통상적인 수당을 받으며 나를 위해 필경을 해 준다는 것은 곧 내 사무실의 기정 사실이 되었다는 것이다. 그런 한편 그는 자신이 한 작업을 대조하는 일에서 영구적으로 제외되고 그 업무는 터키와 니퍼스에게로 돌아갔다는 것, 의심의 여지없이 두 사람의 빼어난 민첩성에 찬사가 돌아갔다는 것이다. 뿐만 아니라 바틀리는 어떤 경우에도 어떤 종류의 너무나 자질구레한 잡무에도 동원되는 법이 없으며, 그런 일을 떠맡기려고 간청을 받을 때도 그는 그런 일을 하고 싶어 하지 않는다는 것, 즉 다른 말로 하자면 단도직입적으로 거절할 것이라는 것이 일반적인 기정사실로 받아들여지고 있었다.

시간이 갈수록 나는 상당히 바틀리에 순응되어져갔다. 그의 착실함, 낭비벽이라고는 없는 검소함, 그의 꾸준한 근면성 (칸막이 뒤에 서서 몽상에 빠지려고 작정한 경우는 제외하고), 그의 대단한 고요함, 어떤 경우에도 변하지 않는 처신, 이런 것들로 인해 그는 소중한 회사 자산이 되었다. 항상 그 자리를 지키고 있다는 것, 이것은 가장 훌륭한 것이었다.

아침에 제일 먼저 출근하고, 하루 온종일 자리를 지키고 있다가 밤이 되면 제일 마지막까지 남아있는 것이었다. 나는 그의 정직성을 특히 신뢰하고 있었다. 가장 소중한 문서라도 그의 손에 있으면 전적으로 안심이었다.

Sometimes to be sure I could not, for the very soul of me[218], avoid falling into sudden spasmodic[219] passions with him. For it was exceeding difficult to bear in mind all the time those strange peculiarities, privileges, and unheard of exemptions, forming the tacit stipulations on Bartleby's part under which he remained in my office. Now and then, in the eagerness of dispatching pressing business, I would inadvertently summon Bartleby, in a short, rapid tone, to put his finger, say, on the incipient tie of a bit of red tape with which I was about compressing some papers.

Of course, from behind the screen the usual answer, "I prefer not to," was sure to come; and then, how could a human creature with the common infirmities[220] of our nature, refrain from bitterly exclaiming upon such perverseness---such unreasonableness. However, every added repulse of this sort which I received only tended to lessen the probability of my repeating the inadvertence.

Here it must be said, that according to the custom of most legal gentlemen occupying chambers in densely-populated law buildings, there were several keys to my door. One was kept by a woman residing in the attic, which person weekly scrubbed and daily swept and dusted my apartments. Another was kept by Turkey for convenience sake. The third I sometimes carried in my own pocket. The fourth I knew not who had.

---

218) For the very soul of me: 아무래도 어쩔 수 없이
219) Spasmodic: 경련성의, 불규칙적인, 발작적인
220) Infirmity: 허약, 쇠약, 도덕적 약점

때로는 피치 못하게, 나로서도 어쩔 수 없이, 그에게 불쑥 발작적인 화를 내는 경우도 물론 있었다. 왜냐하면 바틀비가 내 사무실에서 누리고 있는 모든 묵언의 조건들을 구성하고 있는 전례 없는 면제, 특혜, 그리고 그의 모든 기이한 행동들을 마음속으로 참고만 있기가 말할 수 없이 어려웠기 때문이었다. 가끔 급한 업무를 처리해야 할 때 나는 짧고 다급한 어조로 바틀리를 나도 모르게 부르게 되었는데, 예를 들어 내가 어떤 문서를 꽉 눌러 묶을 때 쓰는 빨간 테이프 한쪽 끝부분 꽁지를 손가락으로 눌러달라고 하기도 했다.

물론, 칸막이 뒤에서는 늘 듣던 대로 '하고 싶지 않습니다', 하는 대답이 여지없이 들려왔다. 이럴 때 본성적으로 보편적 결함을 갖고 태어난 인간인 이상 어떻게 이런 몰지각한 행동에 대해 쓰디 쓴 소리를 내 뱉지 않을 수 있겠는가? 그러나 내게 돌아오는 이런 종류의 거부가 거듭될수록 내가 같은 실수를 되풀이하는 가능성이 점점 더 희박해져 갈 따름이었다.

여기서 밝혀두어야만 하는 것이 있는데, 많은 사람들이 입주해 있는 법률사무소 빌딩에 사무실을 차리고 있는 대부분 법조계 사람들이 흔히 하는 대로 내 사무실 열쇠도 여러 개가 있었다. 하나는 다락방에 거주하는 여인에게 맡겨져 있었다. 이 여인은 일주일에 한 번씩 걸레질을 하고, 하루에 한 번씩 내 사무실 먼지 터는 일을 했다. 또 다른 열쇠는 편의상 터키가 지니고 있었다. 세 번째 키는 간혹 내가 주머니에 넣어 다녔다. 네 번째 키는 누가 가지고 있는지 몰랐다.

Now, one Sunday morning I happened to go to Trinity Church[221], to hear a celebrated preacher, and finding myself rather early on the ground[222], I thought I would walk around to my chambers for a while. Luckily I had my key with me; but upon applying it to the lock, I found it resisted by something inserted from the inside. Quite surprised, I called out; when to my consternation a key was turned from within; and thrusting his lean visage at me, and holding the door ajar, the apparition of Bartleby appeared, in his shirt sleeves, and otherwise in a strangely tattered dishabille[223], saying quietly that he was sorry, but he was deeply engaged just then[224], and---preferred not admitting me at present.

In a brief word or two, he moreover added, that perhaps I had better walk round the block two or three times, and by that time he would probably have concluded his affairs.

Now, the utterly unsurmised appearance of Bartleby, tenanting[225] my law-chambers of a Sunday morning, with his cadaverously[226] gentlemanly nonchalance, yet withal firm and self-possessed, had such a strange effect upon me, that incontinently I slunk away from my own door, and did as desired. But not without sundry[227] twinges of impotent rebellion against the mild effrontery of this unaccountable scrivener.

---

221) Trinity Church: 월스트릿가에 있는 유서깊은 성당
222) To fine oneself rather early on the ground: 다소 일찍 도착하다
223) Dishabille: 단정치 못한 복장, (잠옷 등) 집에서 입는 복장
224) Deeply engaged just then: 바로 그 순간에 무슨 일에 깊이 열중해 있다
225) Tenant: 빌리다, 차용하다, 거주하다
226) Cadaverously: 송장같이 창백하게
227) Sundry: 잡다한, 다양한, 여러가지의

그러던 어느 일요일 아침, 유명한 설교자의 설교를 듣기위해 트리니티 교회에 간 일이 있었는데, 너무 일찍 도착했다는 것을 알고 사무실이나 잠깐 들러야겠다고 생각했다. 다행히도 나는 열쇠를 지니고 있었다. 그러나 자물쇠에 집어넣으려고 보니 안에서부터 무엇인가가 꽂혀져 있어 들어가지 않는 것이었다. 몹시 놀란 나는 안에 누가 있느냐며 소리 질렀다. 그때 놀랍게도 안에서 열쇠가 돌려지더니, 문을 빼끔 연 채로 깡마른 모습을 한 바틀리가 유령같이 출몰하는데, 소매달린 셔츠 차림에, 다른 경우였다면 남루한 평상복이라고 할 수 있는 옷차림을 하고 있었다. 바틀비는 죄송하지만 지금은 몹씨 바쁜 일이 있어서 들어오게 할 수 없다고 말했다.

그리고 한 두 마디 더 간단히 보태기를, 블락을 한두번 더 돌고 오면 그때까지는 지금 하는 일이 마무리 지어질 것이라고 했다.

유령 같으면서도 신사적으로 태연작약하게, 동시에 당당하고 떳떳하게 내 사무실을 제집으로 삼고 있는 바틀비의 전혀 생각지도 못했던 출현은 내게 이상한 영향을 끼쳐, 나는 냉큼 내 사무실문에서 물러나 시키는 대로 말을 들었다. 그러나 이 불가사의한 필경사의 은근한 후안무치함에 대한 무기력한 반항심에 이래저래 치가 떨리지 않은 것은 아니었다.

Indeed, it was his wonderful mildness chiefly, which not only disarmed me, but unmanned me, as it were. For I consider that one, for the time, is a sort of unmanned when he tranquilly permits his hired clerk to dictate to him, and order him away from his own premises. Furthermore, I was full of uneasiness as to what Bartleby could possibly be doing in my office in his shirt sleeves, and in an otherwise dismantled condition of a Sunday morning. Was any thing amiss going on? Nay, that was out of the question. It was not to be thought of for a moment that Bartleby was an immoral person. But what could he be doing there?---copying? Nay again, whatever might be his eccentricities, Bartleby was an eminently decorous[228] person. He would be the last man to sit down to his desk in any state approaching to nudity. Besides, it was Sunday; and there was something about Bartleby that forbade the supposition that he would by any secular occupation violate the proprieties of the day.

Nevertheless, my mind was not pacified; and full of a restless curiosity, at last I returned to the door. Without hindrance I inserted my key, opened it, and entered. Bartleby was not to be seen. I looked round anxiously, peeped behind his screen; but it was very plain that he was gone. Upon more closely examining the place, I surmised that for an indefinite period Bartleby must have ate, dressed, and slept in my office, and that too without plate, mirror, or bed. The cushioned seat of a rickety old sofa in one corner bore the faint impress of a lean, reclining form.

228) Decorous: 예의 바른, 품위있는, 단정한

사실 그의 놀라운 유순함은 나로 하여금 전투력을 상실하게 했을 뿐만 아니라 남자다움마저도 빼앗아 가버리는 형편이었다. 왜냐하면 나는 자기가 고용한 서기가 자기에게 지시를 내리며 자기 소유의 사무실로부터 나가 있으라고 명령 하는 것을 순순히 허용하는 것을 일종의 남자답지 못한 일로 여기기 때문이다. 더구나 나는 바틀비가 소매달린 셔츠 차림에, 어쩌면 너절하다고 할 수 있는 차림으로 일요일 아침시간에 도대체 내 사무실에서 무엇을 하고 있었을지 몹시 기분이 언짢았다. 부정한 짓을 하고 있는 중이었을까? 아니다, 그것은 물어 볼 것도 없는 일이다. 잠시만이라도 바틀비가 부도덕한 사람이라고 생각하는 것은 있을 수 없는 일이다. 그러나 도대체 거기서 무엇을 하고 있단 말인가? 베끼는 일? 이것도 아니다. 아무리 괴짜스럽기는 해도 바틀리는 남달리 품행이 방정한 사람이었다. 그는 절대로 벌거숭이에 가까운 상태로 자기 데스크에 앉아 있을 사람이 아니었다. 더구나 그날은 일요일이었다. 바틀리에게는 뭔지 모르게 신성한 일요일을 세속적인 일로 모독할 사람이라는 추측을 용납하지 않는 그 무엇인가가 있었다.

그럼에도 불구하고 내 마음은 편치 않았고, 온통 안절부절 호기심으로 가득 찬 채 다시 사무실 문 앞에 되돌아왔다. 아무런 걸거침 없이, 열쇠를 꽂아 문을 열고 들어갔다. 바틀리는 보이지 않았다. 마음을 조이며 칸막이 뒤를 두리번두리번 살펴보았지만, 그가 나가고 없는 것이 분명했다. 좀 더 자세히 살펴본 후 언제부터인지 모르지만 바틀비가 내 사무실에서 먹고, 옷을 갈아입고, 잠을 잤다는 것을 추측할 수 있었다. 그것도 접시, 거울, 혹은 침대 따위도 없이. 사무실 한 구석에 놓인 오래된 소파의 푹신한 앉는 부분에는 여윈 모습으로 기대있었던 희미한 흔적이 찍혀 있었다.

Rolled away under his desk, I found a blanket; under the empty grate, a blacking box and brush; on a chair, a tin basin, with soap and a ragged towel; in a newspaper a few crumbs of ginger-nuts and a morsel of cheese.

Yes, thought I, it is evident enough that Bartleby has been making his home here[229], keeping bachelor's hall all by himself. Immediately then the thought came sweeping across me[230], What miserable friendlessness and loneliness are here revealed! His poverty is great; but his solitude, how horrible! Think of it. Of a Sunday, Wall-street is deserted as Petra[231]; and every night of every day it is an emptiness.

This building too, which of week-days hums with industry and life, at nightfall echoes with sheer vacancy, and all through Sunday is forlorn. And here Bartleby makes his home; sole spectator of a solitude which he has seen all populous---a sort of innocent and transformed Marius[232] brooding among the ruins of Carthage[233]!

For the first time in my life a feeling of overpowering stinging melancholy seized me. Before, I had never experienced aught but a not-unpleasing sadness. The bond of a common humanity now drew me irresistibly to gloom.

---

229) Making his home here: 이곳을 제집으로 삼다
230) The thought came sweeping across me: 문득 머리를 스치며 떠 오르는 생각
231) Petra: 요르단에 있는 고대 도시로, 돌로 새겨 지은 빌딩들로 유명함
232) Gaius Marius: 로마 공화정의 장군이자 정치가
233) Carthago: 카르타고 (북아프리카에 있는 고대도시, 오늘날의 튀니지)

데스크 밑에서는 둘둘 말아서 치워 놓은 담요 한 장을 발견했고, 텅 빈 벽난로 받침대 밑에는 검정 구두약과 구둣솔, 의자에는 비누와 너덜너덜한 타월이 담긴 양철 세숫대야, 그리고 신문위에는 진저너트 부스러기와 치즈조각들이 있었다.

나는 생각했다. 그렇다. 바틀비는 이곳을 제집 삼아 독신생활을 해 온 것이 분명하다. 그 즉시 나의 뇌리를 스친 것은 이 얼마나 비참한 혈혈단신 고독함의 모습인가 하는 것이었다. 그의 몹시 빈곤했지만, 그의 고독은 얼마나 지독한 것인가! 생각해 보라. 일요일의 월스트릿은 페트라처럼 인적이 끊어져 버리고, 매일 밤마다 이곳은 텅 빈 곳이 되어버린다.

이 빌딩조차도 주중 낮 시간에는 부지런함과 활기가 가득하지만, 밤이 되면 철저한 공동이 메아리칠 뿐이고, 일요일은 종일 쓸쓸하기만 한 곳이다. 그런데 바틀리가 이곳을 제집으로 삼고 있으면서 한 때 인파로 붐비었던 고독의 모습을 홀로 지켜보고 있었던 것이다. 마치 칼타고의 폐허더미 가운데서 골똘히 생각에 잠긴 무고하고 전락해버린 마리우스처럼.

난생 처음 나는 견딜 수 없이 아픈 비애의 감정에 온통 사로잡혔다. 지금껏 내가 겪은 것은 오로지 거북스럽지 않은 슬픔뿐이었다. 같은 인간으로서의 유대감이 거부할 수 없이 나를 침통하게 만들었다.

A fraternal[234] melancholy! For both I and Bartleby were sons of Adam. I remembered the bright silks and sparkling faces I had seen that day, in gala trim, swan-like sailing down the Mississippi of Broadway; and I contrasted them with the pallid copyist, and thought to myself, Ah, happiness courts the light, so we deem the world is gay; but misery hides aloof, so we deem that misery there is none.

These sad fancyings---chimeras[235], doubtless, of a sick and silly brain---led on to other and more special thoughts, concerning the eccentricities of Bartleby. Presentiments of strange discoveries hovered round me. The scrivener's pale form appeared to me laid out[236], among uncaring strangers, in its shivering winding sheet[237].

Suddenly I was attracted by Bartleby's closed desk, the key in open sight left in the lock. I mean no mischief, seek the gratification of no heartless curiosity, thought I; besides, the desk is mine, and its contents too, so I will make bold to look within. Every thing was methodically arranged, the papers smoothly placed.The pigeon holes[238] were deep, and removing the files of documents, I groped into their recesses. Presently I felt something there, and dragged it out. It was an old bandanna handkerchief, heavy and knotted. I opened it, and saw it was a savings' bank.

---

234) Fraternal: 형제의, 조직의
235) Chimera: 키메라(어울리지 않는 신체부분을 가진 상상의 괴물), 망상
236) Lay out: 염을 해서 입관준비를 하다
237) Winding sheet: 수의
238) Pigeonhole: 종이정리함, (v) 정리함에 넣다

형제애적인 비애감! 왜냐하면 나와 바틀비는 모두 아담의 후예들이기 때문이다. 그날 내가 보았던, 브로드웨이의 미시시피 강을 따라 백조처럼 떠내려간 축제처럼 장식 된 빛나는 비단옷과 반짝이는 얼굴들을 떠 올리며, 나는 그들을 이 창백한 얼굴의 필경사와 대비해 보며 생각했다. 아, 행복은 빛을 유혹하므로 우리는 세상이 밝은 것으로 여기고 있으나, 비극은 초연하게 숨어 있어 우리는 비참함이란 없다고 여기는 것이구나, 하고.

의심의 여지없이 병들고 어리석은 두뇌에서 나온 온갖 잡생각들, 이러한 슬픈 망상들은 꼬리에 꼬리를 물며 바틀비의 기이한 행동에 대한 특별한 생각으로 이어졌다. 이상한 것들을 또 발견하게 될 것이라는 불길한 예감이 나를 떠나지 않았다. 이 필경사의 창백한 형체가 무관심한 이방인들 가운데 수의에 감싸여 염을 해 입관준비 해 있는 같아 보였다.

갑자기 나는 훤히 드러나게 열쇠가 자물통에 그대로 꽂혀있는 바틀리의 닫혀진 데스크에 관심이 쏠렸다. 비정한 호기심을 만족시키기 위해 나쁜 짓을 할 생각은 아니다, 하고 생각했다. 게다가 이 데스크는 내 것이고, 따라서 그 내용물도 내것이므로, 당당히 그 속을 들여다보자, 싶었다. 모든 것이 가지런히 정리되어 있었고, 서류들은 차곡차곡 정리되어 있었다. 조그만 서랍들이 깊숙한 편이어서 서류 파일을 꺼내기 위해 후미진 깊숙한 곳까지 더듬었다. 그 때 손에 무엇인가 집히는 것이 있어서 끄집어 내 보았다. 낡은 머리밴드용 손수건이었는데, 무겁고 매듭이 지어져 있었다. 열어보았다. 저금통이었다.

I now recalled all the quiet mysteries which I had noted in the man. I remembered that he never spoke but to answer[239]; that though at intervals he had considerable time to himself, yet I had never seen him reading---no, not even a newspaper; that for long periods he would stand looking out, at his pale window behind the screen, upon the dead brick wall; I was quite sure he never visited any refectory or eating house; while his pale face clearly indicated that he never drank beer like Turkey, or tea and coffee even, like other men; that he never went any where in particular that I could learn; never went out for a walk, unless indeed that was the case at present; that he had declined telling who he was, or whence he came, or whether he had any relatives in the world; that though so thin and pale, he never complained of ill health. And more than all, I remembered a certain unconscious air of pallid---how shall I call it?---of pallid haughtiness, say[240], or rather an austere reserve about him, which had positively awed me into[241] my tame compliance with his eccentricities, when I had feared to ask him to do the slightest incidental thing for me, even though I might know, from his long-continued motionlessness, that behind his screen he must be standing in one of those dead-wall reveries of his.

Revolving all these things, and coupling them with the recently discovered fact that he made my office his constant abiding place and home, and not forgetful of his morbid moodiness; revolving all these things, a prudential feeling began to steal over me.

---

239) Never spoke but to answer: 질문에 대답하는 것 외에는 말을 한 적이 한번도 없다
240) Say: 말하자면
241) Awe me into A: 나로 하여금 위압감에 A를 하게 하다

그 때 이 사람에게서 느꼈던 조용한 미스테리들이 모두 머리에 떠올랐다. 나는 바틀비가 대답하는 것 외에는 한 번도 말을 한 적이 없으며, 수시로 자기만을 위한 시간이 상당히 있었음에도 책을 읽는 것을 한 번도 본 적이 없다는 것을 기억해 냈다. 신문조차도 읽는 것을 본 적이 없었다. 그리고 칸막이 뒤에 있는 희미한 창가에 서서 하염없이 막힌 벽돌 벽을 내다보고 있던 것도 기억해냈다. 단 한 번도 식당이나 레스토랑 같은 곳을 가 본 적이 없다고도 확신했다. 창백한 그의 안색이 분명하게 말해주고 있듯이 그는 터키처럼 맥주를 마시지도, 다른 사람들처럼 심지어 차나 커피를 마시지도 않았다. 내가 아는 한 특별히 어디든 간 적도 없어서, 지금 현재 실제로 산책을 간 것이라면 몰라도 산책을 하려고 밖에 나가는 일도 없었다. 자신이 누구인지, 어디서 왔는지, 혹은 이 세상에 친척이 있는지조차 말하기를 거부해왔다. 그처럼 마르고 창백하지만 건강이 좋지 않다고 호소한 적도 단 한 번도 없었다. 그 무엇보다도 나는, 이것을 어떻게 불러야 할 지 모르겠지만, 말하자면 그에게는 어떤 희미한 도도함, 혹은 가혹한 자아절제와 같은 무의식적인 분위기가 있어서, 이런 것이 나로 하여금 분명 경외감을 느끼게 하며 그의 기이한 행적에 순순히 따르도록 했으며, 오랫동안 계속되고 있는 바틀비의 무동작성으로 봐서 바틀비가 칸막이 뒤에서 막힌 벽을 바라보며 공상에 잠겨있다는 것을 알면서도 그에게 아주 가장 사소한 일일지라도 나를 위해 해 달라고 부탁하기를 두려워했다는 것을 기억했다.

이런 모든 것들과 더불어 바틀비가 내 사무실을 상시 거처이자 제 집으로 삼고 있었다는 최근 발견된 사실, 여기서 또한 그의 병적인 우울함을 명심하면서, 이런 모든 것들이 어지럽게 머릿속을 빙빙 도는 가운데 어떤 조심스런 감정이 나를 엄습해 오기 시작했다.

My first emotions had been those of pure melancholy and sincerest pity; but just in proportion as the forlornness of Bartleby grew and grew to my imagination, did that same melancholy merge into fear, that pity into repulsion.

So true it is, and so terrible too, that up to a certain point the thought or sight of misery enlists our best affections; but, in certain special cases, beyond that point it does not.

They err[242)] who would assert that invariably this is owing to[243)] the inherent selfishness of the human heart. It rather proceeds from a certain hopelessness of remedying excessive and organic ill.

To a sensitive being, pity is not seldom pain. And when at last it is perceived that such pity cannot lead to effectual succor[244)], common sense bids the soul rid of it. What I saw that morning persuaded me that the scrivener was the victim of innate and incurable disorder. I might give alms to his body; but his body did not pain him; it was his soul that suffered, and his soul I could not reach.

I did not accomplish the purpose of going to Trinity Church that morning. Somehow, the things I had seen disqualified me for the time from church-going. I walked homeward, thinking what I would do with Bartleby.

---

242) Err: 실수하다, 오판하다
243) This is owing to A: 이것은 A로 인한 것이다
244) Succor: 구조, 원조

처음 느낀 것은 순수한 비애감과 진심어린 연민의 감정이었지만, 바틀비의 쓸쓸함이 내 상상과 비례해 점점 더 커져가면서 바로 그 비애감은 두려움에 합쳐지고, 바로 그 연민은 혐오에 합쳐졌다.

사실이자 또한 끔찍스런 것은 어느 선까지는 비극을 목격하거나 거기에 대한 생각이 우리의 가장 선한 연민의 감정을 불러일으키지만, 그 선을 넘어서버리면 그런 일이 생기지 않는 특별한 경우가 있다는 것이다.

이것은 어쩔 수 없이 인간 마음에 본연적으로 존재하는 이기심 때문이라고 주장하는 것은 잘못이다. 이것은 오히려 극단적이고도 근원적인 질병을 치료하지 못하는 것에 대한 어떤 절망감에서 기인하는 것이다.

예민한 사람에게 연민은 흔히 고통이다. 그리고 마침내 그러한 연민이 효과적인 성공을 거둘 수 없음을 깨닫는 순간, 상식은 연민을 버리라고 충동질한다. 그날 아침 내가 본 것은 그 필경사가 본질적으로 치유 불능한 장애를 앓고 있는 사람이라는 생각이 들게 했다. 나는 그의 육신에 은전을 베풀 수도 있겠지만, 그에게 고통을 주고 있는 것은 그의 육신이 아니었다. 고통 받고 있는 것은 그의 영혼이었으며, 내 손은 그의 영혼에 닿을 수 없었다.

그날 아침 나는 트리니티 교회에 가는 목적을 이루지 못했다. 웬일인지 그날 본 것들은 처음으로 나로 하여금 교회 갈 자격이 없는 사람으로 만들어버렸다. 나는 집을 향해 걸으며 바틀리를 어떻게 할 것인지 생각했다.

Finally, I resolved upon this;---I would put certain calm questions to him the next morning, touching his history, etc., and if he declined to answer them openly and unreservedly (and I supposed he would prefer not), then to give him a twenty dollar bill over and above whatever I might owe him[245], and tell him his services were no longer required; but that if in any other way I could assist him, I would be happy to do so, especially if he desired to return to his native place, wherever that might be, I would willingly help to defray the expenses. Moreover, if, after reaching home, he found himself at any time in want of aid, a letter from him would be sure of a reply.

The next morning came.

"Bartleby," said I, gently calling to him behind his screen.

No reply.

"Bartleby," said I, in a still gentler tone, "come here; I am not going to ask you to do any thing you would prefer not to do---I simply wish to speak to you."

Upon this he noiselessly slid into view.

"Will you tell me, Bartleby, where you were born?"

"I would prefer not to."

---

245) Whatever I might owe him: 내가 그에게 주어야 할 돈이 얼마이든지 간에

마침내 나는 이 결정에 도달했다. 다음날 아침에 바틀리의 과거에 대한 것과 같은 몇 가지 질문을 조용히 해 보는 것이다. 당당하고도 스스럼없이 대답하기를 거부한다면 (그러고 싶지 않다고 할 것이라는 생각이 들지만) 그렇다면 그에게 내가 줘야 할 돈에다 20달러를 더 보태주면서 더 이상 우리 사무실에서 일하지 않아도 된다고 말하는 것이다. 그러나 만약 어떤 식으로든 그를 도와줄 수 있다면 기꺼이 도와주겠다. 특히 원래 있던 곳으로 되돌아가기 원한다면, 그곳이 어디이든지 간에 기꺼이 그 비용을 대 줄 용의가 있다. 더구나 만약 집에 도착한 후 언제라도 도움이 필요할 때, 편지로 보내기만 하면 틀림없이 회답을 받게 될 것이다. 이렇게 말해 주는 거다.

다음날 아침이 됐다.

"바틀비"

나는 칸막이 너머 있는 그에게 부드럽게 말했다.

대답이 없다.

"바틀비"

좀 더 부드러운 어조로 말했다.

"여기 좀 오게. 자네가 하고 싶지 않을 무슨 일을 시키려는 것이 아니라, 다만 자네와 이야기할 것이 있어서 그러네."

이 말을 듣고 그는 소리 없이 내 시야 속으로 미끄러져 들어왔다.

"바틀비, 자네가 어디서 태어났는지 말해주겠나?"

"그러고 싶지 않습니다."

"Will you tell me any thing about yourself?"

"I would prefer not to."

"But what reasonable objection can you have to speak to me? I feel friendly towards you."

He did not look at me while I spoke, but kept his glance fixed upon my bust of Cicero, which as I then sat, was directly behind me, some six inches above my head.

"What is your answer, Bartleby?" said I, after waiting a considerable time for a reply, during which his countenance remained immovable, only there was the faintest conceivable tremor of the white attenuated[246] mouth.

"At present I prefer to give no answer," he said, and retired into his hermitage.

It was rather weak in me I confess, but his manner on this occasion nettled me. Not only did there seem to lurk in it a certain calm disdain, but his perverseness seemed ungrateful, considering the undeniable good usage and indulgence he had received from me.

Again I sat ruminating what I should do.

---

246) Attenuate: 가늘어 지다, 묽어지다, 약해지다, 희박해지다

"자네에 대한 무엇이라도 나한테 말해 줄 수 있나?"

"그러고 싶지 않습니다."

"하지만 나한테 이야기하기를 거부하는데 대한 납득할만한 이유가 있나? 나는 자네에게 친근감을 갖고 있어."

내가 말을 하는 동안 바틀비는 나를 쳐다보지 않고 키케로의 흉상에 눈을 고정시키고 있었다. 그 흉상은 내가 앉은 자리 바로 뒤, 내 머리에서 약 6인치 정도 위에 놓여져 있었다.

"자네 대답은 뭔가, 바틀비?"

꽤 오랫동안 대답을 기다리다가 말했다. 그 사이 그의 안색은 굳어 있었고, 다만 파리하게 여윈 입에 아주 희미한 떨림이 잠시 보였을 뿐이었다.

"지금으로서는 대답을 하고 싶지 않습니다."

이렇게 말하고 바틀비는 자신의 은신처로 가버렸다.

솔직히 말해 나의 허물이기는 하지만, 이번 경우에 바틀비가 보여준 매너는 나를 화나게 했다. 그 태도에는 어떤 뻔뻔한 경멸이 숨어있는 것처럼 보였을 뿐만 아니라, 나에게서 받은 부정할 수 없는 호의와 관대함을 생각해 볼 때, 바틀비의 옹고집은 배은망덕한 행동으로 보였다.

다시 나는 어떻게 해야 할 지 앉아 고민했다.

Mortified as I was at his behavior, and resolved as I had been to dismiss him when I entered my offices, nevertheless I strangely felt something superstitious knocking at my heart[247), and forbidding me to carry out my purpose, and denouncing me for a villain if I dared to breathe one bitter word against this forlornest of mankind.

At last, familiarly drawing my chair behind his screen, I sat down and said: "Bartleby, never mind then about revealing your history; but let me entreat you, as a friend, to comply as far as may be[248) with the usages of this office. Say now you will help to examine papers to-morrow or next day: in short, say now that in a day or two you will begin to be a little reasonable:---say so, Bartleby."

"At present I would prefer not to be a little reasonable," was his mildly cadaverous reply.

Just then the folding-doors opened, and Nippers approached. He seemed suffering from an unusually bad night's rest, induced by severer indigestion then common. He overheard those final words of Bartleby.

"Prefer not, eh?" gritted Nippers---"I'd prefer him, if I were you, sir," addressing me---"I'd prefer him; I'd give him preferences, the stubborn mule! What is it, sir, pray, that he prefers not to do now?"

Bartleby moved not a limb.

---

247) Something superstitious knocking at my heart: 마음에 뭔가 미신적인 것이 짚히는 게 있어서

248) As far as may be: as far as possible

그의 행동에 화가 나서 내 사무실을 들어설 때 해고하겠다고 마음은 먹었으나, 그럼에도 불구하고 이상하게도 미신적인 무엇인가가 내 마음을 두드리며 나로 하여금 그 목적을 실행하지 못하게 저지하면서, 누구보다도 고독한 이 인간에게 감히 단 한마디라도 쓴 소리를 내뱉기만 했다 하면 악당이라며 비난을 하고 있는 듯 느끼고 있었다.

마침내 친근스레 내 의자를 그의 칸막이 뒤로 끌어다 붙어 앉으며 말했다. "바틀비. 그렇다면 자네 과거 이야기는 신경 쓰지 말게. 하지만 친구로서 내가 자네에게 부탁하겠는데, 이 사무실에서 하는 업무에 될 수 있는 한 좀 따라주게. 내일 혹은 모레부터 서류 대조를 도와주겠다고 말해주게. 간단히 말해서 하루나 이틀 후부터 좀 분별 있게 행동하도록 하겠다고 말해 달라는 걸세. 바틀비, 그렇게 말해주게."

"지금은 좀 분별 있어지고 싶지 않습니다." 이것이 약간 음산기가 도는 그의 대답이었다.

그 때 접문이 열리고 니퍼스가 다가왔다. 그는 평소보다도 더 심한 소화불량으로 인해 밤 새 유별나게 고생했던 것처럼 보였다. 그는 바틀비가 한 마지막 말을 문 너머에서 들었던 것이다.

"그러고 싶지 않다, 이 말이지?" 니퍼스는 이를 갈았다. "내가 법원장님이라면 선생님, 하고 싶도록 만들겠습니다" 니퍼스가 내게 말했다. "이 고집 센 노새 같으니라고, 하고 싶도록 만들어 놓겠습니다. 선생님, 대체 무슨 일입니까? 지금 저 작자가 하고 싶지 않다고 하는 일이?"

바틀비는 미동도 하지 않았다.

"Mr. Nippers," said I, "I'd prefer that you would withdraw for the present."

Somehow, of late I had got into the way of[249] involuntarily using this word "prefer" upon all sorts of not exactly suitable occasions. And I trembled to think that my contact with the scrivener had already and seriously affected me in a mental way. And what further and deeper aberration might it not yet produce? This apprehension had not been without efficacy in determining me to summary means.

As Nippers, looking very sour and sulky, was departing, Turkey blandly and deferentially approached.

"With submission, sir," said he, "yesterday I was thinking about Bartleby here, and I think that if he would but prefer to take a quart of good ale every day, it would do much towards mending him, and enabling him to assist in examining his papers."

"So you have got the word too," said I, slightly excited.

"With submission, what word, sir," asked Turkey, respectfully crowding himself into the contracted space behind the screen, and by so doing, making me jostle the scrivener. "What word, sir?"

"I would prefer to be left alone here," said Bartleby, as if offended at being mobbed in his privacy.

"That's the word, Turkey," said I---"that's it."

---

249) Had got into the way of A: A 하는 버릇이 슬며시 들어버렸다

"니퍼스 씨" 내가 말했다. "지금은 좀 물러나 있어줬으면 싶소."

어찌된 영문인지, 최근 들어 나는 무심코 이 '하고 싶다'는 말을 정확하게 쓰일 자리도 아닌 모든 경우에 사용하는 버릇이 들어버렸다. 그리고 나는 이 필경사와 가까이 지내는 사이 벌써 심각하게 정신적으로 영향을 받고 말았다고 생각하며 전율했다. 그렇다면 아직까지 표면상 드러나지 않은 더 깊고도 심한 이상행동은 무엇이란 말인가? 내가 즉각적인 조치를 취하려고 결심한 것도 이런 우려와 무관한 것이 아니었다.

니퍼스가 짜증을 내며 잔뜩 부은 얼굴로 막 나가려는 참에 터키가 점잖게 다가왔다.

"실례지만, 법원장님" 칠면조가 말했다. "어제 저도 여기 바틀비에 대해 생각해 보았는데, 만약 이 사람이매일 좋은 맥주 한 쿼트씩 마시고 싶어 하면 이 사람을 고치는 쪽으로 상당히 효과가 있고, 또 자기가 한 서류를 대조하는 일을 거들도록 해 줄 거라고 생각합니다."

"그래, 자네마저도 그 말버릇이 들고 말았다 이거지." 나는 약간 상기된 채 말했다.

"죄송하지만 법원장님, 무슨 말버릇 말입니까?" 칸막이 뒤에 있는 비좁은 공간으로 터키가 공손하게 물으며 끼어들어왔기 때문에 내가 바틀비를 떠미는 꼴이 되었다.

"무슨 말버릇이요, 법원장님?"

"저는 여기 혼자 있고 싶습니다." 비틀비는 마치 자신의 프라이버시를 침범당해 기분이 상한 듯 말했다.

"바로 그 말 말이야, 터키" 내가 말했다. "바로 그거야."

"Oh, prefer? oh yes---queer word. I never use it myself. But, sir, as I was saying[250], if he would but prefer---"

"Turkey," interrupted I, "you will please withdraw."

"Oh certainly, sir, if you prefer that I should."

As he opened the folding-door to retire, Nippers at his desk caught a glimpse of me, and asked whether I would prefer to have a certain paper copied on blue paper or white. He did not in the least[251] roguishly[252] accent the word prefer. It was plain that it involuntarily rolled form his tongue. I thought to myself, surely I must get rid of a demented man, who already has in some degree turned the tongues, if not the heads of myself and clerks. But I thought it prudent not to break the dismission at once.

The next day I noticed that Bartleby did nothing but stand at his window in his dead-wall revery. Upon asking him why he did not write, he said that he had decided upon doing no more writing.

"Why, how now? what next?" exclaimed I, "do no more writing?"

"No more."

"And what is the reason?"

"Do you not see the reason for yourself," he indifferently replied.

---

250) As I was saying: 내가 지금 말 했듯이
251) Not in the least A: 조금도 A 하지 않다
252) Roguishly: 장난스럽게, 짓궂게

"아아, '싫다'는 말이군요. 그렇습니다. 묘한 단어지요. 제 스스로는 그 말을 쓴 적이 한 번도 없어요. 그렇지만 선생님, 제가 말씀했다시피 만약 이 사람이 하고 싶어만 한다면…"

"터키 씨" 나는 그의 말을 가로막았다. "제발 좀 나가 있어 주겠나."

"아, 물론이지요, 법원장님. 그러고 싶어 하시면 제가 그래야지요."

터키가 나가려고 접문을 열자 책상에 앉아 있던 니퍼스가 나를 힐끗 보며 서류를 흰 종이나 파란 종이 가운데 어느 종이에 복사하고 싶으냐고 내게 물었다. 니퍼스는 조금도 장난기 섞인 발음으로 '하고 싶으냐'고 말하지 않았다. 자신도 모르게 혀에서 굴러 나온 것이 분명했다. 나는 속으로 나와 내 서기들의 머리까지는 몰라도 웬만한 수준까지 우리의 혀를 틀어 놓아 버리고 만 이 미친 사나이를 기어코 제거해버리지 않으면 안 된다고 생각했다. 그러나 당장 해고발표를 하는 것은 현명한 일이 아니라고 생각했다.

다음 날, 나는 바틀비가 아무 일도 하지 않고 창가에 서서 막힌 벽을 응시하며 공상에 잠겨있는 것을 보았다. 왜 글을 쓰지 않느냐고 물었을 때 그는 더 이상 쓰지 않기로 마음먹었다고 말했다.

"아니, 지금 왜? 다음에는 또 무슨?" 나는 소리 질렀다. "더 이상 글을 쓰지 않겠다고?"

"더 이상요."

"그렇다면 그 이유는?"

"그 이유를 본인 스스로 모르시겠습니까?" 그는 냉랭하게 대답했다.

I looked steadfastly at him, and perceived that his eyes looked dull and glazed. Instantly it occurred to me, that his unexampled diligence in copying by his dim window for the first few weeks of his stay with me might have temporarily impaired his vision.

I was touched. I said something in condolence with him. I hinted that of course he did wisely in abstaining from writing for a while; and urged him to embrace that opportunity of taking wholesome exercise in the open air. This, however, he didnot do. A few days after this, my other clerks being absent, and being in a great hurry to dispatch certain letters by the mail, I thought that, having nothing else earthly to do[253], Bartleby would surely be less inflexible than usual, and carry these letters to the post-office. But he blankly declined. So, much to my inconvenience, I went myself.

Still added days went by. Whether Bartleby's eyes improved or not, I could not say. To all appearance, I thought they did. But when I asked him if they did, he vouchsafed no answer. At all events, he would do no copying. At last, in reply to my urgings, he informed me that he had permanently given up copying.

"What!" exclaimed I; "suppose your eyes should get entirely well---better than ever before---would you not copy then?"

253) Having nothing else earthly to do: 도무지 할일이라고는 아무것도 없이. Eartly란 도무지, 도대체라는 뜻으로 강조하기 위해 쓰인 말

나는 바틀비를 똑바로 쳐다보았다. 그 때 그의 눈이 둔탁하게 흐려져 있는 것을 알 수 있었다. 그 즉시 떠 오른 생각은 바틀비가 내 사무실에 들어와 일하기 시작한 첫 몇 주 동안 계속 침침한 창 옆에서 유례없는 성실함으로 열심히 복사를 하다 보니 일시적으로 시력이 손상되었을지 모른다는 것이었다.

나는 감격했다. 몇 마디 위로의 말을 해 주었다. 물론 나는 한동안 필경하는 일을 삼가 하는 것이 현명한 일이라고 넌지시 조언하며, 이번 기회에 바깥 공기를 쐬며 유익한 운동을 할 것을 권했다. 그런데 그는 그렇게 하지 않았다. 이 일이 있은 지 며칠 후, 내 다른 서기들이 모두 자리에 없을 때 우편으로 급히 발송해야 할 서한이 몇 통이 있어서, 도대체 다른 할일이라고는 없으니 바틀리가 평소 때보다 덜 완고하게 굴며 이 서한들을 우체국에 가져다 줄 것이라고 생각했다. 그러나 그는 매정하게 거절했다. 그래서 무척 불편하기는 했으나 내가 직접 갔다.

또 다시 며칠이 지났다. 바틀리의 시력이 좋아졌는지 어떤지는 알 수 없었다. 겉으로 보기에는 좋아진 것 같다고 생각했다. 그러나 바틀리에게 물었더니 그는 순순히 대답을 해 주지 않았다. 어떤 경우에도 더 이상 필경을 하지 않겠다는거다. 결국 내가 자꾸만 끈질기게 물으니 대답하기를 영영 글쓰는 것은 그만두겠다는 것이다.

"무엇이라고?" 하고 소리 질렀다. "눈이 완전히 좋아져도, 그 어느 때보다 더 좋아져도, 그래도 필경을 하지 않겠다고?"

"I have given up copying," he answered, and slid aside.

He remained as ever, a fixture in my chamber. Nay---if that were possible---he became still more of a fixture than before. What was to be done? He would do nothing in the office: why should he stay there? In plain fact, he had now become a millstone to me, not only useless as a necklace, but afflictive[254)] to bear. Yet I was sorry for him. I speak less than truth when I say that, on his own account, he occasioned me uneasiness.

If he would but have named a single relative or friend, I would instantly have written, and urged their taking the poor fellow away to some convenient retreat. But he seemed alone, absolutely alone in the universe. A bit of wreck in the mid Atlantic. At length, necessities connected with my business tyrannized over all other considerations. Decently as I could, I told Bartleby that in six days' time he must unconditionally leave the office. I warned him to take measures, in the interval, for procuring some other abode[255)]. I offered to assist him in this endeavor, if he himself would but take the first step towards a removal. "And when you finally quit me, Bartleby," added I, "I shall see that you go not away entirely unprovided. Six days from this hour, remember."

At the expiration of that period, I peeped behind the screen, and lo! Bartleby was there.

---

254) Afflictive: 고통을 주는, 힘들게 하는, 괴롭히는

255) Abode: 주소, 거처, 한 곳에서 장기간 체류

"저는 필경을 포기 했습니다" 그는 이렇게 대답하고 옆으로 비켜섰다.

예전과 다름없이, 그는 사무실의 비품처럼 남아있었다. 아니, 이런 일이 가능한 것이라면 그는 그 어느 때보다도 더 훨씬 더 비품 같은 존재가 되었다. 이것을 도대체 어떻게 해야 하나? 사무실에서 그는 아무 일도 하지 않는다, 그런데 왜 사무실에 남아있어야 한단 말인가? 명명백백한 사실은, 이제 그는 내게 하나의 맷돌 같은 존재가 되어서, 목에 걸기에도 쓸모없을 뿐만 아니라 짊어질 수조차 없었다. 그래도 나는 그가 불쌍했다. 이 말로 진실을 다 털어놓는 것은 아니겠지만, 그의 처지를 생각하면 나는 가끔 마음이 심란해졌다.

만약 바틀비가 단 한사람이라도 친척이나 친구 이름을 대기만 해준다면, 나는 즉시 편지를 써서 이 불쌍한 친구를 어디든 편안한 휴식처로 데려가 줄 것을 당부했을 것이다. 그러나 그는 세상 천지에 철저히 혼자인 것처럼 보였다. 대서양 한 가운데 떠 있는 한조각의 난파선. 결국 내 자신의 일에 관련된 필요성들이 다른 모든 배려심을 밀쳐내고 득세했다. 될 수 있는 한 부드럽게 나는 바틀비에게 6일안에 무조건 사무실을 떠나야 한다고 말했다. 그 사이 어떤 다른 거처를 찾기 위한 조치도 취하라고 경고했다. 바틀비 스스로 이사를 하는데 필요한 첫 단계 조치를 취해도 거기에 필요한 도움을 줄 것도 제의했다. "바틀리, 자네가 마침내 내 사무실 일을 그만둘 때는 완전히 빈손으로 나가도록 하지 않겠네. 기억하게. 지금 이 시각부터 6일 일세."

정해진 기한이 됐을 때, 칸막이 뒤를 슬쩍 들여다보았더니, 맙소사, 바틀비가 거기 있었다.

I buttoned up my coat, balanced myself; advanced slowly towards him, touched his shoulder, and said, "The time has come; you must quit this place; I am sorry for you; here is money; but you must go."

"I would prefer not," he replied, with his back still towards me.

"You must."

He remained silent.

Now I had an unbounded confidence in this man's common honesty. He had frequently restored to me sixpences and shillings carelessly dropped upon the floor, for I am apt to be very reckless in such shirt-button affairs. The proceeding then which followed will not be deemed extraordinary.

"Bartleby," said I, "I owe you twelve dollars on account; here are thirty-two; the odd twenty are yours.---Will you take it?" and I handed the bills towards him. But he made no motion.

"I will leave them here then," putting them under a weight on the table. Then taking my hat and cane and going to the door I tranquilly turned and added---"After you have removed your things from these offices, Bartleby, you will of course lock the door---since every one is now gone for the day but you---and if you please, slip your key underneath the mat, so that I may have it in the morning. I shall not see you again; so good-bye to you. If hereafter in your new place of abode I can be of any service to you, do not fail to advise me by letter. Good-bye, Bartleby, and fare you well."

나는 코트 단추를 채우고 마음을 가다듬은 후 천천히 바틀비에게 가 어깨에 손을 얹으며 말했다. "때가 됐네. 이 사무실을 그만둬야 하네. 자네에게는 안 됐지만, 여기 자네 급료일세. 하지만 자네는 이제 그만 둬야 해."

"그러고 싶지 않습니다." 바틀비는 여전히 내게서 등을 돌린 채 대답했다.

"나가야만 된다니까."

그는 침묵했다.

그 때 나는 이 사람의 평소 정직성을 무한히 신뢰하고 있었다. 나는 셔츠 단추 같은 일에 아주 부주의한 경향이 있었는데, 바틀비는 내가 부주의하게 바닥에 떨어뜨린 6 펜스나 1 실링 동전들을 자주 주워서 내게 돌려주곤 했다. 그러므로 그 후 일어난 일들은 별난 일들로 여겨지지 않을 것이다.

나는 말했다. "바틀비. 내가 자네에게 지불해야 할 돈이 12달러일세. 여기 32달러네. 나머지 20달러도 자네가 가지게. 받아주겠나?" 나는 지폐를 그에게 내밀었다. 그러나 바틀비는 꿈쩍도 하지 않았다.

"그럼 돈을 여기 놔두겠네" 테이블 위에 있는 문진 아래 돈을 넣어두며 말했다. 그 뒤 모자와 지팡이를 챙겨 들고 문 쪽으로 가다가 조용히 뒤를 돌아보며 덧붙혀 말했다. "사무실에서 자네 물건을 다 가져 간 후에 바틀비, 물론 자네가 문을 잠그겠지. 자네를 제외하고는 모두 오늘 다 퇴근했으니까 말이야. 그리고 원한다면 자네 열쇠를 매트 밑에 넣어두게. 내일 아침에 내가 그걸 찾을 수 있도록. 다시 만나지 못할 것이니까, 잘 가게. 만약 새로 거처가 생긴 후에 내가 도울 일이 있으면 꼭 편지로 소식 전해주게. 바틀비, 잘 가게, 그리고 행운을 비네."

But he answered not a word; like the last column of some ruined temple, he remained standing mute and solitary in the middle of the otherwise deserted room.

As I walked home in a pensive mood, my vanity got the better of[256] my pity. I could not but highly plume myself on[257] my masterly management in getting rid of Bartleby. Masterly I call it, and such it must appear to any dispassionate thinker. The beauty of my procedure seemed to consist in its perfect quietness. There was no vulgar bullying, no bravado of any sort, no choleric hectoring, and striding to and fro across the apartment, jerking out vehement commands for Bartleby to bundle himself off with his beggarly traps. Nothing of the kind.

Without loudly bidding Bartleby depart---as an inferior genius might have done---I assumedthe ground that depart he must; and upon that assumption built all I had to say. The more I thought over my procedure, the more I was charmed with it. Nevertheless, next morning, upon awakening, I had my doubts,---I had somehow slept off[258] the fumes of vanity[259]. One of the coolest and wisest hours a man has, is just after he awakes in the morning. My procedure seemed as sagacious as ever.---but only in theory. How it would prove in practice---there was the rub[260].

256) get the better of: …를 물리치고 승리하다, 극복하다, 파괴하다
257) Could not but plume myself on A: A를 한 나 자신을 자랑스레 생각지 않을 수 없었다
258) sleep off: 잠을 잠으로써 나아지다, 잠을 잠으로써 떨쳐버리다
259) Fumes of vanity: 허영심의 기운
260) There was the rub: 거기에 문제가 있었다.

그러나 바틀비는 한마디 대답이 없었다. 폐허가 된 어느 성전의 마지막 기둥처럼, 그는 자기 말고는 아무도 없이 텅 빈 사무실 한 가운데에 말없이 홀로 서 있었다.

씁쓸한 기분으로 집으로 걸어가고 있을 때 동정심이라기보다는 자만심이 나를 사로잡았다. 바틀비를 제거하는데서 보여준 나의 노련한 솜씨에 대해 나는 스스로 몹시 우쭐해 하지 않을 수 없었다. 노련했다고 내가 말하고 있지만, 냉정한 사고를 가진 사람이라면 누구라도 틀림없이 그것을 노련하다고 보았을 것이다. 내가 취한 조치의 돋보이는 점은 완벽하게 조용히 치루어 졌다는데 있는 것으로 보였다. 천박한 공갈 협박이나 허세 같은 거라곤 전혀 없었으며, 사무실 안을 왔다 갔다 하면서 바틀리에게 거지같은 짐을 싸서 꺼져버리라고 악을 쓰며 명령을 하거나, 분에 겨워 구박을 하는 것도 전혀 없었다. 전혀 그런 식이 아니었다.

덜 떨어진 사람들이나 그랬을 법 싶게 바틀리에게 나가라고 소리를 지르는 대신 나는 바틀비가 떠나지 않을 수 없는 근거를 전제한 후, 그 근거를 바탕으로 내가 할 말들을 다 했던 것이다. 내가 취한 조치를 생각해 보면 볼수록 나는 더더욱 그것에 매료됐다. 그럼에도 불구하고 다음날 아침잠이 깼을 때 의심스런 생각이 들었다. 잠자는 동안 어쩐 일인지 내 허영심의 독기가 사라져버린 것이다. 아침에 잠이 깬 바로 직후, 이 때야 말로 인간이 가장 냉정하고 현명해 지는 시간 중 하나다. 내가 취한 조치는 전과 다름없이 현명했던 것으로 보였으나, 문제는 다만 이론상 그랬다는 것이었다. 이것이 실제에서는 어떻게 증명될 것인가, 거기에 문제가 있었다.

It was truly a beautiful thought to have assumed Bartleby's departure; but, after all, that assumption was simply my own, and none of Bartleby's. The great point was, not whether I had assumed that he would quit me, but whether he would prefer so to do. He was more a man of preferences than assumptions.

After breakfast, I walked down town, arguing the probabilitiespro and con. One moment I thought it would prove a miserable failure, and Bartleby would be found all alive at my office as usual; the next moment it seemed certain that I should see his chair empty. And so I kept veering[261] about. At the corner of Broadway and Canal-street, I saw quite an excited group of people standing in earnest conversation.

"I'll take odds he doesn't," said a voice as I passed.

"Doesn't go?---done!" said I, "put up your money."

I was instinctively putting my hand in my pocket to produce my own, when I remembered that this was an election day. The words I had overheard bore no reference to[262] Bartleby, but to the success or non-success of some candidate for the mayoralty. In my intent frame of mind, I had, as it were, imagined that all Broadway shared in my excitement, and were debating the same question with me. I passed on, very thankful that the uproar of the street screened my momentary absent-mindedness.

---

261) Veering: 방향을 바꾸다, 방침을 바꾸다, 바람에서 벗어나려고 배를 돌리다

262) A bore no reference to B: A는 B와 전혀 상관이 없다.

바틀비가 떠나야만 한다고 전제한 것은 진실로 멋진 착안이었지만, 그러나 결국 그 전제는 내 혼자서 한 것이지 바틀리는 전혀 상관이 없었다. 중요한 점은 바틀비가 그만둘 것이라고 내가 전제했다는 그것이 아니라, 과연 바틀비가 그렇게 하고 싶은지 여부였던 것이다. 바틀비는 전제 보다는 제 하고 싶은 일을 따르는 편인 그런 사람이었기 때문이다.

아침식사 후 다운 타운을 걸어가며 나는 찬반 가능성들을 따져보았다. 한순간 비참한 실패로 판정이 나서 바틀비는 여느 때나 다름 없이 내 사무실에 생생하게 버티고 있을 것이라는 생각이 드는가 하면, 그 다음에는 그의 자리가 분명히 비어있을 것이라는 생각이 들기도 했다. 그래서 나는 계속 갈팡질팡했다. 브로드웨이와 카날 스트릿이 만나는 모퉁이 지점에 꽤 흥분한 사람들이 무리지어 서서 진지하게 이야기를 주고받고 있는 것이 보였다.

"그 작자가 그렇지 않는다는 쪽에 돈을 걸겠네" 옆을 지나가자니 이런 말이 들렸다.

"그만두지 않는다는 쪽? 좋아!" 내가 말했다. "돈을 거시게."

반사적으로 돈을 꺼내려고 주머니에 손을 집어넣는 순간, 나는 오늘이 선거일이라는 것을 기억해 냈다. 내가 어깨 넘어 들은 것은 바틀비에 관한 것이 아니라 시장선거에서 어떤 후보가 성공할 것인가 못할 것인가 하는 문제에 관한 것이었다. 내 정신 상태에서 나는 브로드웨이 전체가 나와 함께 흥분된 상태에 빠져있는 것으로 착각하고, 나와 함께 같은 문제에 대해 토론하고 있는 걸로 여겼던 것이다. 계속 가던 발걸음을 다시 옮기며, 거리의 왁자지껄함에 나의 일시적인 정신 나간 상태가 가려진 것을 무척 다행으로 여겼다.

As I had intended, I was earlier than usual at my office door. I stood listening for a moment. All was still. He must be gone. I tried the knob. The door was locked. Yes, my procedure had worked to a charm; he indeed must be vanished.

Yet a certain melancholy mixed with this: I was almost sorry for my brilliant success. I was fumbling under the door mat for the key, which Bartleby was to have left there for me[263], when accidentally my knee knocked against a panel, producing a summoning sound, and in response a voice came to me from within---"Not yet; I am occupied."

It was Bartleby.

I was thunderstruck. For an instant I stood like the man who, pipe in mouth, was killed one cloudless afternoon long ago in Virginia, by a summer lightning; at his own warm open window he was killed, and remained leaning out there upon the dreamy afternoon, till some one touched him, when he fell.

"Not gone!" I murmured at last. But again obeying that wondrous ascendancy[264] which the inscrutable scrivener had over me, and from which ascendancy, for all my chafing, I could not completely escape, I slowly went down stairs and out into the street, and while walking roundthe block, considered what I should next do in this unheard-of perplexity.

---

263) Was to have left there for me: 나를 위해 그곳에 두기로 되어 있었던
264) Ascendancy: 권세, 통치, 지배

의도했던 대로 나는 평소보다 일찍 사무실 문 앞에 도착했다. 잠시 귀를 기울이며 서 있었다. 모든 것이 조용했다. 분명 바틀비는 가고 없을 것이다. 손잡이를 돌려보았다. 문은 잠겨 있었다. 옳지. 내 처분이 마력을 발휘해 틀림없이 그는 사라지고 없을 것이다.

그래도 어떤 비애감이 뒤섞여 들었다. 내가 이루어낸 눈부신 성공이 거의 유감스럽기까지 했다. 내가 찾을 수 있도록 바틀비가 놔두게 되어있었던 열쇠를 찾으려고 매트 아래를 더듬었다. 그때 뜻하지 않게 내 무릎이 문에 부닥치면서 노크하는 소리를 내자 거기에 대해 안쪽에서 내게 응답하는 목소리가 들려왔다. "아직은 안 됩니다. 지금 바쁜 일이 있어서."

바틀비였다.

벼락 맞은 기분이었다. 한순간 나는 오래 전 버지니아에서 구름 한 점 없는 어느 오후 여름철 번개에 맞아 파이프를 입에 문 채 죽고 만 남자처럼 서 있었다. 그 남자는 바로 열어둔 자기 집 창문에 서 있다가 죽었는데, 꿈같은 오후를 바라보는 자세로 기대어 서 있다가 누군가가 그에게 손을 대자 마침내 폭삭 쓰러져 내렸다.

"떠나지 않았군!" 마침내 중얼거리는 소리가 터져 나왔다. 그러나 이 불가사의한 필경사가 내게 뻗치고 있는 경이로운 마력의 힘에 복종하며, 아무리 안달을 부려도 완전히 도망갈 수 없는 그 마력으로 인해 나는 천천히 계단을 내려가 거리로 나갔다. 블락 주변을 걷는 동안 이 전대미문의 난처한 상황에서 내가 다음에 취해야 할 조치는 무엇인가를 곰곰이 생각해 보았다.

Turn the man out by an actual thrusting I could not; to drive him away by calling him hard names would not do; calling in the police was an unpleasant idea; and yet, permit him to enjoy his cadaverous triumph over me,---this too I could not think of. What was to be done? or, if nothing could be done, was there any thing further that I could assume in the matter? Yes, as before I had prospectively assumed that Bartleby would depart, so now I might retrospectively assume that departed he was. In the legitimate carrying out of this assumption, I might enter my office in a great hurry, and pretending not to see Bartleby at all, walk straight against him as if he were air. Such a proceeding would in a singular degree have the appearance of a home-thrust. It was hardly possible that Bartleby could withstand such an application of the doctrine of assumptions. But upon second thoughts the success of the plan seemed rather dubious. I resolved to argue the matter over with him again.

"Bartleby," said I, entering the office, with a quietly severe expression, "I am seriously displeased. I am pained, Bartleby. I had thought better of you[265]. I had imagined you of such a gentlemanly organization, that in any delicate dilemma a slight hint would have suffice---in short, an assumption. But it appears I am deceived. Why," I added, unaffectedly starting, "you have not even touched that money yet," pointing to it, just where I had left it the evening previous.

He answered nothing.

265) Think better of A: A를 (실제보다) 더 좋게 생각하다

이 남자를 실제 완력으로 끌어내는 것도 못할 짓이고, 심한 욕설을 하며 쫓아내는 것도 할 짓이 못 되었다. 경찰을 부른다는 것은 마음에 내키지 않았고, 그렇다고 해서 바틀비가 나를 짓누르고 등골 오싹한 승리를 즐기도록 내버려 두는 것, 이것도 역시 생각할 수 없는 것이었다. 어떤 조치를 취해야 하나? 아니면, 만약 그 어떤 조치도 만사 소용이 없다면, 이 문제에 있어서 내가 전제할 수 있는 것이 더 이상 하나라도 남아있을까? 그렇다, 예전에는 바틀리가 장래 떠날 것이라고 전제했지만, 이제는 그가 떠났다고 회고적으로 전제를 하면 되는 것이다. 이 가정을 이치에 맞게 실행하려면 아주 서둘러 내 사무실에 들어간 후, 전혀 바틀리가 눈에 들어오지 않은 척 하며, 바틀비가 마치 허공이라도 되는 척 그에게 등을 돌린 채, 못 본 척 똑바로 지나가버리면 될 것이다. 이렇게 처리하면 특출한 수준의 급소 찌르기 같아 보일 것이다. 이런 전제의 교리를 적용하는데도 바틀비가 버티어내기는 거의 불가능할 것이다. 그러나 다시 생각해 보니 이 계획이 성공하리라는 것은 의심스러워보였다. 나는 다시 이 문제를 두고 그와 따져보기로 결정했다.

"바틀비" 사무실을 들어서면서, 꽤 엄한 표정으로 말했다. "나는 아주 불쾌하네. 부아가 치미네, 바틀비. 나는 자네를 이렇게 보지 않았네. 나는 자네가 신사적인 사람이고, 어떤 미묘한 딜레마에 빠져있어도 약간의 힌트만 주면 될 것이라고 상상했네. 간단히 말해서, 그러려니 했다는거지. 그러나 지금 보니 내가 속았네. 이런," 나는 진실로 놀라며 덧붙였다. "돈에는 아직 손도 대지 않았군." 그 전날 저녁 남겨두었던 곳을 가리키며 말했다.

그는 아무 대답이 없었다.

"Will you, or will you not, quit me?" I now demanded in a sudden passion, advancing close to him.

"I would prefer not to quit you," he replied, gently emphasizing the not.

"What earthly right have you to stay here? Do you pay any rent? Do you pay my taxes? Or is this property yours?"

He answered nothing.

"Are you ready to go on and write now? Are your eyes recovered? Could you copy a small paper for me this morning? or help examine a few lines? or step round to the post-office? In a word, will you do any thing at all, to give a coloring to your refusal to depart the premises?"

He silently retired into his hermitage.

I was now in such a state of nervous resentment that I thought it but prudent to check myself at present from further demonstrations. Bartleby and I were alone. I remembered the tragedy of the unfortunate Adams and the still more unfortunate Colt in the solitary office of the latter; and how poor Colt, being dreadfully incensed by Adams, and imprudently permitting himself to get wildly excited, was at unawares hurried into his fatal act---an act which certainly no man could possibly deplore more than the actor himself.

"자네는 그만둘 건가, 아닌가?" 나는 갑작스레 분이 치밀어 그에게 다가가며 따졌다.

"저는 법원장님 사무실을 그만두고 싶지 않습니다." 바틀비는 '않다'는 말을 약간 강조하며 대답했다.

"자네가 대체 무슨 권리로 여기 있는 건가? 방세라도 내고 있는가? 내 세금이라도 내주는가? 아니면 이 사무실이 자네 것인가?"

바틀비는 아무 대답도 하지 않았다.

"하던 대로 계속 필경을 할 자세가 되어있는가? 눈이 회복되었는가? 오늘 오전에 조그만 문서라도 나를 위해 복사해 줄 수 있는가? 아니면 작은 글씨 몇 줄이라도 대조하는 것을 도와줄 건가? 우체국까지 갔다 와 줄 건가? 간단히 말해서, 이 건물에서 나가지 않겠다는 거절이 납득 되도록 무슨 일이라도 하겠는가 말일세."

바틀비는 조용히 제 은신처로 돌아가 버렸다.

나는 너무나 신경질적으로 화가 나 있는 상태였기 때문에, 더 이상 감정이 폭발하지 않도록 자신을 진정시키는 것이 현재로서는 현명한 일이라고 생각했다. 사무실에는 바틀리와 나뿐이었다. 나는 불운한 아담스와 그보다 더 불운한 콜트 이 두 사람만이 콜트의 사무실에 남아 있었을 때 일어난 비극을 떠올렸다. 아담스에게 극도로 분노한 가련한 콜트는 지나치게 흥분한 나머지 자신도 모르게 치명적인 살인행위를 저지르고 말았다. 그것은 저지른 자 자신만이 그 어느 누구보다도 더 애통해 할 수 밖에 없는 그런 행위였다.

Often it had occurred to me in my ponderings upon the subject, that had that altercation taken place in the public street, or at a private residence, it would not have terminated as it did. It was the circumstance of being alone in a solitary office, up stairs, of a building entirely unhallowed[266] by humanizing domestic associations---an uncarpeted office, doubtless, of a dusty, haggard[267] sort of appearance;---this it must have been, which greatly helped to enhance the irritable desperation of the hapless[268] Colt.

But when this old Adam of resentment rose in me and tempted me concerning Bartleby, I grappled him and threw him. How? Why, simply by recalling the divine injunction[269]: "A new commandment give I unto you, that ye love one another." Yes, this it was that saved me. Aside from[270] higher considerations, charity often operates as a vastly wise and prudent principle---a great safeguard to its possessor.

Men have committed murder for jealousy's sake, and anger's sake, and hatred's sake, and selfishness' sake, and spiritual pride's sake; but no man that ever I heard of, ever committed a diabolical[271] murder for sweet charity's sake. Mere self-interest, then, if no better motive can be enlisted, should, especially with high-tempered men, prompt all beings to charity and philanthropy.

---

266) Unhallowed: 신성치 않은, 거룩치 않은
267) Haggard: 수척한, 초췌한
268) Hapless: 불운한, 운이 나쁜
269) Injunction: 법정 명령, 명령, 지시
270) Aside from A: A는 제쳐두고라도
271) Diabolical: 악마 같은, 악마적인

이 사건을 두고 생각해 볼 때 마다 종종 나는 그런 일이 사람들이 많은 길거리나 혹은 개인 주택에서 일어났다면 그렇게 종말이 나지는 않았을 것이라고 생각했다. 외진 사무실에 둘이만 있었다는 상황, 그리고 의심의 여지없이 카페트도 깔리지 않은 채 먼지가 쌓여있고 볼썽 사나운 모습을 하고 있었던 것이 틀림없는, 말하자면 인간적인 가정집 분위기가 전혀 없는 그 건물 분위기, 이런 것들이 바로 비운의 콜트로 하여금 참을 수 없는 자포자기 상태에 더더욱 깊이 빠지도록 한 것이 틀림없었다.

그러나 이 오래된 원한 맺힌 아담스가 내 마음 속에 떠올라 바틀비에 관련된 문제에 참견하며 끼어 들 때, 나는 그를 움켜 잡아 내동댕이 쳐 버렸다. 어떻게? 글쎄, 그저 신성한 금지령을 상기시킴으로서 그렇게 했을 뿐이다. "새 명령을 너희에게 주노니, 너희는 서로 사랑할지어다." 그렇다, 이 말씀이 바로 나를 구원해주었다. 더 고차원적인 심사숙고는 제쳐놓고라도, 자선은 크나큰 지혜와 분별의 원리 구실을 하기 때문에, 이를 갖춘 자에게 훌륭한 보호수단이 되어주는 것이다.

인간은 질투로 인해, 그리고 분노, 증오, 이기심, 영적인 교만으로 인해 살인을 저질러 왔지만, 아름다운 박애로 인해 극악무도한 살인을 누가 저질렀다는 말은 한 번도 들어보지 못했다. 그렇다면 그럴듯한 동기를 내 세울 수 없다면, 특히 성질이 급한 사람일수록 더더욱, 단순한 자기이익을 위해서라도 모든 인간존재는 자애와 박애정신에 호소해야 할 것이다.

At any rate, upon the occasion in question, I strove to drown my exasperated feelings towards the scrivener by benevolently construing his conduct. Poor fellow, poor fellow! thought I, he don't mean any thing; and besides, he has seen hard times, and ought to be indulged.

I endeavored also immediately to occupy myself, and at the same time to comfort my despondency. I tried to fancy[272)] that in the course of the morning, at such time as might prove agreeable to him. Bartleby, of his own free accord, would emerge from his hermitage, and take up some decided line of march in the direction of the door. But no. Half-past twelve o'clock came; Turkey began to glow in the face, overturn his inkstand, and become generally obstreperous[273)]; Nippers abated down into quietude and courtesy; Ginger Nut munched his noon apple; and Bartleby remained standing at his window in one of his profoundest dead-wall reveries. Will it be credited? Ought I to acknowledge it? That afternoon I left the office without saying one further word to him.

Some days now passed, during which, at leisure intervals I looked a little into "Edwards on the Will," and "Priestly on Necessity."[274)] Under the circumstances, those books induced a salutary[275)] feeling. Gradually I slid into the persuasion that these troubles of mine touching the scrivener, had been all predestinated from eternity, and Bartleby was billeted upon me for some mysterious purpose of an all-wise Providence, which it was not for a mere mortal like me to fathom.

---

272) Fancy: 이 경우는 공상하다, 상상하다, 마음에 떠올리다, 생각하다라는 의미

273) Obstreperous: 시끄러운, 멋대로의, 거친

274) Edwards on the Will and Priestly on Necessity: 이부분은 미국의 신학자, 철학자, 설교자인 Jonathan Edwards(1703-1758)의 신학적 저서 *The Freedom of the Will* (1754)과 영국의 신학자, 교육가, 자연과학자, 성직자인 Joseph Priestly(1733-1804)의 저서 *The Doctrine of Philosophical Necessity Illustrated*(1777)를 의미함

275) Salutary: 유익한, 득이 되는, 건강을 증진하는, 건강에 좋은

어쨌든, 이런 문제 상황에 접하자 나는 그의 품행을 우호적으로 받아들임으로서 이 필경사에 대한 나의 과도한 감정을 가라앉히려 애썼다. 불쌍한 사람! 불쌍한 사람! 하고 나는 생각했다. 그는 일부러 그러는 것이 아니다, 더구나 그는 고생을 한 사람이니, 제 마음대로 하도록 내버려두자.

나는 또한 즉시 나 자신을 일에 몰두하도록 애쓰는 동시에 낙심한 마음을 달래려 했다. 오전 시간 중, 바틀비가 마음이 내킬만한 시간에 스스로 제 은신처에서 나와 마음을 다잡아 먹은 듯 문 쪽으로 걸어나갈지도 모른다는 상상도 해 보려했다. 그러나, 아니었다. 12시 30분이 지나자 터키의 얼굴이 벌겋게 달아오르면서 잉크 스탠드를 뒤집더니, 언제나처럼 소란을 피우기 시작했다. 니퍼스는 차분하게 조용하고 예의바르게 되었다. 진저너트는 점심으로 사과를 씹어 먹었다. 그리고 바틀비는 창가에서 그 무엇보다도 심오한 막힌 벽 몽상에 빠진 채 서 있었다. 이런 걸 누가 믿어줄까. 내가 이걸 받아들여야만 하는 것인가? 그날 오후 나는 더 이상 한마디도 하지 않은 채 사무실을 나왔다.

또 며칠이 지나는 동안 간혹 여가가 있을 때 나는 '에드워즈의 의지론'이나 '프리스틀리의 숙명론' 같은 것을 조금 읽어보았다. 이런 상황에서 이 책들은 건전한 감정을 야기 시켜 주었다. 점점 더 나는 이 필경사와 관련해 내가 당면한 이 문제들은 영구적으로 이미 운명 지어져 있었던 것이며, 바틀비는 전지전능하신 신이 알 수 없는 목적으로 내게 보내신 인간이므로, 나처럼 그저 세속적인 한 존재가 깊이를 잴 수 있는 일이 아니라는 쪽으로 마음이 돌아서게 되었다.

Yes, Bartleby, stay there behind your screen, thought I; I shall persecute you no more; you are harmless and noiseless as any ofthese old chairs; in short, I never feel so private as when I know you are here. At last I see it, I feel it; I penetrate to the predestinated purpose of my life. I am content. Others may have loftier parts to enact; but my mission in this world, Bartleby, is to furnish you with office-room for such period as you may see fit to remain.

.I believe that this wise and blessed frame of mind would have continued with me, had it not been for[276] the unsolicited and uncharitable remarks obtruded upon me by my professional friends who visited the rooms. But thus it often is, that the constant friction of illiberal[277] minds wears out at last the best resolves of the more generous. Though to be sure, whenI reflected upon it, it was not strange that people entering my office should be struck by the peculiar aspect of the unaccountable Bartleby, and so be tempted to throw out some sinister observations concerning him. Sometimes an attorney having business with me, and calling at my office and finding no one but the scrivener there, would undertake to obtain some sort of precise information from him touching my whereabouts; but without heeding his idle talk, Bartleby would remain standing immovable in the middle of the room. So after contemplating him in that position for a time, the attorney would depart, no wiser than he came.

276) Had it not been for A: A만 아니었다면
277) Illibera: 인색한, 속좁은, 옹졸한, 고지식한, 고집불통의, 교양없는

좋다, 바틀비, 네 칸막이 뒤에 있거라, 하고 나는 생각했다. 너를 더 이상 물고 늘어지지 않겠다. 너는 이 오래된 의자들만큼이나 무해하고도 잡음이 없다. 간단히 말해 네가 거기 있다는 것을 아는 순간 나는 가장 프라이버시를 누리고 있다는 느낌이 든다. 마침내 나는 알게 되었다. 그것을 느낄 수 있었다. 나는 내 인생의 운명 지어진 목적 속을 뚫고 들어가는 것이다. 나는 만족스럽다. 다른 사람들은 보다 숭고한 역할을 수행하도록 타고 났는지 모르지만, 바틀비, 내가 이 세상에 타고난 임무, 그것은 자네가 원하는 만큼의 시간동안 자네에게 사무실을 내주는 것이다.

사무실을 찾아 온 동료 친구들이 주제넘고도 인심 사나운 참견만 하지 않았더라면, 나의 이 현명하고 은혜로운 정신상태가 지속되었을 것이라고 나는 믿는다. 그러나 세상일이 흔히 그렇듯이, 아량이 넓지 못한 사람들과 끊임없이 마찰을 빚다보면 아량이 더 넓은 사람의 가장 선한 결심조차도 마침내 마모되어지게 마련이다. 지금 돌이켜 생각해 보면 내 사무실에 들어서는 사람들이 이 이해할 수 없는 바틀비의 기이한 점들을 보고 놀라서 그에 대한 어떤 좋지 못한 목격담들을 털어놓고 싶은 유혹을 느끼는 것은 어쩌면 당연하다. 업무적으로 알고 있는 한 변호사는 가끔 나를 찾아왔다가 사무실에 바틀비 밖에 없는 것을 보고는 내가 어디 있는지 정확한 사실을 알아내려고 그에게 물어보지만, 바틀비는 그 변호사가 말하는 것에 전혀 귀를 기울이지도 않고 방 가운데서 꼼짝 않고 서 있곤 하는 것이었다. 그런 태도를 하고 있는 바틀비에 대해 곰곰이 생각해 본 후, 그 변호사는 아무 것도 알아내지 못한 채 나가버리곤 했다.

Also, when a Reference was going on, and the room full of lawyers and witnesses and business was driving fast; some deeply occupied legal gentleman present, seeing Bartleby wholly unemployed, would request him to run round to his (the legal gentleman's) office and fetch some papers for him. Thereupon, Bartleby would tranquilly decline, and yet remain idle as before. Then the lawyer would give a great stare, and turn to me. And what could I say? At last I was made aware that all through the circle of my professional acquaintance, a whisper of wonder was running round, having reference to the strange creature I kept at my office. This worried me very much.

And as the idea came upon me of his possibly turning out a long-lived man[278], and keep occupying my chambers, and denying my authority; and perplexing my visitors; and scandalizing my professional reputation; and casting a general gloom over the premises; keeping soul and body together to the last upon his savings (for doubtless he spent but half a dime a day), and in the end perhaps outlive me[279], and claim possession of my office by right of his perpetual occupancy: as all these dark anticipations crowded upon me more and more, and my friends continually intruded their relentless remarks upon the apparition in my room; a great change was wrought in me. I resolved to gather all my faculties together, and for ever rid me of this intolerable incubus[280].

278) His possibly turning out a long-lived man: 그가 장수할 가능성
279) To outlive A: A보다 오래 살다
280) Incubus: 악마, 악몽

또 어떤 조정협의가 진행 중 이어서 변호사, 증인, 그리고 업무가 가득 쌓인 사무실이 분주하게 돌아가는 상황에서 참석 중인 법조계 신사 가운데 아주 일에 쫓기고 있던 법조계 신사 한사람이 바틀비가 아무런 일을 하고 있지 않는 것을 보고 자기 사무실에 가서 (그 법조계 신사) 어떤 문서를 좀 가져다 달라고 부탁했다. 그 말을 듣고 바틀비는 처연히 거절하며 그전과 다름없이 빈둥거리는 것이었다. 그 변호사는 그를 빤히 쳐다보다가 내 쪽으로 고개를 돌렸다. 내가 무슨 말을 할 수 있을 것인가? 결국 나는 내가 사업상 알고 있는 모든 사람들 사이에 내 사무실에 있는 이 기이한 존재에 대한 수근거림과 의혹스러운 소리들이 떠돌아 번져가고 있다는 것을 깨닫게 됐다. 이 일로 나는 무척 근심했다.

그리고 문득 바틀비가 아주 명이 길어서 계속 내 사무실을 지키고 앉아 있게 될 수도 있다, 그래서 내 권위를 거부하고, 내 손님들을 당황하게 하고, 내 직업적인 명성을 스캔들거리로 만들고, 내 사무실에 항상 음침한 분위기를 깔고, 제가 모아둔 돈을 다 쓸 때까지 정신도 몸도 같이 지니고 있다가 (의심의 여지없이 그는 하루에 5센트밖에 쓰지 않았다) 결국은 아마도 나보다 더 오래 살면서 오래 거주해 온 권리로 내 사무실 소유권을 주장하게 될지도 모른다는 생각이 뇌리를 스치는 가운데, 이러한 모든 불길한 예상들은 점점 더 나를 엄습해 왔고, 내 친구들은 계속 내 사무실에 있는 이 유령에 대해 지칠 줄 모르고 입방아들을 찧으며 참견하고 드는 가운데 내 내면에서 엄청난 변화가 일어났다. 나는 내 모든 능력을 동원해 이 참을 수 없는 악몽 같은 인간을 영원히 내게서 사라지게 해야겠다고 마음을 먹게 되었던 것이다.

Ere revolving any complicated project, however, adapted to this end, I first simply suggested to Bartleby the propriety of his permanent departure. In a calm and serious tone, I commended the idea to his careful and mature consideration. But having taken three days to meditate upon it, he apprised me that his original determination remained the same in short, that he still preferred to abide with me.

What shall I do? I now said to myself, buttoning up my coat to the last button. What shall I do? what ought I to do? what does conscience say Ishoulddo with this man, or rather ghost. Rid myself of him, I must; go, he shall. But how? You will not thrust him, the poor, pale, passive mortal,---you will not thrust such a helpless creature out of your door? you will not dishonor yourself by such cruelty? No, I will not, I cannot do that. Rather would I let him live and die here, and then mason up his remains in the wall. What then will you do? For all your coaxing[281), he will not budge. Bribes he leaves under your own paperweight on your table; in short, it is quite plain that he prefers to cling to you.

Then something severe, something unusual must be done. What! surely you will not have him collared by a constable, and commit his innocent pallor to the common jail? And upon what ground could you procure such a thing to be done?---a vagrant, is he? What! he a vagrant, a wanderer, who refuses to budge? It is because he will not be a vagrant, then, that you seek to count him asa vagrant.

281) Coaxing: (명) 감언이설, (동) 구슬리다, 달래다, 설득시키다

그러나 이런 속셈에 맞는 치밀한 계획을 생각해 내기 전에, 나는 우선 바틀비에게 순순히 영영 떠나줄 것을 슬쩍 제의했다. 바틀비가 조심스레 그리고 성숙한 자세로 고려해 보도록 나는 침착하고도 진지한 어조로 이 생각을 전달했다. 그러나 그 문제에 대해 3일씩이나 생각해 본 후, 그는 간단히 말해 원래의 결심을 바꿀 생각이 없으며, 나하고 같이 사무실에 남아있고 싶다고 통고해 왔다.

어떡할 것인가? 코트의 마지막 단추까지 채우며 속으로 물었다. '어떡할 것인가? 내가 이제 어떻게 해야 하는가? 이 사내, 아니 이 귀신을 어떻게 해야 한다고 내 양심은 말하고 있는가? 내게서 제거해야 한다, 그래야만 한다. 그는 떠나야만 한다. 그렇지만 어떻게? 이 불쌍하고 창백하고 무저항적인 인간, 이 사람을 내동댕이치지는 못한다. 이처럼 속수무책인 인간을 내 문 밖으로 내동댕이치지는 못할 것 아닌가? 그런 매정한 짓으로 내 자신의 명예를 실추하게 할 수는 없는 일 아닌가? 아니, 나는 그러지 않을 것이고, 그럴 수도 없다. 그러느니 차라리 여기서 살다 죽게 하고, 그 유해를 벽에다 시멘트로 발라버리겠다. 그렇다면 당신은 어떻게 할 것인가. 아무리 달래 봐도 꼼짝도 않는다. 매수용 돈은 책상 위 문진에 그대로 내버려두었으니, 바틀리가 나한테 들어붙어 있고 싶어 하는 것은 꽤 명백하다.

그렇다면 어떤 중대하고도 이례적인 조치가 내려져야만 한다. 무엇이라고? 분명 경찰들로 하여금 수갑을 채워 끌고나가게 한 뒤 그 죄 없는 연약한 자를 보통 감옥에 쳐 넣을 수는 없다. 그리고 무슨 근거로 그런 일을 할 수 있다는 말인가. 그 사람이 부랑자라도 된단 말인가? 무엇이라? 그는 꿈쩍 하기도 거부하는 부랑자이며, 떠돌이라고? 그것은 왜냐하면 바틀비가 부랑자가 아니다 보니, 내가 억지로 부랑자라고 뒤집어씌우려고 하기 때문에 그런 것이다.

That is too absurd. No visible means of support: there I have him. Wrong again: for indubitably he does support himself, and that is the only unanswerable proof that any man can show of his possessing the means so to do. No more then. Since he will not quit me, I must quit him. I will change my offices; I will move elsewhere; and give him fair notice, that if I find him on my new premises I will then proceed against him as a common trespasser.

Acting accordingly, next day I thus addressed him: "I find these chambers too far from the City Hall; the air is unwholesome. In a word, I propose to remove my offices next week, and shall no longer require your services. I tell you this now, in order that you may seek another place."

He made no reply, and nothing more was said.

On the appointed day I engaged carts and men, proceeded to my chambers, and having but little furniture, every thing was removed in a few hours. Throughout, the scrivener remained standing behind thescreen, which I directed to be removed the last thing. It was withdrawn; and being folded up like a huge folio, left him the motionless occupant of a naked room. I stood in the entry watching him a moment, while something from within me upbraided me.

I re-entered, with my hand in my pocket---and---and my heart in my mouth[282].

282) With my heart in my mouth: 조마조마한 마음으로

그건 너무 말이 안 된다. 뚜렷한 생활 수단을 갖지 못한 사람, 바틀비를 그런 사람이라고 하기로 하자. 그러나 이것도 틀려먹었다. 왜냐하면 그는 분명히 제 스스로 생계를 유지해 가고 있었고, 이것은 바틀비가 생계수단을 갖고 있다는 것을 보여줄 수 있는, 유일하게 반박 불가능한 증거이기도 했다. 그렇다면 더 말할 것도 없다. 바틀비가 그만두지 않으려 하니, 내가 그만두는 수밖에 없다. 내가 내 사무실을 바꾸고, 다른 곳으로 이사를 가고, 공정하게 통보를 하고, 이렇게 했는데도 내 새 사무실까지 따라오면 그때는 주거침입죄로 소송을 하는 것이다.

이에 따른 실천으로 나는 다음날 바틀비에게 말했다.

"이 사무실은 시청에서 너무 멀고, 공기도 좋지 못하네. 한마디로 말해서 다음 주에 사무실을 옮길 생각이니, 자네가 하는 일이 필요 없게 되었네. 지금 이렇게 말하는 것은 자네가 다른 자리를 찾아보도록 하기 위한 것이네."

바틀비는 아무 대답도 하지 않았고, 나도 더 이상 말을 하지 않았다.

약속된 날짜에 나는 짐수레와 사람들을 구해 데리고 사무실로 가 얼마 되지 않은 가구나마 몇 시간 만에 모든 것들을 다 치웠다. 그 사이 바틀비는 시종 칸막이 뒤에 서 있었기 때문에 칸막이는 제일 마지막으로 치우게 했다. 칸막이가 치워져 거대한 폴리오처럼 접혀버리자, 그는 텅 빈 사무실 안에 움직이지 않고 덩그러니 홀로 남은 꼴이 됐다. 입구에 서서 잠시 그를 지켜보고 서 있는 순간, 내 마음속에서 무엇인가가 나를 꾸짖었다.

주머니에 손을 넣은 채, 조마조마한 심정으로, 다시 들어갔다.

"Good-bye, Bartleby; I am going---good-bye, and God some way bless you; and take that," slipping something in his hand. But it dropped upon the floor, and then,---strange to say---I tore myself from him whom I had so longed to be rid of.

Established in my new quarters, for a day or two I kept the door locked, and started at every footfall[283)] in the passages. When I returned to my rooms after any little absence, I would pause at the threshold for an instant, and attentively listen, ere[284)] applying my key. But these fears were needless. Bartleby never came nigh me.

I thought all was going well, when a perturbed looking stranger visited me, inquiring whether I was the person who had recently occupied rooms at No.---Wall-street.

Full of forebodings, I replied that I was.

"Then sir," said the stranger, who proved a lawyer, "you are responsible for the man you left there. He refuses to do any copying; he refuses to do any thing; he says he prefers not to; and he refuses to quit the premises."

"I am very sorry, sir," said I, with assumed tranquility[285)], but an inward tremor, "but, really, the man you allude to is nothing to me---he is no relation or apprentice of mine, that you should hold me responsible for him."

---

283) Footfall: 발걸음, 발자국 소리

284) Ere: before

285) With assumed tranquility: 침착한 척 하며

"잘 있게, 바틀비. 나는 떠나네, 잘 있게. 그리고 모쪼록 하나님의 축복이 있기를. 그리고 이거 받으시게." 뭔가를 손에 쥐어주었다. 그러나 이것은 바닥에 떨어지고, 이상한 말이긴 하지만, 그 때 나는 그토록 떼어 내 버리고 싶어 하던 바틀비로 부터 마침내 떨어져 나갔다.

새 사무실에 자리를 잡고 난 후 하루 이틀정도 동안은 문을 잠가두고 지내면서, 지나는 발자국 소리가 들릴 때마다 깜짝 놀라곤 했다. 잠시 자리를 비웠다가 다시 사무실로 되돌아오면 잠시 문지방에 멈추었다가 주의 깊게 귀를 기울여 본 후에야 열쇠를 꽂았다. 그러나 이런 두려움은 불필요한 것이었다. 바틀비는 내 근처에 결코 나타나지 않았다.

모든 것이 잘 나가고 있다고 생각하던 차에 혼란스런 표정을 한 낯선 사람이 나를 찾아 와 월스트릿 몇몇 번지에 있는 사무실을 최근 썼던 사람이냐고 물었다.

불길한 예감에 잔뜩 사로잡힌 채 나는 그렇다고 대답했다.

변호사로 밝혀진 그 낯선 사람이 말했다. "그렇다면 선생님, 거기 남겨두고 가신 사람에 대해 책임을 지셔야 합니다. 그 사람은 전혀 필경을 하지 않겠다고 하고, 아무 것도 하지 않겠다고 거부하고 있습니다. 그러고 싶지 않다는 겁니다. 사무실에서 나가달라고 해도 그것마저 거부하고 있습니다."

"대단히 죄송하지만, 선생," 애써 태연한 척 하며, 그러나 떨리는 마음으로, 내가 말했다. "하지만 솔직히 지금 말씀하신 그 사람은 저하고 아무 상관이 없어요. 나하고 친척관계도 아니고, 문하생도 아닌데, 어떻게 그 사람을 제 책임이라고 할 수 있겠소."

"In mercy's name, who is he?"

"I certainly cannot inform you. I know nothing about him. Formerly I employed him as a copyist; but he has done nothing for me now for some time past."

"I shall settle him then,---good morning, sir."

Several days passed, and I heard nothing more; and though I often felt a charitable prompting to call at the place and see poor Bartleby, yet a certain squeamishness of I know not what withheld me.

All is over with him, by this time, thought I at last, when through another week no further intelligence reached me. But coming to my room the day after, I found several persons waiting at my door in a high state of nervous excitement.

"That's the man---here he comes," cried the foremost one, whom I recognized as the lawyer who had previously called upon me alone. "You must take him away, sir, at once," cried a portly person among them, advancing upon me, and whom I knew to be the landlord of No.---Wall-street.

"These gentlemen, my tenants, cannot stand it any longer; Mr. B---" pointing to the lawyer, "has turned him out of his room, and he now persists in haunting the building generally, sitting upon the banisters of the stairs by day, and sleeping in the entry by night. Every body is concerned; clients are leaving the offices; some fears are entertained of a mob; something you must do, and that without delay."

"도대체 그 사람은 누구입니까?"

"저는 분명 말해드릴 수 없습니다. 그 사람에 대해 아무것도 모릅니다. 과거에 저는 그 사람을 필경사로 고용했지만, 오래 전부터 나를 위해 한 일이 아무 것도 없습니다."

"그렇다면 제가 그 사람을 처리해야겠군요. 안녕히 계십시오, 선생님."

며칠이 지났지만 더 이상 아무런 소식도 듣지 못했다. 비록 그곳에 찾아가 불쌍한 바틀리를 보고 싶다는 자애로운 충동이 자주 들기는 했지만, 알 수 없는 주저스러움이 나를 말렸다.

또 한주가 지나도 아무런 소식이 들려오지 않자, 마침내 나는 이번에야 말로 바틀비 와의 일이 완전히 끝났다고 생각했다. 그러나 그 다음 날 출근 했을 때, 몇몇 사람들이 내 사무실 문 앞에 극도로 흥분한 상태로 기다리고 있었다.

"바로 저 사람입니다. 이제 오시는군요." 제일 앞에 있던 사람이 소리 질렀다. 예전에 혼자 날 찾아왔던 그 변호사였다. "그 사람을 데려가셔야 합니다, 선생님, 지금 당장요." 그 가운데서도 뚱뚱한 남자가 내 앞에 다가오면서 말했다. 월스트릿 몇몇 번지 빌딩 주인인 것으로 알고 있는 사람이었다. "여기 있는 신사 분 들이 저의 세입자들인데, 더 이상 견딜 수 없다고 합니다."

그 변호사를 가리키며 그는 말을 이었다. "B선생께서 사무실에서 그 사람을 내 쫓았더니 이제는 아무데나 건물을 돌아다니며 낮에는 계단 난간에 앉아있고, 밤에는 입구에서 잠을 자며 사람들을 괴롭히고 있어요. 모두가 걱정하고 있습니다. 고객들이 사무실을 떠나버리고 어떤 사람들은 폭도를 겁내고 있기도 합니다. 선생님이 무슨 조치를 해야 합니다. 그것도 지체 없이요."

Aghast[286] at this torrent[287], I fell back before it, and would fain have locked myself in my new quarters. In vain I persisted that Bartleby was nothing to me---no more than to any one else. In vain:---I was the last person known to have any thing to do with him, and they held me to the terrible account. Fearful then of being exposed in the papers (as one person present obscurely threatened) I considered the matter, and at length said, that if the lawyer would give me a confidential interview with the scrivener, in his (the lawyer's) own room, I would that afternoon strive my best to rid them of the nuisance they complained of.

Going up stairs to my old haunt, there was Bartleby silently sitting upon the banister at the landing.

"What are you doing here, Bartleby?" said I.

"Sitting upon the banister," he mildly replied.

I motioned him into the lawyer's room, who then left us.

"Bartleby," said I, "are you aware that you are the cause of great tribulation to me, by persisting in occupying the entry after being dismissed from the office?"

No answer.

286) Aghast: 공포에 질린, 겁먹은, 충격받은, 깜짝 놀란
287) Torrent: 급류, 격류

이 갑작스런 소란에 기겁을 한 나는 주춤 물러나며, 새 사무실 안에 들어가 문을 잠가 버리고 싶었다. 속절없이 나는 바틀비와 나와는 다른 사람들이나 마찬가지로 아무 상관이 없다고 항변했다. 소용없었다. 바틀비와 제일 최근까지 조금이라도 연관을 가졌던 사람은 바로 나였고, 그래서 사람들은 나에게 끔찍한 책임을 뒤집어 씌우고 있었던 것이다. 신문에 보도가 될 것을 두려워해서 (한 사람이 은근히 그렇게 협박하고 있었다) 나는 그 문제를 생각해 본 후 장황하게 말했다. 만약 그 변호사가 자기 사무실에서 내가 필경사와 단독으로 만나 이야기할 수 있게 해 준다면, 그날 오후에 사람들이 불평하고 있는 그 골칫덩이를 제거하는데 내 최선을 다할 것이라고 말했다.

옛 사무실 계단을 올라가다가보니 바틀비가 계단 난간에 조용히 앉아 있는 것이 보였다.

"바틀비, 자네 여기서 뭐하고 있는가?" 내가 말했다.

"난간에 앉아 있습니다." 그가 조용히 대답했다.

변호사 사무실로 바틀비를 데리고 갔다. 변호사는 우리 둘만 남기고 자리를 비워주었다.

"바틀비," 내가 말했다. "사무실에서 해고된 후에도 자네가 현관을 고집스레 차지하고 있어서 나를 대단히 곤란한 지경에 빠뜨리고 있다는 것을 아는가?"

대답이 없다.

"Now one of two things must take place. Either you must do something, or something must be done to you. Now what sort of business would you like to engage in? Would you like to re-engage in copying for some one?"

"No; I would prefer not to make any change."

"Would you like a clerkship in a dry-goods store?"

"There is too much confinement about that. No, I would not like a clerkship; but I am not particular."

"Too much confinement," I cried, "why you keep yourself confined all the time!"

"I would prefer not to take a clerkship," he rejoined, as if to settle that little item at once.

"How would a bar-tender's business suit you? There is no trying of the eyesight in that."

"I would not like it at all; though, as I said before, I am not particular."

His unwonted wordiness inspirited me. I returned to the charge.

"Well then, would you like to travel through the country collecting bills for the merchants? That would improve your health."

"No, I would prefer to be doing something else."

"이제 한 두 가지 반드시 해야 할 일이 있네. 자네가 스스로 하든가, 누가 억지로 자네가 하게 만들든가, 둘 중 하나일세. 자, 자네가 하고 싶어 하는 일은 어떤 일인가? 다시 어떤 사람 밑에서 필경하는 일을 하고 싶은가?"

"아니요. 아무런 변화도 갖고 싶지 않습니다."

"상점에서 점원 일을 하고 싶은가?"

"너무 구속이 많은 일입니다. 싫습니다. 점원이 되고 싶지 않습니다. 특별한 걸 바라는 것은 아니지만."

"너무 구속이 많다…." 나는 외쳤다. "그런데 왜 늘 자네 스스로는 그렇게 구속을 하고 있는가!"

"저는 점원일은 하고 싶지 않습니다." 바틀비는 마치 이 문제는 당장 매듭을 지어버릴 듯이 다시 응답했다.

"바텐더 일은 자네에게 맞지 않을까? 그 일은 시력이 그다지 필요한 게 아니니까."

"전혀 그 일을 하고 싶지 않습니다. 아까도 말했듯이 특별히 까다롭게 구는 뜻은 아니지만."

바틀비가 뜻밖의 말을 좀 하는데서 용기가 났다. 나는 다시 질문했다.

"글쎄, 그렇다면, 지방을 다니면서 업주들이 받을 돈을 수금하는 일은 어떤가? 건강에도 좋을 텐데."

"싫습니다. 그런 일 말고 다른 일을 하고 싶습니다."

"How then would going as a companion to Europe, to entertain some young gentleman with your conversation,---how would that suit you?"

"Not at all. It does not strike me that there is any thing definite about that. I like to be stationary. But I am not particular."

"Stationary you shall be then," I cried, now losing all patience, and forthe first time in all my exasperating connection with him fairly flying into a passion. "If you do not go away from these premises before night, I shall feel bound---indeed I am bound---to---to---to quit the premises myself!" I rather absurdly concluded, knowing not with what possible threat to try to frighten his immobility into compliance. Despairing of all further efforts, I was precipitately leaving him, when a final thought occurred to me---one which had not been wholly unindulged before.

"Bartleby," said I, in the kindest tone I could assume under such exciting circumstances, "will you go home with me now---not to my office, but my dwelling---and remain there till we can conclude upon some convenient arrangement for you at our leisure? Come, let us start now, right away."

"No: at present I would prefer not to make any change at all."

I answered nothing; but effectually dodging every one by the suddenness and rapidity of my flight, rushed from the building, ran up Wall-street towards Broadway, and jumping into the first omnibus was soon removed from pursuit.

"그렇다면 말동무나 해 주면서 젊은 신사분과 동행해서 유럽에 동행하는 것은 어떤가? 그 일이면 될까?"

"전혀 아닙니다. 그 일은 전혀 고정성이 없는 일인 것 같습니다. 저는 내근하는 일이 좋습니다. 그러나 특별히 까다롭게 구는건 아닙니다."

"움직이지 않는 게 소원이라면 그렇게 하게." 더 이상 참을 수 없어 나는 소리쳤다. 바틀비와 분통 터지는 관계를 가져 온 이래 처음으로 나는 격앙되고 말았다. "밤이 되기 전 이 사무실에서 나가지 않는다면 나도 어쩔 수 없이, 사실 어쩔 수 없기는 하지만, 내가 이 사무실에서 나갈 수밖에 없지!" 바틀비가 겁을 먹어 요지부동한 자세를 꺾고 순순히 따라오게 하려면 도대체 어떤 협박을 해야 할지 몰라 나는 꽤 앞뒤가 맞지 않는 결론을 내렸다. 더 이상 애써본들 소용이 없다고 생각하고 황급히 떠나려 할 때, 한가지마지막 생각이 떠올랐다. 이전에도 한번 생각해 본 적이 있는 것이었다.

"바틀비" 이처럼 극도로 흥분된 상황에서 내가 낼 수 있는 가장 친절한 어조로 말했다. "지금 나하고 집에 가겠나? 사무실이 아니라 내가 사는 집말일세. 그리고 찬찬히 좀 더 편리한 해결책을 찾을 때까지 우리 집에 머무는 것이 어떻겠나? 가세. 지금 당장 그렇게 하도록 하세."

"싫습니다. 지금 현재는 아무런 변화도 가지고 싶지 않습니다."

나는 아무 대답도 하지 못했지만, 결국 아무도 눈치 채지 못하게 속히 그리고 재빨리 건물에서 달아났다. 브로드웨이를 향해 월스트릿을 달려갔을 때 첫 번째로 눈에 띠는 합승버스에 뛰어 올라 아무도 추적해 올 수 없게 따 돌렸다.

As soon as tranquility returned I distinctly perceived that I had now done all that I possibly could, both in respect to[288] the demands of the landlord and his tenants, and withregard to my own desire and sense of duty, to benefit Bartleby, and shield him from rude persecution. I now strove to be entirely care-free and quiescent[289]; and my conscience justified me in the attempt; though indeed it was not so successful as I could have wished. So fearful was I of being again hunted out by the incensed landlord and his exasperated tenants, that, surrendering my business to Nippers, for a few days I drove about the upper part of the town and through the suburbs, in my rockaway crossed over to Jersey City and Hoboken, and paid fugitive visits to Manhattanville and Astoria. In fact I almost lived in my rockaway for the time.

When again I entered my office, lo, a note from the landlord lay upon the desk. I opened it with trembling hands. It informed me that the writer had sent to the police, and had Bartleby removed to the Tombs as a vagrant. Moreover, since I knew more about him than any one else, he wished me to appear at that place, and make a suitable statement of the facts. These tidings had a conflicting effect upon me. At first I was indignant; but at last almost approved. The landlord's energetic, summary disposition had led him to adopt a procedure which I do not think I would have decided upon myself; and yet as a last resort, under such peculiar circumstances, it seemed the only plan.

---

288) Both in respect to A and to B: A에 대한 것이나 B에 대한 것이나 둘 다
289) Quiescent: 고요한, 정적의, 침묵하는, 정지한, 비활동의

진정을 되찾자마자 나는 건물주나 세입주자의 요구, 그리고 바틀비를 도와주어 무례한 처분을 당하지 않도록 보호해줘야겠다는 나 자신의 욕망이나 의무감에 대해서도 내가 할 수 있는 일은 모두 다 해 보았다고 분명하게 느꼈다. 이제 나는 완전히 근심거리에서 해방되어 조용해지고 싶었고, 내 양심은 이런 나의 심정을 정당화 해 주었다. 비록 사실 원하는 만큼 그다지 성공적인 것은 아니었지만. 화가 치민 건물주와 분통이 터진 세입자들로부터 다시 추적을 당할 것이라는 두려움이 너무나 큰 나머지 나는 사무실 일을 니퍼스에게 다 떠 맡겨 버리고 한 몇일 동안 도시 위쪽이나 교외지역으로 내 사륜마치를 몰고 다니며 저지시티와 호보큰을 건너 맨해튼빌과 아스토리아까지 도피행각을 했다. 사실상 나는 한동안 거의 내 사륜마차안에서 살다시피 했다.

다시 사무실에 돌아왔을 때, 건물주가 보낸 쪽지가 데스크 위에 놓여있었다. 떨리는 손으로 뜯어보았다. 그 편지를 쓴 사람은 경찰에 호소해 바틀비를 부랑자로서 교도소에 보내도록 했다는 내용이 들어있었다. 아울러, 내가 그 어느 누구보다도 바틀비에 대해 많이 알고 있는 사람이므로, 그곳에 출두해 이 사실에 대한 적절한 진술을 해 줄 것을 원한다고 적혀 있었다. 이러한 소식들은 나에게 꽤 상충하는 영향을 끼쳤다. 처음에는 화가 났으나, 결국은 거의 수긍했다. 건물주의 화끈한 성질이 나 스스로 결정할 수 없었을 조치를 취할 수 있게 해 준 것이다. 그리고 이런 특이한 상황에서는 그것이 최후의 해결책으로 유일한 계획인 것 같았다.

As I afterwards learned, the poor scrivener, when told that he must be conducted to the Tombs, offered not the slightest obstacle[290], but in his pale unmoving way, silently acquiesced.

Some of the compassionate and curious bystanders joined the party; and headed by one of the constables arm in arm with Bartleby, the silent procession filed its way through all the noise, and heat, and joy of the roaring thoroughfares at noon.

The same day I received the note I went to the Tombs, or to speak more properly, the Halls of Justice. Seeking the right officer, I stated the purpose of my call, and was informed that the individual I described was indeed within. I then assured the functionary that Bartleby was a perfectly honest man, and greatly to be compassionated, however unaccountably eccentric. I narrated all I knew, and closed by suggesting the idea of letting him remain in as indulgent confinement as possible till something less harsh might be done---though indeed I hardly knew what. At all events, if nothing else could be decided upon, the alms-house must receive him. I then begged to have an interview.

Being under no disgraceful charge[291], and quite serene and harmless in all his ways, they had permitted him freely to wander about the prison, and especially in the inclosed grass-platted yard thereof.

---

290) Offer not the slightest obstacle: 조금도 저항하지 않다

291) Being under no disgraceful charge: 어떤 불명예스러운 혐의도 받고 있는 것이 아니다

나중에나 알게 됐지만, 불쌍한 그 필경사는 교도소에 수감되어야 한다는 말을 들었을 때 조금도 저항하지 않고, 그 사람 특유의 창백하고 처연한 태도로 순순히 투항했다고 한다.

주변의 몇몇 사람들은 혹은 측은한 마음에, 혹은 호기심에, 그 일행을 따라갔다. 경찰관 중 한사람이 바틀비와 팔짱을 끼고 앞장선 채, 정오의 그 모든 떠들썩한 소음과 북적거림을 지나 조용하게 행렬이 지나갔다고 한다.

편지를 받은 바로 그날 나는 뉴욕 시 교도소, 아니 좀 더 바르게 말해서 '정의의 전당'에 찾아갔다. 담당자를 찾아 내가 방문한 목적을 이야기했더니, 내가 설명하는 사람이 과연 그곳에 있다는 말을 듣게 됐다. 그래서 나는 바틀비가 아무리 설명할 수 없이 기이한 사람이기는 하지만 그는 완벽하게 정직한 사람이며 지극한 온정을 베풀어주어야 할 사람이라고 설명했다. 내가 아는 모든 사실을 이야기 한 후, 사실 나도 전혀 어떤 것이 있을지 알지는 못하지만, 이보다 덜 혹독한 조치를 취할 수 있게 되기까지 가능한 한 자유로운 구금상태에 머물게 해 줄 것을 제안하는 것으로 내 말을 마쳤다. 어쨌든, 아무런 대책도 결정되어질 수 없다면 구빈원이 그를 맡아주어야 할 것이다. 이렇게 말하고 난 후 나는 면회를 요청했다.

파렴치한 죄로 기소된 것도 아니고, 모든 면에서 무척 온순하고 해를 끼칠 사람이 아니었기 때문에, 그들은 교도소 안에서 바틀비가 자유롭게 돌아다니도록 허용해 주었고, 특히 건물 안쪽으로 쑥 들어가 있는 풀이 심어진 뜰을 마음대로 돌아다닐 수 있게 해 주었다.

And so I found him there, standing all alone in the quietest of the yards, his face towards a high wall, while all around, from the narrow slits of the jail windows, I thought I saw peering out upon him the eyes of murderers and thieves.

"Bartleby!"

"I know you," he said, without looking round, ---" and I want nothing to say to you."

"It was not I that brought you here, Bartleby," said I, keenly pained at his implied suspicion. "And to you, this should not be so vile a place. Nothing reproachful attaches to you by being here. And see, it is not so sad a place as one might think. Look, there is the sky, and here is the grass."

"I know where I am," he replied, but would say nothing more, and so I left him.

As I entered the corridor again, a broad meat-like man, in an apron, accosted me, and jerking his thumb over his shoulder said---" Is that your friend?"

"Yes."

"Does he want to starve? If he does, let him live on the prison fare, that's all."

그래서 나는 그 곳에서 바틀비를 찾을 수 있었다. 조용한 뜰에 홀홀단신 서 있는 그는 얼굴을 높은 벽 쪽으로 돌리고 있었고, 사방에는 마치 감옥소 유리창 좁은 틈 사이로 살인자들이나 절도범들의 눈이 바틀비를 훔쳐보고 있는 것이 보이는 듯 했다.

"바틀비!"

"선생님이 누군지 알지만," 바틀비는 고개도 돌리지 않은 채 말했다. "선생님께는 아무런 말도 하고 싶지 않습니다."

"바틀비, 자네를 여기 데려다 놓은 사람은 내가 아닐세." 은근히 나를 의심하는데 대해 깊은 아픔을 느끼며 말했다.

"게다가 자네한테는 여기가 그렇게 몹쓸 곳만은 아니네. 여기 있다고 누구로부터 비난을 받는 일도 전혀 없네. 보게나. 사람들이 생각하는 것 보다 그다지 슬픈 곳도 아니잖은가. 보게. 하늘도 있고, 풀도 있고…."

"내가 있는 곳이 어딘지 나도 압니다." 바틀비는 이렇게 대답하고는 더 이상 아무 말도 하지 않았기 때문에, 나는 그곳을 떠났다.

다시 복도에 들어서니, 앞치마를 걸친 덩치 큰 남자가 나한테 다가와 어깨 위로 엄지손가락을 까딱거리며 말했다. "저 사람이 친구 분인가요?"

"그렇습니다."

"배를 곪고 싶어 하고 있습니까? 그렇다면 교도소에서 주는 양으로 먹고 살라고 하세요. 그러면 됩니다."

"Who are you?" asked I, not knowing what to make of [292]such an unofficially speaking person in such a place.

"I am the grub-man[293]. Such gentlemen as have friends here, hire me to provide them with something good to eat."

"Is this so?" said I, turning to the turnkey.

He said it was.

"Well then," said I, slipping some silver into the grub-man's hands (for so they called him). "I want you to give particular attention to my friend there; let him have the best dinner you can get. And you must be as polite to him as possible."

"Introduce me, will you?" said the grub-man, looking at me with an expression which seem to say he was all impatience for an opportunity to give a specimen of his breeding.

Thinking it would prove of benefit to the scrivener, I acquiesced; and asking the grub-man his name, went up with him to Bartleby.

"Bartleby, this is Mr. Cutlets; you will find him very useful to you."

---

292) What to make of A: A를 어떻게 생각해야 할지
293) Grub: 음식을 주다, 먹이다

"당신은 누구요?" 이런 곳에서 그처럼 공무원답지 않은 말을 하는 사람을 어떻게 받아들여야 할지 몰라 하며 물어 보았다.

"저는 사식업자입니다. 여기 친구를 두고 있는 신사 분들은 저를 고용해서 먹을 만한 것들을 넣어주고 있지요."

"그렇습니까?" 교도관 쪽으로 고개를 돌리고 말했다.

교도관은 그렇다고 말했다.

은전 몇 푼을 사식업자 (여기서는 그 사람을 그렇게들 불렀다)에게 쥐어주며 말했다. "그러자면, 여기 있는 내 친구에게 각별히 관심을 기울여주기 바랍니다. 당신이 구할 수 있는 최고로 훌륭한 식사를 하게 해 주십시오. 그리고 가능한 한 저 사람에게는 공손하게 대해야 합니다."

"저를 소개해 주시겠습니까?" 자신과 같은 교양 있는 종자의 존재를 소개하고 싶어 안달인 듯한 표정으로 나를 보며 사식업자가 말했다.

바틀비에게 덕이 되는 일이라고 생각하며 나는 거기에 따랐다. 사식업자에게 이름을 물으며 함께 바틀비가 있는 곳으로 올라갔다.

"바틀비, 이분은 커트릿츠 씨라고 하는 사람인데, 자네에게 아주 유용한 사람이라는 것을 알게 될거야."

"Your sarvant, sir, your sarvant," said the grub-man, making a low salutation behind his apron. "Hope you find it pleasant here, sir;---spacious grounds---cool apartments, sir---hope you'll stay with us some time---try to make it agreeable. May Mrs. Cutlets and I have the pleasure of your company to dinner, sir, in Mrs. Cutlets' private room?"

"I prefer not to dine to-day," said Bartleby, turning away. "It would disagree with me; I am unused to dinners." So saying he slowly moved to the other side of the inclosure, and took up a position fronting the dead-wall.

"How's this?" said the grub-man, addressing me with a stare of astonishment. "He's odd, aint he?"

"I think he is a little deranged," said I, sadly.

"Deranged? deranged is it? Well now, upon my word, I thought that friend of yourn was a gentleman forger; they are always pale and genteel-like, them forgers. I can't pity'em---can't help it, sir. Did you know Monroe Edwards?" he added touchingly, and paused. Then, laying his hand pityingly on my shoulder, sighed, "he died of consumption[294] at Sing-Sing[295]. So you weren't acquainted with Monroe?"

---

294) Consumption: 소비, 소진, (음식물 등을) 섭취, 결핵 (병리)
295) Sing-Sing: 뉴욕에 있는 교도소 이름

"당신의 시종입니다, 시종, 선생님." 앞치마를 두른 채 허리를 굽혀 경례를 하며 사식업자가 말했다.

"여기서 편안하게 지내시기 바랍니다, 선생님. 널찍한 뜰, 시원한 방, 선생님, 한동안 여기서 우리와 함께 지내는 동안 편안하시게 지내시게 되기 바랍니다. 저희 부부에게 저의 아내의 안방에서 식사를 함께 할 수 있는 영광을 주시겠습니까?"

"오늘은 먹고 싶지 않습니다." 바틀리는 고개를 돌리며 말했다. "식사같은 것은 익숙치가 않아서 아마 탈이 날 겁니다." 이렇게 말하며 안뜰 저쪽으로 천천히 건너가 꽉 막힌 벽을 바라보는 자세로 서 있었다.

"이럴 수가?" 놀란 눈빛으로 나를 쳐다보며 사식업자가 말했다. "좀 이상한 사람이군요. 그렇지요?"

"약간 정신이상인 것 같아요." 슬픈 표정으로 내가 말했다.

"정신이상? 정신이상입니까? 그러고 보니, 저는 선생님 친구분이 화이트칼라 문서 위조범이라고 생각했어요. 그 문서 위조범이란 사람들은 늘 안색이 창백하고 신사처럼 보이지요. 그런 사람들은 측은해하지 않을 수가 없어요. 어쩔 수 없어요, 선생님. 몬로 에드워즈라는 사람을 아십니까?" 그는 감격한 듯 이 말을 하고는 잠시 말을 멈추었다. 그 뒤 손을 애처롭게 내 어깨에 얹으며 한숨을 쉬고 말했다. "싱싱 교도소에서 폐병으로 돌아가셨지요. 선생님은 그럼 몬로와 아는 사이가 아닌 겁니까?"

"No, I was never socially acquainted with any forgers. But I cannot stop longer. Look to my friend yonder. You will not lose by it[296]. I will see you again."

Some few days after this, I again obtained admission to the Tombs, and went through the corridors in quest of Bartleby; but without finding him.

"I saw him coming from his cell not long ago," said a turnkey,[297] "may be he's gone to loiter in the yards."

So I went in that direction.

"Are you looking for the silent man?" said another turnkey passing me. "Yonder he lies---sleeping in the yard there. 'Tis not twenty minutes since I saw him lie down."

The yard was entirely quiet. It was not accessible to the common prisoners. The surrounding walls, of amazing thickness, kept off all sounds behind them. The Egyptian character of the masonry weighed upon me with its gloom. But a soft imprisoned turf[298] grew under foot. The heart of the eternal pyramids, it seemed, wherein, by some strange magic, through the clefts, grass-seed, dropped by birds, had sprung.

---

296) You will not lose by it: 그걸로 인해 손해보는 일은 없을 것이다
297) Turnkey: 교도관, 열쇠를 지니고 있는 사람
298) Turf: 잔디, 토탄

"아닙니다. 위조범과는 한 번도 사교 상 알고 지낸 적이 없습니다. 하지만 더 이상 여기 있을 수 없군요. 저기 제 친구 잘 부탁합니다. 손해 볼 일 없을 겁니다. 그럼 또 봅시다."

이 일이 있은 지 며칠 후 나는 다시 교도소 입회허가를 받고 바틀비를 찾아 복도를 걸어갔다. 그러나 바틀비를 찾지 못했다.

"조금 전에 감방에서 나오는 걸 봤습니다" 교도관이 말했다. "아마 뜰에 산책을 나갔을 겁니다."

그래서 나는 그쪽으로 가 보았다.

"침묵의 사나이를 찾고 계십니까?" 또 다른 교도관이 내 옆을 지나다가 물었다.

"저기 누워있어요. 저기 뜰에서 자고 있습니다. 저기 눕는 것을 본 지 20분정도가 채 안 된 것 같군요."

뜰은 완벽하게 고요했다. 이곳은 보통 죄수들은 접근할 수 없는 곳이었다. 엄청나게 두꺼운 사방의 벽들이 그 뒤에 있는 모든 소음을 차단하고 있었다. 이집트 식 석조물이 침통하게 나를 내리깔아보고 있었다. 그러나 발밑에는 부드러운 잔디가 자라고 있었다. 그것은 마치 불멸의 피라미드 심장부 같아 보였다. 어떤 기이한 마법에 의해 틈 사이에 새들이 떨어뜨린 잔디의 씨앗에서 싹이 돋아난 것처럼.

Strangely huddled at the base of the wall, his knees drawn up, and lying on his side, his head touching the cold stones, I saw the wasted Bartleby. But nothing stirred. I paused; then went close up to him; stooped over, and saw that his dim eyes were open; otherwise he seemed profoundly sleeping.

Something prompted me to touch him. I felt his hand, when a tingling shiver ran up my arm and down my spine to my feet.

The round face of the grub-man peered upon me now. "His dinner is ready. Won't he dine to-day, either? Or does he live without dining?"

"Lives without dining," said I, and closed his eyes.

"Eh!---He's asleep, aint he?"

"With kings and counselors," murmured I.

그 벽 아래 이상한 자세로 무릎을 세워 웅크린 채 모로 누워 머리를 차가운 돌 벽에 뉘고 있는, 피골이 상접한 바틀비를 나는 보았다. 그러나 아무런 움직임이 없었다. 나는 짐짓 멈칫했다. 곧 바틀비에게 가까이 다가가, 몸을 굽히고 그의 희미한 눈이 떠져 있는 상태인 것을 보았다. 그것만 아니었다면 그는 깊이 잠들어있는 것처럼 보였다.

알 수 없는 무엇인가에 이끌려 나는 그를 건드려보았다. 그의 손을 만지는 순간, 짜릿한 전율이 내 팔을 타고 올라와 척추를 타고 발끝까지 내려갔다.

사식업자의 둥그스레한 얼굴이 나를 내려다보고 있었다. "식사가 준비됐습니다. 오늘도 식사를 하지 않을 작정인가요? 아니면 이분은 먹지 않아도 사는 사람인가요?"

"먹지 않고도 산다." 그의 눈을 감겨주며 말했다.

"이런! 잠든거지요, 아닌가요?"

"역대의 왕들과 고문들과 함께," 나는 중얼거렸다.

* * * * * * * * *

There would seem little need for[299] proceeding further in this history. Imagination will readily supply the meager recital of poor Bartleby's interment. But ere parting with the reader, let me say, that if this little narrative has sufficiently interested him, to awaken curiosity as to who Bartleby was, and what manner of life he led prior to the present narrator's making his acquaintance, I can only reply, that in such curiosity I fully share, but am wholly unable to gratify it. Yet here I hardly know whether I should divulge one little item of rumor, which came to my ear a few months after the scrivener's decease. Upon what basis it rested, I could never ascertain; and hence, how true it is I cannot now tell.

But inasmuch as this vague reporthas not been without certain strange suggestive interest to me, however sad, it may prove the same with some others; and so I will briefly mention it. The report was this: that Bartleby had been a subordinate clerk in the Dead Letter Office at Washington, from which he had been suddenly removed by a change in the administration. When I think over this rumor, I cannot adequately express the emotions which seize me. Dead letters! does it not sound like dead men? Conceive a man by nature and misfortune prone to a pallid hopelessness, can any business seem more fitted to heighten it than that of continually handling these dead letters, and assorting them for the flames? For by the cart-load they are annually burned.

---

299) There would seem little need of A: A를 할 필요가 거의 없어 보인다

이 과거 일을 더 이상 계속 써야 할 필요가 거의 없는 것 같다. 가련한 바틀비의 매장에 대한 구차스런 설명은 상상력 정도로 충분할 것이다. 그러나 독자들과 헤어지기 전에 한마디 하고 싶은 것은 만약 이 짧은 이야기가 독자의 흥미를 충분히 유발했다면, 바틀비라는 자의 정체가 무엇이었으며, 지금 이 필자와 알게 되기 이전까지 어떤 삶을 살았었는지에 대한 호기심을 불러 일으켰다면, 나는 단지 이렇게 대답할 수 있을 뿐이다. 나도 그와 똑같은 호기심을 가지고 있었지만, 그 호기심을 완전히 만족시킬 수는 없었다고. 단 필경사가 사망한지 몇 달 뒤에 내 귀에 흘러 들어온 조그만 소문을 밝혀야 할지는 나도 잘 모르겠다. 그 소문의 진상은 나도 확인할 수 없었다. 따라서 그것이 어느 정도 사실인지도 지금 말할 수 없다.

그러나 이 막연한 소문이 아무리 서글픈 것이라고는 하지만, 나한테 어떤 이상하게 끌리게 하는 흥미로운 점을 갖고 있지 않은 것이 아니고, 다른 사람들에게도 이것이 마찬가지 경우일 수 있으므로, 여기 간략하게 언급해 보도록 한다. 내가 들은 것은 이렇다. 바틀리는 워싱턴에 있는 배달 불능 우편물계의 말단 직원이었는데, 행정부가 바뀌면서 갑자기 감원 당했다는 것이다. 이 소문을 곰곰이 생각해 볼 때, 나를 사로잡는 이 감정들을 나는 제대로 말로 표현할 수 없다. 배달 불능 우편물! 이것은 배달 불능 인간이라는 말처럼 들리지 않는가? 천성적으로 그리고 불행하게도 창백한 절망감에 특히 사로잡히기 쉬운 기질을 타고 난 어떤 인간을 두고 생각해 본다면, 끝도 없이 이러한 배달 불능 우편물들을 다루며 이것을 분류해 소각로에 던져 넣는 일 보다 더 절망감을 깊게 해 주는 일이 어디 또 있을 수 있을까? 왜냐하면 이런 우편물들은 카트로 가득 채워져 해마다 한 번씩 소각되어지기 때문이다.

Sometimes from out the folded paper the pale clerk takes a ring:---the finger it was meant for, perhaps, moulders in the grave; a bank-note sent in swiftest charity:---he whom it would relieve, nor eats nor hungers any more; pardon for those who died despairing; hope for those who died unhoping; good tidings for those who died stifled by unrelieved calamities. On errands of life, these letters speed to death.

Ah Bartleby! Ah humanity!

때때로 그 창백한 직원은 접혀진 종이에서 반지를 한개 꺼낸다. 그 반지가 끼워져야 할 손가락은 아마도 무덤 속에서 썩어가고 있었을지 모른다. 기꺼이 보내 준 자선의 지폐 한 장, 그것으로 구원되어야 할 사람은 더 이상 음식을 먹을 수도, 배가 고프지도 않았을지 모른다. 절망하며 죽은 자들에게 보내진 용서의 편지, 희망 없이 죽은 자들에게 보내진 희망의 편지, 한을 품은 채 재앙에 짓눌려 죽은 자들에게 보내진 좋은 소식들. 이 풍진 세상을 살아가는 동안, 이런 편지들은 속속 죽음으로 던져졌으리라.

아 바틀비. 아 인간이란 존재여!

작가 소개 및 작품 해설

작가 소개 및 작품 해설

<< 워싱턴 어빙(Washington Irving)

1. 작가 소개

어빙은 미국이 영국으로부터 독립한 해인 1783년 뉴욕 시에서 태어났다. 부유한 상인이었던 스코트랜드 출신의 아버지와 영국계 어머니 사이에서 태어난 열한명 형제 중 막내였던 그는 유복한 가정환경 속에서 『로빈슨 크루소』(*Robinson Crusoe,* 1719)나 『신드바드』(*Sinbad*)와 같은 모험담을 읽으며 어린 시절을 보냈다. 학생시절에도 그는 학교 공부에 흥미를 가지기보다는 모험담을 즐겨 읽거나 드라마를 좋아해서 자주 교실을 몰래 빠져 나와 극장을 출입했다고 한다. 법률을 공부했던 어빙은 변호사 시험에 합격했지만 그것을 직업으로 선택하지는 않았다. 그가 처음으로 자신의 글을 세상에 발표 한 것은 1802년부터 1803년 까지 그의 형 피터(Peter)가 운영하던 잡지 『모닝 크로니컬』(*The Morning Chronicle*)에 뉴욕 시 세태를 풍자한 편지형식의 산문을 기고하면서부터였다. 조나단 올드스타일(Jonathan Oldstyle)이라는 필명으로 발표한 이 글들에서 그는 품위 있는 재치, 유려한 문체, 예리한 관찰력으로 독자들의 주목을 받았다.

어빙은 1804년 결핵에 걸려 2년간 유럽과 지중해로 여행을 하였으며, 귀국 후 잠시 형들과 함께 법률사무소를 열었으나 그의 주된 관심

사는 문학이었다. 1807년 그의 형 윌리엄(William)과 친구인 폴딩(James Kirke Paulding)이 창간한 『샐마건디』(*Salmagundi,* 1807-1808)라는 잡지에 우스꽝스럽고 풍자적 글들을 발표하여 또다시 큰 인기를 누린다. 이 시기에 어빙이 발표한 또 다른 주요 작품은 니커보커(Diedrich Knickerbocker)라는 필명으로 발표한 『세계의 시작부터 홀랜드 왕조의 종말에 이르는 뉴욕의 역사』(*A History of New-York from the Beginning of the World to the End of the Dutch Dynasty,* 1809)이다. 어빙은 이 책을 출판하기 전 독자들의 호기심을 불러일으키기 위해 "뉴욕 역사에 대한 원고를 남기고 종적을 감춘 니커보커라는 어느 정체불명의 사나이의 행방을 찾는다"는 꾸며낸 내용의 광고를 일간지에 게재한다. 그 결과 이 책은 출간되기가 무섭게 엄청난 대중적 인기를 얻는다. 니커보커는 오늘 날 미국인들에게 홀랜드 출신 뉴욕커들을 일컫는 대명사가 될 정도로 친숙한 이름이다.

1815년 어빙은 기울어가는 가업을 일으키기 위해 영국으로 떠났으나 3년이 지나도록 그 뜻을 이루지 못한 채 그곳에서의 사업을 정리한다. 이로 인해 경제적인 어려움에 처한 그를 위해 형이 직장을 알선 해주었지만 어빙은 그것을 거절하고 전업 작가로써 글쓰기에 전념하기로 결심한다. 어빙에게 최초로 세계적 명성을 가져다 준 『스케치 북』(*The Sketch Book of Geoffrey Crayon, Gent.*, 1819-1820)이 쓰여진 것이 바로 이 무렵이었다. 「립 밴 윙 클」이 수록된 이 『스케치 북』은 어빙이 영국 체재 중에 쓴 30여 편의 이야기와 스케치, 수필로 구성되어있다. 그는 전기물, 수필, 역사물 등과 같은 다양한 장르를 넘나들며 수많은 글을 발표했다. 그러나 어빙이 세계적인 베스트 셀러 작가로 명성을 떨치게 된 것은 그의 단편 소설들 때문이었다. 그는 1815년부터 1832에 이르는 장기간의 해외 체류 중에도 직접 자신이 경험하고 수집한 외국의 풍물과 전설을 바탕으로 한 수많은 작품을 발표했다. 1832년 17년이라는 긴 해외 생활을 청산하고 귀국 했을 때 그는 이미 문학계의 명사가 되어있었다. 이후 어빙은 1859년 그가 타계하기 전까지의 40여 년 동안 지속적으로 다수의 글을 발표하였다. 그러나 그 어느 것도 인기나 질적인 면에서 『스케치 북』을 비롯한 그의 이전 작품들의 수준에 이르지 못한다는 것이 일반적인 평가다.

어빙에 대한 비평가들과 문학 역사가들의 입장은 찬반으로 엇갈린다. 다수의 평자들은 어빙이 17년 동안 미국을 떠나 유럽에서 생활했기 때문에 그의 작품들이 미국인의 일반적인 정서와는 동떨어져 있을 뿐만 아니라 내용에 있어서 새로움과 깊이가 없고 형식에 있어서는 실험성이 결여되었다고 비판한다. 많은 비평가들이 주장하고 있듯이 어빙을 독창적인 작가라고 말하기는 어렵다. 그러나 그가 비록 그의 작품의 소재를 유럽의 전승된 설화나 민담으로부터 빌려왔지만 그는 그러한 이국적인 소재에 미국의 토착적인 지방색을 접목하여 미국의 작가로서 나름대로의 독창성을 발휘했다고 할 수 있다.

어빙이 문필가로 활동하던 19세기 초반 미국은 정치적으로 영국의 지배에서 벗어나 신생 독립국가가 되었으나 문화적, 문학적으로는 여전히 구대륙의 전통에서 벗어나지 못한 상태였다. 따라서 새로운 내용과 형식의 자국적인 문학을 개척해야 한다는 의식이 많은 미국문인들의 생각을 지배하고 있었다. 당시 미국의 문학 작가들 사이에는 향후 미국의 문학이 앞으로 나아갈 방향에 대하여 다양한 목소리가 있었다. 그것을 세 가지로 압축하자면 다음과 같다. 첫째, 미국 문학은 여전히 국가적 감정이 부족하므로 유럽의 문학전통을 답습하기를 멈추고 미국의 특징적 문학을 창출해야 한다는 입장, 둘째, 위대한 문학 작품은 민족적, 국가적 정체성을 초월 하는 보편적인 가치를 지향해야 한다는 주장이다. 마지막 세 번째는 미국 문학이 독자적인 전통을 확립하기에는 시기상조이므로 구대륙의 유서 깊은 문학으로부터 모방하고 배울 점이 있다는 입장이다. 어빙의 생각은 위의 세가지 입장 중 마지막 것에 가깝다. 그러나 어빙은 「립 밴 윙클」을 비롯한 다수의 다른 많은 작품에서 에서 보여 주듯이 유럽의 문학전통을 무조건적으로 모방하지는 않는다.

어빙에 대한 언급을 할 때 자주 "최초"라는 수식어를 사용된다. 그는 글만 쓰는 작가로서 생계를 유지 할 수 있을 뿐 만 아니라 사회적인 명성까지 누릴 수 있다는 사실을 확인시켜준 미국 최초의 극소수 전업 작가 중 한 사람이다. 사실적 세계와 상상의 세계를 넘나드는 이국적이며 자연친화적인 그의 작품세계는 유럽 보다 한 세대 늦게 도래한 미국의 낭만주의적인 문학 성향을 보여주는 최초의 미국 문학 작품 중 하나라고 할 수 있다. 어빙은 미국을 유럽에 소개했으며 유럽을 미국에 소개하여 유럽으로부터 최초로 칭송 받은 미국작가이다.

온화한 성품의 소유자였던 어빙은 많은 이들과 원만한 인간관계를 유지했으며 어려움에 처한 동료작가 및 후배작가들에게는 편집자로써 선배작가로써 조언을 하고 도움을 주는데 인색하지 않았다. 그는 1809년 약혼녀 마틸다(Matilda)가 18세의 젊은 나이로 요절한 것에 큰 상처를 받아 평생 독신으로 살다 간 순정파였다. 그가 남긴 최후의 작품은 1859년 그가 사망하기 전 불과 8개월 전에 완성한 미국의 초대 대통령 워싱턴(George Washington)의 일대기를 다룬 전기 작품이다.

2. 작품 소개

「립 밴 윙클」은 어빙의 수많은 단편 소설 중 「슬리피 할로우」("*The Lgend of Sleepy Hallow*")와 더불어 미국 독자들에게 가장 널리 알려지고 미국인들로부터 가장 사랑 받은 작품 중 하나이다. 「립 밴 윙클」은 아내의 잔소리를 피해 산속을 배회하다가 캐츠킬 산맥의 깊은 계곡에서 술통을 매고 가는 이상한 노인을 만나 그가 준 술을 마시고 20년 동안 잠들었다 마을로 되돌아온 립 밴 윙클이라는 사나이의 이야기이다. 이 소설의 주인공 립은 오늘날 공처가, 시대에 뒤떨어진 사람을 뜻하는 대명사로 통한다. 어빙은 이 작품의 줄거리를 독일의 민담에서 빌려왔지만 작품 배경을 미국 뉴욕 주 허드슨 강변의 캐츠킬 산맥으로 설정하여 지방색을 나타낸다.

순수문학을 지향했던 어빙은 문학의 목적은 독자들에게 즐거움을 주는 데 있다고 믿었다. 「립 밴 윙클」은 어빙의 이러한 문학에 대한 지론을 반영하고 있는 재미있고 흥미로운 작품이다. 이 작품이 대중적인 인기를 독차지 할 수 있었던 근본적인 요인은 그것이 문학작품에서 어떤 심오한 진리나 도덕적 교훈을 기대하기보다는 즐거움을 추구하는 일반 독자층의 요구에 부응했기 때문이다. 그러나 이러한 사실이 「립 밴 윙클」이 당대의 정치, 사회적 문제들에 대해서 무관심한, 역사의식이 결여된 단순한 오락물 이상이 아니라는 것을 의미하지는 않는다. 「립 밴 윙클」은 미국이 영국의 지배로부터 완전한 독립을 쟁취한 역사적 사건의 발생 이전과 이후를 소설의 시간적 배경으로 설정하고 있다. 이 소설은 또한 이 시기에 미국인들의 삶에서 발견되는 내적, 외적인 변화를 기록하고 있다. 미국의 독립전쟁이 사실상 파리의 평화 협정으로 종식된 1783년에 태어난 어빙은 출생 때부터 더 이상 영국 국민이 아닌 신생 독립국가 미국인의 첫 세대에 속한다. 그 당시 미국은 여러 가지 면에서 독립된 국가로서의 완전한 체제를 갖추지 못한 상태였다. 따라서 이 시기에 많은 미국인들은 독립전쟁이 그들에게 의미하는 바가 무엇을 인지, 그리고 독립국 미국이 영국의 지배하에 있었던 이전과는 어떻게 달라 질것인가에 대해서 확신을 하지 못했다. 「립 밴 윙클」에서 마을 사람들이 선거일에 모여 앉아 정치적인 변화에 대하여 열띤 토론을 하는 장면은, 신생 독립국가 미합중국의 국민이라는 새로운 정체성과, 왕정에서 공화국으로 변한 새로운 정치적 체제 속에서 혼란을 느끼고 있던 당시 일반적인 미국인들의 정서를 대변하고 있다고 할 수 있다.

「립 밴 윙클」은 미국 문학사의 관점에서도 특별한 의미를 가진다. 이 작품으로부터 우리는 합리적, 실용주의적 가치를 중시했던 18세기의 계몽주의적 문학의 감수성에서 탈피한 유럽과 영국을 지배했던 낭만주의가 미국의 문학에서 태동하고 있음을 알 수 있다. 낭만주의는 18세가 말에서 발생하여 19세기 초 영국을 비롯한 유럽을 휩쓴 문학적 사조이다. 낭만주의적 성향이 미국문학에서 나타나기 시작한 것은 유럽보다 한 세대 늦은 1830년 초엽부터였다. 낭만주의 문학에서 가장 두드러지는 특징 중 하나는 자연에 대한 예찬과 번잡하고 세속적인 현실 세계로부터 벗어나 먼 과거 또는 먼 미래의 공상의 세계로 도피하려는 성향이다. 「립 밴 윙클」에서도 주인공 립의 자연친화적인 태도, 현실세계에 대한 무관심, 순박한 심성에서 낭만주의적 요소가 발견된다. 립이 경험한 초자연적인 사건, 그가 캐츠킬 산맥 계곡에서 만난 이상한 사람들, 그가 보여주는 잃어버린 과거에 대한 향수 또한 낭만주의의 특징들이다.

<< 너새니얼 호손(Nathaniel Hawthorne)

1. 작가 소개

인간 내면에 감춰진 어두운 진실을 파헤치는 것을 자신의 문학적 신조로 삼았던 호손은 19세기 미국이 산출한 최고의 소설가 일 뿐만 아니라 미국 문학을 세계문학의 반열에 올려놓은 천재적인 작가이다. 1804년 미국 매사츄세츠(Massachusetts) 주 세일럼(Salem)에서 출생한 호손은 4살 때 선장이었던 부친을 잃고 편모슬하에서 성장했다. 어릴 적 다리를 다처 활동적이지 못했던 그는 친구들과 어울리기 보다는 혼자서 독서를 좋아하는 내성적인 소년이었다. 고향 세일럼에서 정규교육을 마친 그는 주변 친지들의 경제적 도움과 권유로 메인(Maine) 주에 있는 보든(Bodwin) 대학에 입학하여 1825년에 졸업한다. 대학 재학 중 그는 롱펠로(Longfellow)와 후일 대통령이 된 프랭클린 피어스(Franklin Pierce)와 친분을 갖게 된다. 대학을 졸업한 이후 그는 12년 동안 홀어머니와 함께 살던 집 이층 다락방에서 독서와 습작 그리고 사색을 하며 칩거생활을 했다.

호손의 처녀작은 보든 대학 시절을 소재로 한 『팬쇼』(*Fanshawe,* 1828)라는 소설이다. 후일 호손은 익명으로 출판했던 이 소설을 불만족스럽게 생각하여 모두 회수해버린다. 그는 1837년 긴 은둔생활을 청산하고 최초의 단편집 『두 번 들려준 이야기』(*Twice-told Tales*)를 발표하여 롱펠로로부터 찬사를 받았지만 여전히 그는 무명에 가까운 작가였다. 이후에도 후속 단편 모음집 『할아버지의 의자』(*Grandfather's Chair*, 1840) 『낡은 목사관의 이끼』(*Mosses from an Old Manse*, 1846)를 발표하여 주목을 끌었지만 호손은 여전히 널리 알려진 작가는 아니었다. 그에게 작가로서의 명성과 어느 정도 경제적 도움을 가져다 작품은 1850년에 발표한 장편 소설 『주홍글자』(*The Scarlet Letter*)이다. 이 작품의 출판은 작가 호손 자신에게는 작가로서의 입지를 굳혀준 계기가 되었으며, 미국 문학사의 관점에서는 미국 소설이 변방 문학에서 탈피해 세계적인 문학에 필적하는 수준에 도달했음을 알려주는 의미심장한 사건이었다. 『주홍글자』를 탈고한 이후 벅셔(Berkshir)의 레녹스(Lenox)로 이주한 호손은 당시 근거리에서 살며 『모비딕』을 집필 중이던 멜빌을 만나 절친한 사이가 된다. 이 때 그는 멜빌의 문학 세계에 큰 영향을 준다.

『주홍글자』를 발표하기 이전의 호손은 경제적으로 곤궁했기 때문에 자신이 원치 않았던, 문학적 창작 활동과 무관 일을 해야만 했다. 38세 때 삼 년 간 교제했던 소피아 피바디(Sophia Peabody)와 결혼 한 이후 호손은 글쓰기를 중단하고 가족의 생계를 책임지기 위하여 두 차례에 관세사로 근무해야 했다. 그는 또한 같은 이유로 한때 초월주의자들의 이상주의적 공동체 프로젝트인 브룩 농장(Brook Farm)에 투자를 하고 그들과 함께 기거하며 직접 참여했다. 호손은 이때의 체험을 바탕으로 1852년 『블라이드데일 로맨스』(*The Blithedale Romance*)라는 장편소설을 『일곱 박공의 집』(*The House Of Seven Gables,* 1851)에 이어 발표한다. 그는 과거 청교도주의자들의 집단적 광기에 대하여 비판적이었듯이 당대 가장 큰 영향력을 행사하던 사상가 에머슨(Ralph Waldo Emerson: 1803-1882)의 초월주의적인 낙관론에 대해서도 회의적이었다.

1853년 호손의 대학 동기생이며 절친한 친구인 피어스가 미국 대통령으로 당선되자 그의 자서전을 대필해준 적이 있는 호손은 영국 리버풀 영사로 임명된다. 영국에서 4년간의 영사직을 수행하며 경제적으로 여유가 생긴 호손은 1857년 퇴임 후 2년간 가족과 함께 이탈리아 여행을 한다. 그의 마지막 장편 소설 『청동 조각상』(*The Mable Fawn,*

1860)은 그때의 경험을 토대로 쓴 작품이다. 1860년 유럽여행을 마치고 귀국한 호손은 4년 후 사망하기 전 까지 다시 집필을 시작하여, 영국의 풍광, 생활풍습 등을 스케치풍으로 그린 작품들을 발표하여 호평을 얻었으나 1864년 건강상의 이유로 요양 차 친구 피어스와 함께 여행을 떠났다가 플리머스(Plymouth)에서 60세의 일기로 생을 마친다.

호손은 어빙이나 멜빌 처럼 다양한 사회적 경험이나 모험적인 삶을 살지 않았던 작가였다. 따라서 그의 작품 대부분이 자신의 외적 경험을 재현하는 것이라기보다는 그가 가장 잘 알고 있었던 자신의 조상들과 관련된 뉴잉글랜드(New England)의 초기 청교도주의적 식민지의 역사 등에 관한 것들이다. 호손의 조상은 17세기 초 식민지 시대 때부터 청교도 사회의 지도자들이었으며 그 중에 어떤 선조는 악명 높은 마녀 재판에 참가한 적이 있다. 이러한 조상들의 행적에 대하여 호손은 죄책감을 느꼈으며 자신의 배경을 숨기기 위하여 원래 해이손(Hathorne)이었던 자신의 성씨에 W를 더해서 Hawthorne으로 성을 바꾸었다. 자신의 조상들의 어두운 과거사와 행적에 대한 호손의 자의식은 그의 작품들 곳곳에서 드러난다. 이 책에 포함된 「영 굿맨 브라운」이 그 중 하나이다.

2. 작품 소개

미국의 베스트 셀러 작가 스티븐 킹(Stephen King)은 호손의 「영 굿맨 브라운」을 "미국인이 쓴 최고의 10대 단편소설 중 하나"라며 극찬을 아끼지 않았다. 호손이 1835년에 집필한 「영 굿맨 브라운」 1842년 단편집 『오래된 목사관의 이끼들』에 포함된 단편소설 중 하나로 발표된 작품이다. 호손은 그의 다른 많은 작품에서와 마찬가지로 「영 굿맨 브라운」에서도 200백년 전 식민지 청교도사회를 소설적 배경으로 설정하고 그 시대의 분위기를 보다 사실적으로 재현하기 위하여 그 당시 사람들이 일상적으로 사용하던 언어와 어법을 그대로 차용하고 있다.

「영 굿맨 브라운」은 우화적이며 아이러니컬한 이야기다. 영 굿맨 브라운이란 이름에서 호인이라는 뜻의 굿 맨 (goodman)은 17세기 당시 잰틀맨보다 한단계 낮은 사회적 지위를 가진 남성을 통칭하는 말이다. 그러나 호손이 굳이 브라운이란 이름 앞에 굿맨이라는 이름을 덧붙인 것은 이 인물이 보여주는 아이러니한 모습을 강조하려는 의도로 해석 할 수 있다. 굿맨 브라운은 결코 굿 맨이라고 말하기 힘든 부분이 많은 인물이다. 이 소설에서 굿맨 브라운이 굿 맨이 아니듯 신앙이라는 이름을 가진 그의 아내 페이스(faith) 역시 신앙심을 저버리고 악마의 제전에 참가한다는 점에서 신앙과는 거리가 먼 인물이다.

호손은 「영 굿맨 브라운」 에서 여러가지 상징을 이용하여 작중 인물들과 사건들이 가진 의미의 깊이와 폭을 심화하고 확장한다. 이 작품에서 자연을 대변하는 숲과, 빛과 대비되는 어둠은 물리적인 자연 현상과 지리적인 공간이상의 의미를 가진다. 호손은 이 소설에서 어둠과 숲에게 퓨리턴들의 어두운 내면과 그들의 악을 은폐해주는 공간으로서의 상징성을 부여한다. 브라운이 숲 속에서 만난 노인의 뱀의 형상을 하고 있는 지팡이는 아담과 이브를 유혹한 에덴 동산의 사탄을 상징한다.

이 소설은 주인공 브라운의 자아 탐구의 여정을 그리고 있다. 그러나 그의 그러한 자아에 대한 탐색의 결론은 결국 인간은 악한 존재라는 것이었다. 브라운이 어두운 숲 속에서 경험한 악마의 제전과 그곳에서 만난 위선적인 마을 사람들은 그가 인간의 선함에 대하여 그가 가졌던 이전에 믿음을 붕괴시킨다. 그는 악을 추종하는 교리문답교사, 청교도 지도자, 목회자들, 그의 아내 페이스의 위선적인 모습을 보고 "악이 인간의 속성이다"라고 외치며 악마의 주장을 수용하게 된다.

여기서 주목해야 점은 「영 굿맨 브라운」에서 호손이 보다 중요하게 다루는 사안은 선과 악의 본질에 대한 탐구 또는 청교도들의 위선적 모습의 폭로라기보다 인간 내면에 존재하는 악을 발견한 이후에 보여주는 주인공 브라운의 복잡한 심리적 반응과 변화된 행동이다. 인간의 내면에 숨겨진 악에 대한 유혹과 충동은 그것을 목격하고 비판하는 굿맨 브라운 자신의 내면에서도 발견된다. 따라서 브라운은 물리적으로는 악을 거부하지만 그는 천사처럼 행동하던 사람들의 위선적인 모습에 환멸을 느끼고 그들로부터 자신을 소외시키고 그들이 속한 공동체 또는 인간 사회부터 소외를 자초한다. 브라운의 이러한 행위는 자기자신으로부터 스스로를 소외하는 것이다. 즉 그 역시 마을 사람들처럼 아내를 속이고 악마의 제전에 참가한 위선적인 자신으로부터도 스스로를 소외시키는 행위라고 할 수 있다. 호손에게 있어서 인간사회로부터의 단절이나 소외는 자아의 발견이나 긍정적인 행위라기 보다 인간 사회와 개인에게 부정적인 영향을 미친다는 사실을 이 작품에서 암시한다. 호손은 이 소설에서 인간의 내면에 도사리고 있는 어두운 본성을 폭로함으로써 당시 자연과 인간에 대하여 낙관론을 설파하던 에머슨의 이상주의적 태도에 회의주의적인 입장을 드러낸다. 그는 초월주의자들의 이상주의적 인간관도 청교도주의자들이 강조하던 선악설에 기초한 인간에 대한 교리 그 어느 쪽도 옹호하지 않는다. 그는 상반된 이 두 인간의 본성에 대한 경직된 이분법에 대하여 비판적인 입장을 취한다.

호손에게 있어서 이상적인 인간 사회 구현을 위한 근본적인 조건은 초월주의적 이상론이나 청교도주의자들의 편협하고 경직된 율법주의나 엄숙주의가 아니라, 인간의 내면 속에 선과 악이 함께 존재하고 있다는 균형 잡힌 인식이다. 이러한 인식은 인간의 유약성과 한계에 대하여 관용이라는 인간 유일의 미덕을 실천을 가능하게 하는 역할을 한다. 인간 내면에 존재하는 악의 실체를 발견 한 브라운이 이 소설 마지막 부분에서 그의 가족과 마을 사람들에게 보여주는 적대적인 반응은 『주홍글자』에서 헤스터(Hester)의 죄에 대한 당시 청교도들의 가학적인 태도를 연상시킨다.

브라운의 그러한 태도는 악이 자신의 내면 속에 자리 잡는 것을 제어하는데 실패한 것을 의미한다. 여기서 악이란 자신을 포함하는 모든 인간의 유약함을 인정하지 않는 자기기만적인 자만심이라고 할 수 있다. 이러한 그에게 가장 필요한 것은 자신의 가족들과 이웃들과의 화해가 아니라 그 보다 먼저 자기 자신에 대한 성찰을 통한 자기 자신과의 화해라고 할 수있다. 그러나 이러한 브라운의 부정적인 모습에 대하여 이 소설의 독자들인 우리가 인간의 유약함과 한계라는 동정어린 시선이 아닌 선과 악이라는 이분법으로 단죄한다면 그것은 작가 호손이 원하는 바가 아닐 것이다. 그가 원하는 것은 브라운의 모습을 통하여 우리 자신을 되돌아 보는 것일 것이다.

호손은 『주홍글자』의 서문 「세관 풍경 스케치」와 1851년 발표한 『일곱 박공의 집』의 서문에서 자신을 스스로 소설 작가가 아닌 로맨스 작가로 규정한다. 그는 로맨스 작가는 사실주의적 소설 작가와 다르게 현실을 있는 그대로가 아니라 작가의 재량과 상상력으로 재구성하여 실제세계도 공상의 세계도 아닌 그 중간 지대를 서사적 공간으로 설정하고 진술한다. 이처럼 호손은 자신의 작품들이 지닌 비실제성을 가장 먼저 언급한 미국 작가 중 한사람이다. 다수의 비평가들이 호손의 작품을 소설이라고 하지 않고 로맨스라고 부르는 것도 그의 이와 같은 작품 성향 때문이다. 호손은 「영 굿맨 브라운」에서도 현실과 꿈의 경계를 모호함으로써 주인공 브라운이 경험하는 고뇌와 좌절에 깊이와 강도를 더해준다. 멜빌이 「영 굿맨 브라운」을 "단테 만큼이나 심오한" 작품이라고 한 것은 이 작품의 이러한 점을 염두에 둔 말이라고 볼 수 있다.

<< 허먼 멜빌(Herman Melville)

1. 작가 소개

호손, 포(Edgar Allan Poe:1809-1849)와 더불어 19세기에 일어난 미국 문학의 르네상스를 가능하게 했던 미국 최고 작가인 멜빌은 상인으로서 성공 가도를 달리던 부친 알렌 멜빌과 뉴욕의 명문가 출신의 어머니 사이에서 1819년 뉴욕시에서 출생했다. 1832년 그의 부친은 사업 실패로 인한 정신적, 육체적 고통을 견디지 못한 나머지 엄청난 부채를 남기고 사망한다. 그의 그러한 경제적 파국과 정신적 붕괴는 당시 12세 이였던 멜빌의 마음에 깊은 상처를 남겼다. 그러한 경험은 후일 멜빌이 인간의 정신 상태와 자본주의의 악박감과 같은 문제들을 깊이 탐구하게 한 동기로 작용했다. 멜빌은 호손과 더불어 인간사에서 발견되는 다양한 형태의 양립 할 수없는 가치들의 갈등과 충돌을 작품의 모티브로 삼았던 비관적 낭만주의 작가로 간주된다. 그러나 그의 문학 세계는 호손의 그것보다 더욱 어두운 색조를 띤다.

부친이 사망한 이후 멜빌은 학업을 중단하고 잡다한 업종에서 노동을 해야 했다. 한때 그는 법률 사무소 필경사 일을 하려했지만 일자리를 구할 수 없었다. 20세가 되었던 해 멜빌은 5년간 뱃사람이 되어 바다를 항해하며 다양한 경험을 한다. 이 기간 동안 그가 의 겪은 다양하고 모험적인 항해경험은 후일 해양 모험 소설을 쓰는데 직접적인 소재와 줄거리를 제공한다. 그가 최초로 발표한 장편 소설 『타이피』(*Typee: A Peep at Polynesian Life*, 1846)가 바로 그러한 작품이다. 이 소설은 멜빌이 승선했던 상선 선장의 압제로부터 탈출하여 도착한 타이피섬에서 만난 식인종들과 함께 생활한 자신의 실제 경험을 토대로 쓴 해양 모험담이다. 이 소설은 출판하기가 무섭게 영국과 미국, 양국에서 큰 인기를 얻었으며, 당시 27세의 멜빌은 하루 아침에 촉망받는 유명작가로 화려한 작가로 데뷔한다. 『타이피』의 성공에 이어 발표한 『오무』(*Omoo: A Narrative of Adventures in the South Seas,* 1847) 로 인기를 더한 멜빌은 당시 매사츄세츠 주임 판사를 아버지로 둔 명문가 출신의 여성 엘리자베스 쇼(Elizabeth Shaw)와 결혼한다. 이후 멜빌은 『레드 번』(*Redburn: His First Voyage,* 1849), 『마아디』(*Mardi: And a Voyage Thither,* 1849), 『하얀 자켓』(*White-Jacket; or, The World in a Man-of-War,* 1850)등과 같은 작품을 연속적으로 발표한다.

문학적 야심 또한 최고조에 이르렀던 이 시기에 멜빌은 그가 항상 존경하던 나새니엘 호손과의 첫 만남을 하게 된다. 일 년여 간의 지속되었던 호손과의 교류는 그의 문학적 궤적에 큰 변화를 가져온다. 호손과의 만남은 그로 하여금 "식인종들과 함께 살았던 작가," 즉 단순한 해양 모험담 작가에서, 『모비딕』에서와 같은 "신의 텍스트"인 대자연에 대항하는 인간의 운명적 대결과 같은 심오하고 거대한 형이상학적 주제를 다루는 작가로 다시 태어나게 한다. 호손은 셰익스피어 더불어 멜빌이 19세기 미국 문학의 최고의 성취물이라고 할 수 있는 『모비딕』을 불후의 명작으로 개작하는데 큰 영향을 주었다. 이 야심작에 대한 당시 독자들의 반응은 멜빌 자신이 예상하고 각오했던 것처럼 실망스러운 것이었다. 멜빌은 후속 장편소설 『피에르』(*Pierre: or, The Ambiguities,* 1852) 『사기꾼』(*The Confidence-Man: His Masquerade,* 1857) 등과 같은 새로운 형식과 내용의 소설을 발표하여 자신의 인기를 만회하려고 했지만 그에게 돌아 온 것은 비난과 상업적 실패였다. 이후 멜빌은 점점 줄어드는 수입원을 확보하기 위해 단편소설을 썼지만 결국 절필해야 하는 상황을 맞이했다. 정신적으로 피폐해진 그는 건강 회복차 유럽여행을 다녀왔으며 이후에는 뉴욕시 관세소의 검사원으로 20년 동안 세상으로부터 잊혀 진 채 살아야 했다. 1867년 그의 장남 말콤(Malcolm)의 자살은 실패한 작가로써의 그의 좌절감에 또 다른 고통을 더해준 결과를 가져왔다. 멜빌은 이 기간 동안에 소설쓰기는 거의 중단하고 시쓰기에 열중한다. 후일 그는 시집 『전쟁시』(*Battle Pieces and Aspects of the War,* 1866)와 『클레럴』(*Clarel: A Poem and Pilgrimage in the Holy Land,* 1876)를 출판하였다.

멜빌의 최후의 걸작이며 미완성 중편소설 『수병 빌리버드』(*Billy Budd, Sailor: An Inside Narrative,* 1891)는 먼지 쌓인 그의 서재 곳곳에 흩어진채 방치되었다가 그가 사망한지 30여년이 지난 1924년에 출판되었다. 멜빌이 1891년 사망했을 때 뉴욕 타임즈는 "고래를 쓴 작가 오늘 사망하다"라는 단 한줄의 부고기사로 미국의 대문호 멜빌의 마지막을 기록했다.

2. 작품 소개

「필경사 바틀비」("Bartleby, The Scrivener")는 멜빌이 그의 야심작 『모비딕과』『피에르』가 비평가와 독자들로부터 철저하게 외면당한 이후 실의와 좌절감에 빠져 있던 시기였던 1853년 펏넘(*Putnum*)지에 발표한 단편소설이다. 「필경사 바틀비」또한 『모비딕』과 『피에르』처럼 발표되었을 당시에는 독자들로부터 별다른 호응을 얻지 못했지만 오늘 날 이 소설이 멜빌의 단편 중 가장 뛰어난 작품이라는 점에 대해서 이의를 제기하는 비평가는 드물다. 그러나 이 작품이 멜빌의 역작이라는 사실에 대한 비평가들의 일치된 의견에도 불구하고 이 소설이 독자들에게 전달하려는 메시지가 무엇인지에대해서는 비평가 마다 견해가 다르다.

일부 비평가들은 「필경사 바틀비」의 중심인물 바틀비가 보여주는 비순응적인 행동은 작가 멜빌의 자전적인 요소를 반영하고 있다고 제안한다. 레오 막스(Leo Mark)는 법률적 서류를 필경하는 것을 거부하는 바틀비의 비타협적인 행위는, 독자들의 취향에 편승하기를 거부함으로써 자신에게 돌아 올 불익을 감수하면서도 작가로써 자신의 진정한 목소리를 내고자 했던 멜빌의 태도와 연속성을 가진다고 주장한다. 「필경사 바틀비」를 작가의 자서전적인 관점으로 읽으려는 또 다른 비평가들은 막스의 의견과는 다르게, 생의 의욕을 상실한 바틀비의 모습은 이 소설을 집필 하던 당시 실패한 작가로서 멜빌이 가졌던 좌절감과 우울을 반영하고 있다고 주장한다.

「필경사 바틀비」를 작가 중심적 비평에서 벗어나 1850년대 당시 미국에서 팽배했던 자본주의가 개인들에게 주는 심리적 영향을 다루는 사회 비판적 소설로 해석하는 다수의 비평가들은 이 작품의 핵심적 주제를 개인의 자율을 억압하고 모든 사회구성원들이 획일적인 형태의 행동양식에 순응하기를 강요하는 미국의 상업적 사회의 질서 속에서 겪게 되는 개인과 사회의 갈등으로 보고 있다. 「필경사 바틀비」에서 멜빌은 필경사를 중심인물로 선택함으로써 개인의 창조성과 자율성을 통제하는 비즈니스 사회의 숨막히는 일면을 강조한다. 필경사는 어떠한 창조적인 행위를 시도하거나 자유로움을 누리는 것을 금지당하고 오로지 타인들의 생각과 일들을 기계적으로 복제하기를 강요당하는 직업이란 점에서 거대한 사회조직으로부터 하나의 부속물로 전락한 현대인의 모습을 대변한다. 기계적인 삶을 강요당한 현대인들의 존재 양식은 소설 전반부에 등장하는 터키(Turkey)와 니퍼스(Nipper)와 같은 인물들의 비정상적인 언행에서 희화화 된다. 멜빌은 또한 이 소설의 지리적 배경을 뉴욕시, 특히 금융의 중심지인 월 스트리트로 설정함으로써 개인의 자율성을 속박하는 그러한 시대적 상황을 보다 효과적으로 재현하고 있다. 월 스트리트는 멜빌이 태어난 곳에서 멀지 않은 곳일 뿐만 아니라 그가 후일 근무하게 될 관세사무소와도 가까운 거리에 있는 금융의 요지였다. 멜빌은 월 스트리트에 실제적인 지리적 장소이상의 상징성을 부여한다. 그는 필경사 들이 일하는 사무실을 둘러싼 벽의 이미지를 하나의 출구없는 현실 속에 감금된 인간의 조건으로 상징화한다. 그러한 벽의 이미지는 바틀비가 일하는 건물을 둘러싼 외부에 뿐만 아니라 그 안에서 거주하는 인간 내부에도 존재한다. 바틀비를 고용한 변호사가 처음으로 한 일은 스크린으로 바틀비와 자신을 서로 격리 시키는 일이었다.

「필경사 바틀비」는 상업화된 거대한 사회라는 조직 속에서 하나의 피동적인 부속품으로 전락한 개인의 소외의 문제를 다룬다는 점에서 현대 문학의 핵심적인 모티브를 다루는 작품이라고 할 수 있다. 바틀비가 "나는 그것을 하지 않을 것을 선호 합니다"라고 했을 때 그것은 거대한 자본주의의 톱니바퀴에서 벗어나 자유를 희구하는 무력한 한 개인의 절규로 해석 할 수 있다. 바틀비와 그의 동료들이 필요시 언제나 교체 가능한 부속품과 같은 존재이라면 그들의 고용주인 변호사는 기계화된 현대인의 삶을 통제하는 중심축이라고 할 수 있다. 그는 당대의 최고 갑부인 존 제이 제이콥 애스터(John Jay Jacob Astor)를 존경하는, 상업주의정신에 투철한 인물이다. 그의 법률사무소는 많은 면에서 가진 자와 그렇지 못한 계층간의 갈등이 존재하는 계급화 된 사회의 축소판이다. 그는 니퍼스의 신경질적인 태도나 터키의 주벽을 단순히 그들의 타고난 천성 또는 습벽 탓으로 돌릴 뿐 단 한차례도 그들이 처한 열악한 근무조건과 보수에 대한 불만의 표출이라고 생각하지 않는다.

이 소설의 전반부에서 변호사가 바틀비에게 어느 정도 온정을 보이는 것은 사실이다. 하지만 바틀비의 일탈적인 행위가 그의 평판을 해

치거나 자신에게 경제적인 불이익을 초래할 조짐을 보이기가 무섭게 그는 자선행위보다 자기 보호본능에 충실한 모습으로 되돌아간다. 그러나 멜빌은 이 소설에서 그를 비난의 대상으로 제시하기 보다 그가 처한 딜레마를 통하여 인간의 자선행위가 가진 한계가 어디까지 인지를 독자들에게 질문한다.

「필경사 바틀비」는 실존적인 인간 조건에 대한 철학적인 고찰 또는 자선의 미덕과 한계에 대한 종교적인 우화로 해석되기도 한다. 이야기 전반부에서 타인들이나 기존의 사회적 규범에 대하여 무관심했던 바틀비는 스토리가 진행함에 따라 점차적으로 자신의 삶, 조내 자체에게도 무관심한 모습을 보여준다. 그는 결국 변호사가 제공하는 음식을 거부하고 스스로 죽음을 선택한다. 그는 임종하기 전 자본주의사회의 억압적인 현실에 대한 불만이나 개인적으로 자신을 감옥으로 보낸 변호사를 원망하지 않는다. 그는 자신을 혐오하며 자책하지도 않는다. 바틀비의 자살 원인을 병리적인 관점으로 설명하려는 비평가들도 있다. 그러나 멜빌은 「필경사 바틀비」에서 바틀비가 스스로 자신의 삶을 포기하게 된 이유를 밝히지 않는다. 멜빌의 소설 세계는 그것이 전달하려는 의미가 애매모호한 경우가 많다. 「필경사 바틀비」 또한 그러한 작품이다. 다양한 해석적 가능성을 제시하는 이 책에서 확실한 한가지 모범답안을 찾고자하는 독자들은 좌절감을 느끼게 된다.

19세기 미국 단편 걸작선

2012년 6월 26일 초판 1쇄 인쇄
2012년 6월 30일 초판 1쇄 발행

역주자 **황 재 광**
펴낸이 **신 일 희**
펴낸곳 계명대학교 출판부
(704-701) 대구광역시 달서구 달구벌대로 1095
TEL: (053)580-6233
FAX: (053)580-6235
홈페이지: www.kmupress.com
출판등록: 1970. 9. 1(제347-1998-1호)

ISBN 978-89-7585-590-0 03840 정가 17,000원
*잘못된 책은 교환하여 드립니다.
